ハヤカワ・ミステリ

ROBERT VAN GULIK

北雪の釘

THE CHINESE NAIL MURDERS

ロバート・ファン・ヒューリック
和爾桃子訳

TOKYO
HAYAKAWA
BOOKS

A HAYAKAWA
POCKET MYSTERY BOOK

THE CHINESE NAIL MURDERS
by
ROBERT VAN GULIK

Translated by
MOMOKO WANI
Published 2006 in Japan by
HAYAKAWA PUBLISHING, INC.
This book is published in Japan by
direct arrangement with
SETSUKO VAN GULIK.

図版目次

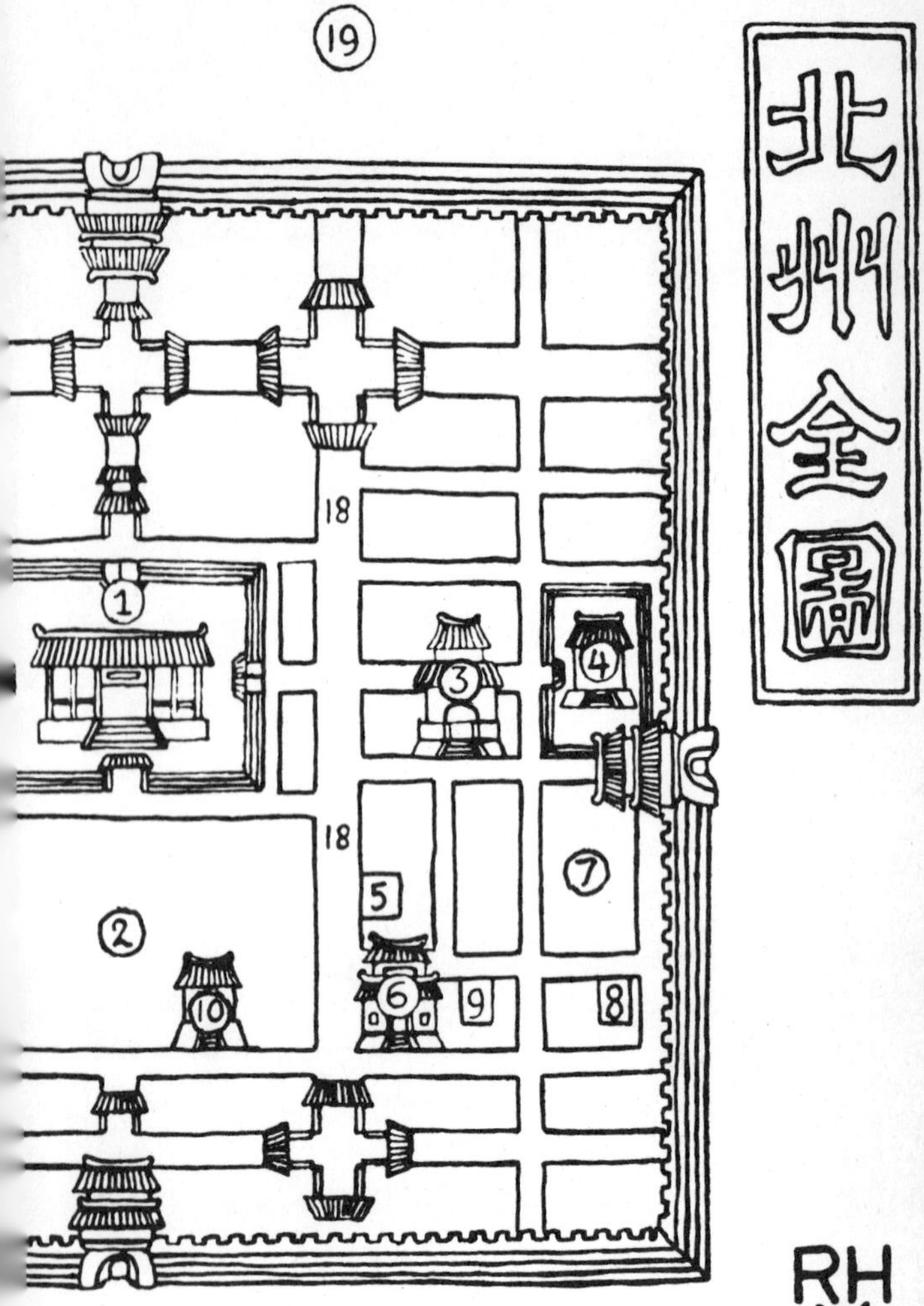
北州全圖
19
18
18
1
2
3
4
5
6
7
8
9
10
RH
G

北州《ペイチヨウ》全図

一　政庁
二　旧練兵場《れんぺいじょう》
三　鼓楼
四　楚《チユウ》邸
五　郭《クオ》薬局
六　関帝廟
七　軍用倉庫
八　潘峰《パンフオン》の骨董店
九　葉《イエ》紙舗
十　鐘楼
十一　城隍廟《じょうこうびょう》
十二　陸《ルー》木綿店
十三　藍濤奎《ランタオクエ》の自宅
十四　温泉浴場
十五　屋内市場
十六　孔子廟
十七　廖《リヤオ》邸
十八　目抜き通り
十九　仙草山
二十　墓場

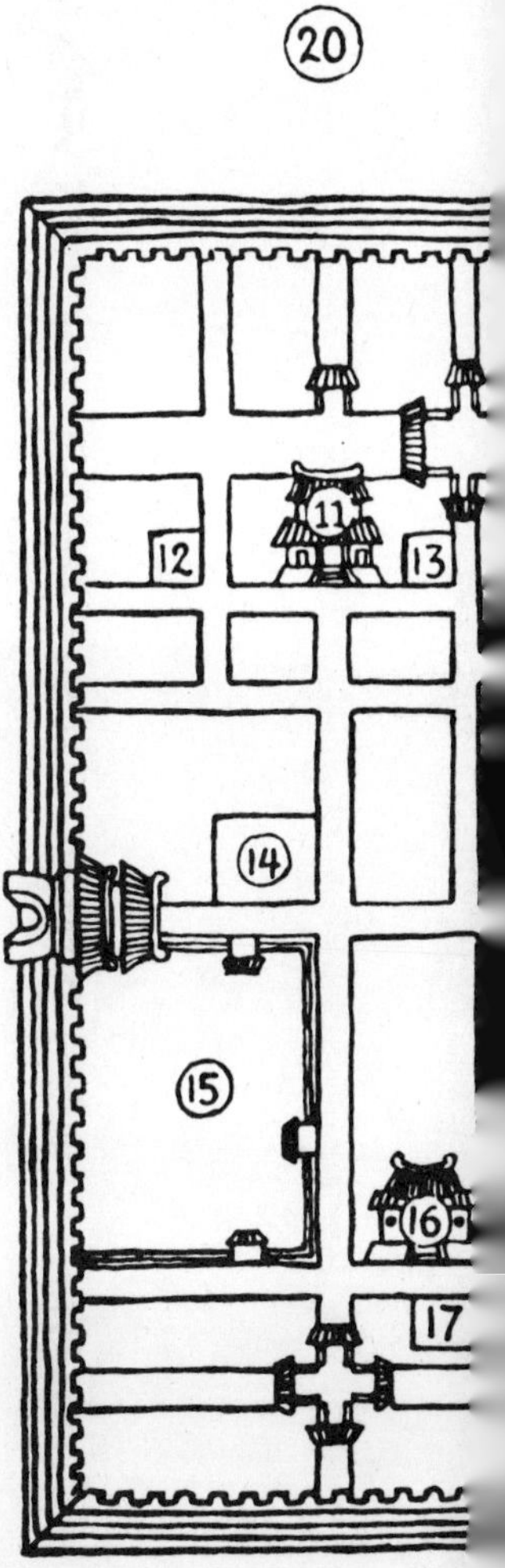

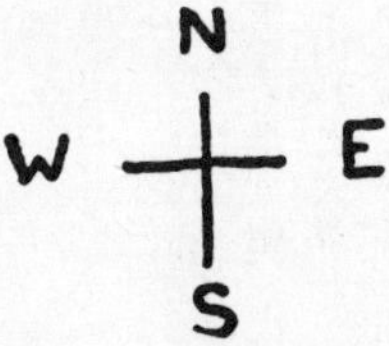

西暦七世紀も半ばをすぎ、日本では聖徳太子の没後四十一年。唐の天下統一から早くも半世紀、戦乱の記憶もうすれ民心ようやく定まり、白村江《はくすきのえ》では倭《やまと》・韓《から》の連合軍を打ち破って内外に大帝国の貫禄を見せつけ、ひとつの偉大な時代がいま、まさに花開こうとしていた。ちょうどそのころ、はじめての任地に赴く県知事がいた。名は狄仁傑《ディーレンチエ》。またの名を「狄《ディー》判事」と呼ばれる。

本篇は、狄《ディー》判事が第五の任地・北州《ペイチョウ》県の知事だった時に起きた事件である。

北雪の釘

装幀　勝呂　忠

登場人物

狄仁傑《ディーレンチエ》……………………北州県《ペイチヨウ》の知事
洪亮《ホンリヤン》……………………警部
馬栄《マーロン》……………………狄《ディー》判事の副官
喬泰《チヤオタイ》……………………同
陶侃《タオガン》……………………同
郭《クオ》……………………薬局のあるじ。政庁の検死官
郭《クオ》夫人……………………その妻。女牢管理人
葉平《イエピン》……………………紙商人
葉泰《イエタイ》……………………その弟
潘峰《パンフオン》……………………骨董店主
潘《パン》夫人……………………その妻。葉平《イエピン》の妹
藍濤奎《ランタオクエ》……………………拳法の師範
陸明《ルーミン》……………………五年前に死んだ商人
陸《ルー》の後家……………………陸明《ルーミン》の未亡人
陸美蘭《ルーメイラン》……………………その娘
廖《リヤオ》親方……………………土地の名士
廖 蓮 芳《リヤオリエンフアン》……………………その娘
楚 大 遠《チユウターユアン》……………………大地主
于康《ユイカン》……………………楚《チユウ》家の書生

1

時ならぬ来客が亭《あずまや》に到り
惨死の報がもたらされる

「憎悪、欺瞞、疑惑が逆巻くとても判事たるもの怯《ひる》むべからず
行く手にはすらりと伸びた細身の刃ただ一筋のみを橋となす
歩みをとどめ内なる声に耳傾ければよも踏み損ないはあらじ
よしや孤高に心温もる暇なくとも義のみ旨とし無謬の星たれ」

ゆうべ、私は庭の亭《あずまや》でひとり涼んでいた。もう夜更け、家内どもはそれぞれの部屋にひきとったあとだ。

私の方は夜通し書斎で書き物にいそしみ、書棚の本を侍童に出させたり、必要部分を抜き書きさせていた。

わが大明《だいみん》帝国における犯罪捜査概要、補遺として本朝以前の司直名士列伝。その執筆にもっぱら余暇をささげる日常はご承知の通りだ。いまは七百年前の大宰相狄仁傑《ディーレンチエ》伝にかかっているところ。いまだ地方の県知事だった前半生においておびただしい謎を解き明かし、今日なお炯眼「狄《ディー》判事」の名を青史にとどめる御仁である。

あくびまじりの侍童を寝にさがらせ、兄あてに長文の手紙をしたためた。はるか遠い北州《ペイチョウ》で長官づき秘書長をしている兄が、通り一本さきの住み慣れた家屋敷の世話を私にゆだねて赴任したのは二年前のこと。狄《ディー》判事が都の高官に任じられる前の任県が北州《ペイチョウ》だったと判明したので、手紙の趣旨はそれだった。狄《ディー》判事が手がけた事件の興味深い資料が出てこんとも限らんから、地元の記録を調べてはもらえまいかと申し送ったのだ。兄なら八方手を尽くしてくれるとわかっていた。昔からずっと仲がよかったから。

手紙を書き上げてみると、書斎がいやに暑苦しく感じられた。蓮池をわたる風にでも当たろうと、足の向くまま庭

に出てみた。奥まった芭蕉林の陰にしつらえたささやかな亭《あずまや》で、しばし涼んでから戻ることにする。なにも急いで寝に行くこともない。ありていに言うと、つい先ごろ三番めの妻を家に入れてからというもの、家のうちがどうもしっくりいかない。第三家内は才色兼備のいい女だ。第一と第二家内がひとめで毛嫌いし、夜伽させるたびに必ず根に持つのはいったいどうしたことやら。その晩は第一家内の部屋に泊まると約束はしていたものの、本音を言うと足が重かった。

竹の肘掛におさまってゆったり鶴羽扇《かくうせん》を使い、白銀を刷いた月明かりの庭面《にわも》をうち眺める。そこへ小さな裏門が開いた。入ってくる兄の姿に驚き喜んださまを筆に尽くせようか！

席からとびたつようにし、庭の小径《こみち》を駆け寄って出迎える。

「また、どうしたご用件で？」と声をあげる。「南へ来るなら来るで、どうしてひとこと使いをよこしてくれなかったんです？」

「なにぶん急でな」とは、兄の弁。「とるものもとりあえず出てきた。まずは、おまえの顔を見んことにはと。こんな時間になってしまってあいすまん！」

そういう兄の腕をねんごろにとらえ、亭《あずまや》に連れていく。袖はじっとり冷たかった。

さっきまでかけていた肘掛を兄にすすめ、向かいに腰をおろして懸念の目で見守る。ずいぶんと目方が軽くなり、顔から血の気がうせた。両目はいささか飛び出しぎみのようだ。

「月光のいたずらかな」と気づかう。「ですが、兄さん、お具合がよくなさそうですよ。北州《ペイチョウ》からの道中がこたえたんじゃありませんか？」

「いやあ、じっさい難儀は難儀だったよ」兄がもの静かな口調で、「本当なら四日前に着くはずが、ひどい霧でなあ」飾りけのない白い衣から乾いた泥を払い落として続ける。「このところいささか体調がすぐれんのだ。ここがひどく痛む」頭頂にこわごわ手を触れる。「目の奥につきとおるんだ。ぶるぶると瘧《おこり》もつくし」

亭の来客

「生まれ育った土地の暑気にあたっていれば、よくなりますとも！」私がなだめる。「夜が明けたら、かかりつけの老先生をお願いしましょう。さてと、北州《ペイチョウ》での近況を聞かせてくださいよ！」

任地での勤務ぶりをかいつまんで話してくれた。上司にあたる長官とはすこぶるうまが合うらしい。だが、話が家庭に及ぶや憂色を浮かべた。がらりと態度が変わったが、思い当たるふしはない。にわかな旅立ちはこの件と何かつながりがあるらしいと匂わせていた。そこでひどく身を震わせはじめたので、さんざん心を痛めているとおぼしき件をそれ以上つっこんで訊くのもはばかられた。

兄の気をそらそうと狄《ディー》判事の話題をもちだし、いましがた手紙を書いたと話した。

「おお、そういえば」と、兄。「北州《ペイチョウ》にはいっぷう変わった昔話があるぞ。狄《ディー》判事があそこで知事をしていたころ、陰惨な謎を三つ解いたというのだ。こんな話のつねで、茶飲み話に何世代も語り継がれるうちに、むろん尾ひれ背びれもずいぶんついてくるがな」

「まだ夜中をすぎたばかりだし」私が勢いこむ。「あまりご負担じゃなければ、聞かせていただきたいですなあ、その話！」

兄はやつれた顔をひきつらせたものの、あわてて心ないおねだりを詫びかけた私を片手でおしとどめた。

「あの妙な話はためになるかもしれん」沈痛な口調だ。「ほかならぬわしとて、あの話にもっと早く気をつけておれば、あるいはまたいろいろと……」

言いさして、また頭のいただきにそっと手をやる。そして話を続けた。

「さて、むろん知っての通りだが、狄《ディー》判事のころは突厥《タタール》北伐が功を奏し、北州《ペイチョウ》北平原のだいぶ先まで有史以来というほど国境が張り出していた。今でこそ北州《ペイチョウ》は人も物も集まり、北方の商業要衝地としてにぎわっておる。が、当時はたいそうな僻地でな。人もまばらなうえに突厥《タタール》混血の家も少なからず、人目を忍んで行なう夷狄ゆずりの巫蠱《ふこ》の術がまだまだあとを絶たなかった。はるか北には文洛《ウェンルオ》大元帥率いる大軍が駐屯し、大唐の国土を守って突厥《タタール》の侵入に目を光らせていた」

こう前置きすると、ぶきみな話をしてきかせた。もう行かねばと席を立つと、四更（午前三時ごろ）の巡邏にさしかかっていた。

そのころには震えようが目に余るほどで、声も小さくしわがれて聞きとれない。家までつきそって送りたいのはやまやまだったが、本人がいたく固辞するので、庭門で別れた。

すぐ寝る気にはなれず、書斎に戻る。筆を執る手ももどかしく、いま聞いたばかりのぶきみな話を書き留めにかかった。曙光さしそめるや筆をおき、おもての露台にすえた竹の寝椅子で身を休めた。

目が覚めたのはじき昼飯時《ひるどき》のころあい。侍童を呼んで食事を露台に運ばせ、心ゆくまで堪能した。この時ばかりは第一家内の姿が待ち遠しくてたまらなかった。昨夜のお約束はなどと恨み言をこぼそうものなら、兄の急な来訪という大義名分をここぞとばかりふりかざし、くだくだしい話の腰をへし折ってやる。それで小癪なあの女めをぎゃふんと言わせたら、あらためて散歩がてら兄の屋敷を訪ねて歓談としゃれこもう。北州《ベイチョウ》出立の理由もその折にずばり聞けるだろうし、教えてもらった昔話でいまひとつはっきりしなかった点を二、三、尋ねてみてもよかろう。

だが、箸を置きかけた矢先に執事が北州《ベイチョウ》からの早馬をとりついだ。受け取った手紙の差出人は長官。お悔やみの言葉をつらね、四日前の深夜に兄が現地で急逝したと通知してきた。

ぶあつい毛皮外套に丸まるようにして、狄《ディー》判事は執務室の机に向かっていた。古びた毛皮帽は耳あてつきだったが、それでも広い部屋を吹き抜ける氷のような風にはとうてい間に合わない。

手前の腰掛についた年かさの副官両名を見ながらこう口にした。

「あの風ときたら、どんなわずかなすきまであろうと見逃さんのだな！」

「はるか北の荒れ野からじかに吹きつける風でございますから、閣下」まばらなあごひげを生やした老人が言う。

「書記を呼んで火鉢に炭を継がせましょう」

腰をあげた老人が急ぎ足で戸口に向かうと、判事がいぶかしげに眉をひそめ、もうひとりに声をかけた。「こんな北国の冬でも一向にこたえておらんようだな、陶侃《タオガン》」

やつれた男はそう言われると、つぎだらけの山羊革戎衣《じゅうい》の袖にことさら手をつっこみ、苦笑まじりに述べた。

「この老体をひきずって帝国あまねく巡り歩きましたもので、閣下。暑さに寒さ、乾燥に湿気——てまえにはどれも大差ございません！　それに、こういう上等の突厥《タタール》戎衣はお高い毛皮などよりはるかにお値打ちでございますよ！」

ここまでしょぼくれた服にはそうそうお目にかかれんと判事は思った。が、このしたたかな老副官の吝嗇癖には慣れっこだ。陶侃《タオガン》はもと流れ者のいかさま師だった。漢源《ハンユアン》で知事をしていた九年前、厄介ごとの泥沼にはまりこんでいたところを救い出したのだ（原注　『中国湖水殺人事件』参照）。そこできっぱり心を入れかえたいかさま師は、自分から願い出て狄《ディー》判事の配下となった。裏社会の流儀や同業者の手口を裏表まで知り尽くしているので、狡猾な犯人追跡には最高に役立つところを、以後は身をもって示してきた。

洪《ホン》警部が、かんかんに熾《おこ》した炭桶をさげた書記をつれて戻ってきた。机わきにすえた銅の大火鉢に炭をたっぷり継ぎ、席に戻るとやせた手をこすりあわせた。

「この執務室は、閣下、広すぎるのが難でございます！　三丈（約十メートル）四方の執務室など、こちらがお初ですな！」

年経て黒ずんだ高い天井を支える太い柱と、院子《なかにわ》につもる雪明かりさえほとんどひびかない厚手の油紙を貼った正面大窓を判事が見やる。

「忘れてはいかんぞ、警部」と言う。「つい三年前まで、この政庁には北方軍の大元帥本営があったのだ。軍隊とは、手足を存分に伸ばせる空間がつねに入り用とみえる！」

「空間なら、今の場所でありあまっとるでしょうて！」と陶侃《タオガン》が評する。「二百里も北、凍雪の荒れ野のただなかときてますからな！」

「都の吏部《りぶ》は」と洪《ホン》警部。「数年ばかり遅れをとっておるようですなあ。閣下が当地に任ぜられたさい、どうやらまだ北州《ペイチョウ》を国境だと思っておられたようで！」

「かもしれん！」狄《ディー》判事がかろうじて笑みをつくる。「辞令を交付のさい、そつはないが少々おざなりな言葉をかけられた。蘭坊《ランファン》同様の手ぎわで夷狄がらみのいざこざを扱ってくれると信じているぞ、と（原注　『中国迷路殺人事件』参照）。夷狄諸部族といったところで、この北州《ペイチョウ》では国境をはさんで三百里の距離と軍十万にへだてられているというのにな」

老警部が中っ腹ぎみにひげをしごく。席を立ち、片隅の炉に行って茶をいれる。洪《ホン》警部は狄《ディー》家に仕える老僕で、判事が物心つく頃から世話をしてきた。十二年前、県知事として初任地に赴くさいには老齢の身をかえりみず、たって供を願い出た。それで、判事のはからいで政庁警部という官職を与えられたのだ。心の底から主家思いのこの老人は、腹蔵なく語り合える信任あつい相談役として、かけがえのない存在だった。

警部がさしだすあつあつの大きな茶碗をありがたく受け取り、包み込むように持って両手をぬくめながら狄《ディー》判事はこう述べた。

「おおむね文句をつける筋合いでもあるまい！　土地の者は生まれつき頑健、淳朴でよく働く。四カ月前に赴任してからというもの、お定まりの日常政務をのぞけば暴力沙汰は数件のみ。そっちは馬栄《マーロン》と喬泰《チャオタイ》であっさり片がついた。それに本県に迷い込む脱走兵などの北方軍の落ちこぼれどもは、軍警察がこの上なくてきぱきと処理してくれている、それは言っておかんとな」おもむろに長いひげをしごく。「だが」と続けて、「十日前のことがある、廖《リャオ》の娘が行方知れずになった件だ」

「きのうも父親の廖《リャオ》親方に会いまして」と、陶侃《タオガン》。「蓮《リエン》芳《ファン》の件で何ぞ出ましたか、と、またですよ」

茶碗を置いた狄《ディー》判事が太い眉をひそめる。

「市場は捜索ずみ、娘の人相書は州内の軍と政庁にくまなく回した。打てる限りの手は打ったはずだが」

陶侃《タオガン》がうなずく。

「廖蓮芳《リャオリエンファン》さんの神隠しについては、わざわざ骨折るまでもありますまい」と言う。「ひそかに付き合っていた男と駆け落ちしたんだろうとの見方はいまだに揺らぎません。そのうちまるまるした赤子を抱き、ばつの悪そうな夫を連れて舞い戻り、これまでのことはすっかり水に流してくれと老父に泣きつくのがおちでしょうて」

「だがね」横合いから洪《ホン》警部が口をはさむ。「あの娘には許婚《いいなずけ》がおったんだよ」

陶侃《タオガン》は皮肉っぽく笑っただけだった。

「駆け落ちを思わせるふしはあるな」と狄《ディー》判事。「それは認める。娘は供の女を連れて市場に出かけ、突厥《タタール》の熊使いを見物しているすきに雑踏で消えた。人ごみで若い娘をかどわかすなど無理だ、自分から姿をくらましたという線もたしかに考えられる」

遠くでずしりと銅鑼《どら》がひびいた。狄《ディー》判事が立ち上がる。

「午前の開廷だ」と言う。「とにかく、廖《リャオ》の娘の件には今日あらためて目を通そう。神隠しは手がかかるな！　そのものずばりの殺しのほうがずっといい！」

洪《ホン》警部の介添えで官服に着替えながらさらに、「狩りに出た馬栄《マーロン》と喬泰《チャオタイ》がまだ戻らんが、どうしたのか」

警部が答える。

「例の狼をつかまえるといって夜明け前に出ました。ゆうべの話では、午前の開廷までに戻るとのことで」

ため息をひとつついて暖かい毛皮帽を脱ぎ、黒絹の判事帽を頭にのせる。戸口に向かいかけたところへ巡査長が入ってきた。息せき切って述べる。

「民が大騒ぎしております、閣下！　けさがた東南坊で女の惨殺体が見つかりました！」

はたと足を止めた判事が洪《ホン》警部をかえりみて、手厳しく述べた。

「われながら、ついさきほどは実にばかなことを口にしたものだ、警部！　かりそめにも軽々しく殺人などと、もってのほかだ」

陶侃《タオガン》が案じ顔になる。

「あの蓮芳《リエンファン》なる娘でなければようございますが！」

判事は何も言わない。執務室から法廷奥の戸口に通じる回廊を渡りながら巡査長をただした。

「馬栄《マーロン》と喬泰《チャオタイ》の姿を見かけなかったか?」

「今しがた戻られました、閣下」巡査長が答える。「ですが市場の里正《りせい》が駆けこんできて、酒場で大喧嘩だと訴えまして。一刻も早く何とかしていただきたいと申しますので、閣下の副官どのおふたりとも、馬首を返してただちに里正と行かれました」

判事がうなずく。

戸を開けて垂れ幕を寄せ、法廷に入室した。

2

紙商人は骨董屋を訴え出て

狄《ディー》判事は殺人の現場に赴く

高壇にしつらえた判事席につき、押すな押すなの廷内を見渡す。つめかけた傍聴人は百をくだらない。

巡査六名が三人ずつ二手に分かれて判事席の手前に控え、その横に巡査長が立つ。洪《ホン》警部はいつものごとく判事の椅子の背につき、陶侃《タオガン》は判事席の横手で、低い机に筆を並べる上級書記のそばに控えた。

判事が警堂木《けいどうぼく》をかまえる寸前に、小ぎれいな毛皮長衣の男がふたり入口にあらわれた。人ごみからてんでに声をかけられて難儀している。判事の合図で巡査長がただちに人をかきわけ、ふたりを御前に案内した。狄《ディー》判事が警堂木で机を思い切り打ちすえる。

「静粛に！」と、大声をあげる。

とたんに法廷中が水を打ったようになり、御前の甃《いしだたみ》にひざをつくふたりに満座の目が集まった。年かさのほうはやせていて、憔悴しきった顔つきにとがった白髯をたくわえている。連れは肉づきがよく、大きな丸顔に縮れ毛のざんばらひげがだぶついたあごをふちどる。

狄《ディー》判事が宣言した。

「北州《ペイチョウ》法廷午前の部をここに開廷する。点呼」

法廷役人一同の点呼をすませると、判事席についたままで身をのりだしてたずねた。

「当政庁に出頭せる両名は何者か？」

「つつしんで申し上げます」年かさのほうがうやうやしく述べた。「てまえは葉平《イエピン》と申し、紙店を生業《なりわい》にいたしおります。横に控えおりますのは弟の葉泰《イエタイ》、家業手伝いでございます。妹婿の骨董商潘峰《パンフォン》がてまえどもの妹をむごたらしく手にかけました件を、閣下のお耳に入れる次第でございます。なにとぞ……」

「その潘峰《パンフォン》なる男はどこにおる？」狄《ディー》判事がさえぎる。

「昨日、城外へ逃げ出しました、閣下。ですがおそらく……」

「順を追って述べよ！」判事がにべもなく言う。「まずは、殺人が露見した次第と日時だ」

「けさがた早々に」葉平《イエピン》が述べだした。「この弟が潘《パン》の家に参りました。何度も何度も戸を叩きましたが、返事がございません。その時分に潘《パン》夫婦が留守など、ついぞないことで、さては何やら非道でも出来《しゅったい》したかと胸騒ぎがした弟は、拙宅に駆け戻りまして……」

「ちょっと待て！」判事がさえぎる。「潘《パン》と家内が出かけたかどうか、まず隣人にたずねなかったのはどうしてだ？」

「いたってさびれた界隈にございますので、閣下」葉《イエ》が答える。「潘《パン》宅は両隣とも空き家でございます」

「先を続けよ！」判事が命じる。

「てまえども両名でその場に戻りました」葉平《イエピン》が続ける。「拙宅から、ほんの通り二本さきでございます。あらためて戸を叩き、大声で呼ばわりましたが誰も出ません。その四合院（中国の伝統的家屋で、院子の四方を建物がとりまく。敷地内に数家族が住まうことも珍しくない）は掌《たなごころ》をさすように勝手知ったる場所ですので、急いで裏に回りこみました。塀を越えて裏手に出ますと、横桟をかった寝室の窓がふたつ開いておりました。弟の肩にのぼって中をのぞきましたら、見えた、ものは……」

そこで、うっとつまった。寒いのに額は汗だくだ。なんとかわれに返って話し続ける。

「壁際の炕《カン》（原注　中国北部ではれんが造りの大きなかまどを煥火であたためる。そのかまどを昼間は長椅子に、夜は寝台にする）に、閣下、血まみれの妹が裸で倒れておりました！　思わず大声を上げ、つかんでいた鉄桟を放した拍子に地面に転げ落ちました。弟に助け起こされるや、その足で里正のもとに駆けつけ……」

狄《ディー》判事が警堂木をぴしりと鳴らした。「訴人は平静をもって理路整然と申せ！」きつく言いわたす。「血まみれの妹の姿が窓越しに見えたからといって、死んでいるとなぜ言い切れるのだ？」

葉《イエ》は答えず、激しい嗚咽に身を震わせていた。つと顔を上げる。

「恐れながら」口ごもる。「く、首が、ございませんで！」

深い沈黙が法廷中をおおった。

狄《ディー》判事は椅子に背をあずけ、おもむろにひげをなでた。

「どうか先を続けてくれ。いま、里正のもとに行ったと言いかけたな」

「通りの角で行き会いました」いくぶん平静をとりもどした声で葉平《イエピン》が先を続けた。「目にしたままを告げ、潘峰《パンフォン》の安否も気がかりだと申し添え、ふたりがかりで戸を破りたいと許可を求めました。昨日の正午に革袋を担って城外へ向かう潘峰《パンフォン》に会ったと高里正《カオりせい》の口から聞かされ、どれほど腸《はらわた》が煮えましたことか！　二、三日は戻らないと言っていたそうです。

あの外道めは妹を殺してまんまと逃げました、閣下！　後生でございます、あの人殺しの卑劣漢をお縄にして、哀れな妹の恨みを晴らしてやってくださいませ！」

「高里正《カオりせい》はどこにおる？」狄《ディー》判事が尋ねた。

「こちらの政庁まで同道をと、下手に出て頼みましたのに」葉《イエ》がべそをかく。「断わられました。現場の番がある、不法に手をつける者がないよう見張らなくてはといって」

うなずいた判事が洪《ホン》警部に耳打ちした。「それでこそ里正というものだ！」それから、葉平《イエピン》にこう言う。

「いまの申し立てをこれから書記に読ませる。相違ないと思えば、弟ともども爪印を押すように」

上級書記が筆記したものを声に出して読み、葉《イエ》兄弟とも相違なしと認めた。爪印をすませたところで、狄《ディー》判事がかさねて述べた。

「本官はすぐさま手の者をひきつれて犯行現場に向かう。弟とそなたも同道せよ。だが、ここを出る前に、軍・民の役所回状用に、潘峰《パンフォン》の人相風体を書記に詳述するように。潘峰《パンフォン》がまちを出てやっとひと晩しかたっておらんし、道は悪路だ。早晩捕まるのは疑いない。妹殺しの下手人は、まちがいなく当政庁が裁きをつけよう」

警堂木で机をひと打ちし、閉廷を宣した。

執務室に戻って火鉢わきに立つ。手を火にかざしながら、洪《ホン》警部と陶侃《タオガン》にこう言った。

「潘峰《パンフォン》の人相供述を葉平《イエピン》がすませるまで、ここで待っていよう」

「首がなかったといぅあの話」洪《ホン》警部が感想をもらす。

「奇っ怪しごくですなあ！」

「葉《イエ》の目の迷いじゃありませんかな、室内が薄暗くて」と陶侃《タオガン》。「掛けぶとんの端か何か、首から上にかぶさっていただけかも」

「起きたことは、これから各自の目で確かめよう」判事が言う。

書記が潘峰《パンフォン》の人相供述を持ってきたので、狄《ディー》判事が高札用の布告文と、最寄りの軍警察官屋《つめしょ》の指揮官あてに送達する草稿をすぐさま書き上げた。書記に命じる。「責任持って、この手配をただちに行なえ！」

おもての院子《なかにわ》に大きな公用輿がひかえていた。先に乗り込んだ狄《ディー》判事が洪《ホン》警部と陶侃《タオガン》に声をかけて同乗させる。前後に各四人、つごう八人の輿丁《こしかつぎ》が肩を入れて担ぎ上げ、掛け声とともに出立した。騎馬の巡査二名が先導をつとめ、

葉《イエ》兄弟の訴え

もう四名を率いた巡査長がすぐ後に続く。

まちを南北に走る目抜き通りに一行が出ると、先導役の巡査が小さな銅鑼を鳴らして声を限りに叫んだ。「道をあけろ！　道をあけろ！　知事閣下のお通りだ！」

目抜き通りは両側とも店が軒をつらね、人通りも多い。一行が進むにつれ、みなつつしんで道をあけた。

関帝廟をやりすごし、何度か角を折れると、まっすぐ伸びた長い通りに出た。左手は桟をわたした小窓つきの倉庫が並び、右手はたまに狭い戸口があるほかは高い壁がえんえんと続く。輿が止まったのは数えて三つめの戸口の前、少人数の出迎えがいた。

輿が地につくと、きりっと実直な顔つきの男が進み出て、東南坊をあずかる高里正《カオりせい》と名乗った。輿から出る判事の介添えをかしこまってつとめる。

通りの端から端まで目を走らせた狄《ディー》判事がこう述べた。

「まちもこの辺まで来ると、じつにどうも寂れた感があるな！」

「数年前」里正が話す。「北方軍がまだ当地に駐屯しておりましたころは、筋向かいの倉庫群に軍需物資をおさめ、こちら並びの八軒は将校用宿舎にあてられておりました。いまでは倉庫はからっぽ、将校がたが宿舎をひきはらったあとに数家族ほど入居しまして。潘峰《パンフォン》夫婦もその口でございます」

「ぜんたいどうした風の吹き回しだね、こりゃあ」陶侃《タオガン》が声をはりあげる。「骨董屋ともあろうものが、こんな無人の界隈にわざわざ居つくなんて？　これじゃあ値打ちもんの骨董はおろか、おからだってはけそうにないぞ！」

「その通りだな！」と判事。「わけを知っているか、里正？」

「潘峰《パンフォン》は店売りでなく、いつも品物を持ってお得意回りをしておりましたので、閣下」というのが高里正《カオりせい》の返答だった。

凍るような一陣の風が、路上を駆け抜ける。

「中へ入ろう！」たまりかねて判事がうながした。

入ってすぐのところに、大きいだけの院子《なかにわ》がだらだらと広がり、四方を平屋がとりまく。

「この敷地は三軒分に仕切ってございます」高里正《カオリせい》が説明する。「このまんなかに潘《パン》が住み、あとの二軒はさしあたり空き家となっております」

みなで院子《なかにわ》をつっきって正面玄関に行き、安物の卓だの椅子数点のほかは調度にも事欠く大広間に出た。さらに里正の案内で、いくぶん小さめの第二院子《なかにわ》に出る。中央に井戸を設け、石の長椅子がすえてある。院子《なかにわ》の奥まった戸口三つを里正が示した。

「まんなかが寝室でございます。右手は物置になっております。左手は潘《パン》の仕事用工房、奥に台所がございます」

寝室の戸が薄めに開いているのを見て、狄《ディー》判事がすかさずただした。

「室内に足を踏み入れた者は？」

「誰もおりません、閣下」高里正《カオリせい》が答える。「てまえどもで正面の戸を破ったあとは、犯行現場によぶんな手を加えてはと存じまして。この院子《なかにわ》より奥は配下も立ち入らせませんでした」

わが意を得たりとばかりに判事がうなずく。寝室に入ってみると左側のあらかたを大きな炕《カン》が占め、厚いふとんが敷いてある。裸の女が上に寝ていた。あおむけになって両手を前で縛られ、まっすぐのばした両脚が死後硬直を起こしている。首の切り口は肉がちぎれてぎざぎざの切株状態。身体といわず、ふとんといわず、そこらじゅう乾いた血の海だ。

この酸鼻な光景から狄《ディー》判事はすぐ目をそらした。奥の壁ぎわには、窓ふたつにはさまれた鏡台があり、開け放した窓からの凍てつく風にあおられて鏡面にかけたふきんがはためく。

「入って窓を閉めよ」洪《ホン》警部と陶侃《タオガン》に命じる。それから里正に「よけいな者が入らぬよう、戸口を固めてくれ！　葉《イエ》兄弟がここに参ったら、さきほどの大広間で待たせておけばよい！」

里正が戸を閉めて出て行くと、狄《ディー》判事は残りの室内をつぶさに調べた。炕《カン》の真正面にあたる壁際に赤革の衣装箱が春夏秋冬ひとつずつ、つごう四つ積み重なっている。よくある眺めだ。そばの片隅に朱塗りの小卓。あとは腰掛ふたつ。ほかは何もない。

　見まいとしてもつい死体に目が行ってしまう。しばしの後、こう言った。

「脱ぎ捨てた被害者《がいしゃ》の服が見当たらんな。あの衣装箱をあらためてくれ、陶侃《タオガン》！」

　陶侃《タオガン》がいちばん上の箱を開けた。

「きちんとたたんだ服しかありません、閣下！」

「箱四つとも目を通せ！」判事がそっけなく言う。「警部に手を貸してもらえ」

　ふたりがかりでそちらに手をとられている間、狄《ディー》判事は部屋の中央に立ったまま、おもむろにひげをしごいていた。戸が閉まったので鏡にかかったふきんはだらりとさがり、血のしみが目についた。考えてみると、鏡に死体がうつっては縁起が悪いと考える手合いは世の中におおぜいいる。下手人はそんな輩《やから》に違いない。陶侃《タオガン》が大声を出したので、つられてそちらに向いた。

「ふたつめの箱の底に隠し仕切りがあり、この宝石が見つかりました」そう言いながら判事に見せたのは、紅玉のはまったみごとな金色の腕輪一対と、黄金《きん》むくのかんざし六本だった。

「うむ」と狄《ディー》判事。「骨董を扱っていれば、安値でそういう品を仕入れる機会もあるだろうな。もとに戻しておけ、どうせ部屋ごと封印するのだ。見つかった宝石類より、見つからん衣類の方がずっとひっかかる！　さて、物置を見るとしようか！」

　大小さまざまな箱がうずたかく積まれた室内を見て、こう言った。

「箱の中身をすべてあらためよ、陶侃《タオガン》。衣類もだが、死体の首も見当たらんことをくれぐれも忘れんでくれ！　私と警部は工房のほうを見てくる」

　こぢんまりした潘峰《パンフォン》の工房は四方に棚をめぐらし、時代のついた鉢や花瓶、玉製品や彫像などといった小品が思い思いに並んでいる。中央の小机には、瓶子《へいじ》や書籍やいろんな種類の筆がところ狭しと載っていた。

　判事の指図で洪《ホン》警部が大きな衣装箱を開ける。中身は男ものの衣類だけだ。

机のひきだしを開けた狄《ディー》判事が中をごそごそやっていた。「そら！」と言いながら、古い請求書束のすきまに見え隠れする銀のばら粒ひと山を指さした。「潘峰《パンフォン》はいやにあわてて出かけたものだ！　宝石も、金も持ち出さなかったとはな！」

台所もいちおう見たが、これといった収穫はなかった。陶侃《タオガン》が追いつく。服についたほこりをはたきながら言うには、

「むこうの箱は骨董の大壺だの古銅器なんぞです。どれもこれもほこりだらけ。この一週間ぐらい、人が立ち入った形跡はございませんなあ」

判事はおもむろにひげをなでつつ、けげんな顔で副官ふたりを見た。

「驚き入った状況だ！」口の中でそれだけ言うときびすを返し、ふたりを連れて外に出た。

さっきの大広間では、高里《カオり》正《せい》と巡査長が葉《イエ》兄弟ともども控えていた。

一同の礼にうなずいて答えると、狄《ディー》判事は巡査長に命じた。

「部下二名に鉤を四本持ってこさせて井戸をさらってみよ。担架と毛布も申しつけ、死体を政庁に運べ。その後に奥を三室とも封印し、追って沙汰あるまでふたりほど番人を立てよ」

手ぶりで葉《イエ》兄弟を呼び寄せ、卓をはさんで向かいにかけさせた。警部と陶侃《タオガン》は壁際の長い台にならんで腰をおろした。

「妹さんの殺されようはまことに酸鼻をきわめる」沈痛な声を葉平《イエピン》にかけた。「切られた生首は見当たらなかった」

「あの潘《パン》の鬼めが持ち出したんです！」葉平《イエピン》が大声を出した。「丸いものをつめた革袋を持っておりました、ここにいる里正が現に見ております！」

「潘《パン》に行き会った次第とやりとりを正確に話してくれ」と、狄《ディー》判事が里正に命じた。

「ばかに急ぎ足で西に向かう途中の潘峰《パンフォン》を見かけまして」と、里正。「『そんなにあわててどうしたんだね、潘《パン》さん？』と訊ねましたら、尋常に立ち止まって返事もせず、数

日留守にするとかなんとかぶつぶつ言いながら横をすりぬけました。毛皮外套も着ていないのになんだか赤ら顔です。何やらかさばる中身入りの革袋を右手にさげておりました」

判事がしばし考え込む。ついで葉平《イエピン》に、

「これまで、潘《パン》にひどい仕打ちを受けたと妹が話していたことは？」

「さて」やや言いよどんだ末に答える。「ありていに申し上げますと、夫婦仲はかなりよいほうだとつねづね思っておりました。潘《パン》は妹よりだいぶ年のいった男で、先妻に先立たれ、息子はもうひとり立ちして都におります。妹を縁づかせたのは二年前です。なにかにつけ体の不調をこぼす男でして、いささか退屈のきらいはございましたが人柄もまずまずと見ておりました。一筋縄ではいかぬ極悪人め、ずっと人目を欺いてきたに相違ございません」

「おれの目はごまかせなかったぞ！」いきなり弟がどなった。「性根の腐ったあやつめ……姉さんはよくこぼしてたぞ、ぶたれたって！」

憤慨のおももちで、たるんだ頬をふくらませる。

「そんならそうと、なぜこれまで言わなかった？」葉平《イエピン》が驚く。

「兄さんによけいな心配かけたくなかったのさ」葉泰《イエタイ》がつっけんどんに言う。「だが、こうなったら、あらいざらいぶちまけてやるとも。あの犬畜生めをふんづかまえてやる！」

「けさがた」狄《ディー》判事が話をさえぎる。「姉に会いに行った用向きは？」

葉泰《イエタイ》がいささかしどろもどろになった。

「それはその、あの、ちょっと思い立ちまして顔を見に」

判事が腰をあげた。

「供述一切は、記録のとれる政庁で聞かせてもらう」と、にべもなく片づけた。「私はこの足で戻る。両名とも同道して検死に立ち会うように」

輿に向かう判事に高《カオ》里《り》正《せい》と葉《イエ》兄弟が供をした。

一行がまた目抜き通りを行くさなかに、騎馬の巡査の片方が輿の窓に寄ってきて、鞭で示しながらこう言った。

「検死官をつとめる郭《クオ》さんの薬局はあそこです、閣下。本官でよろしければ、ちょっと寄って出頭を命じてまいりますが？」

小さいながら、きれいに片づいた店先が狄《ディー》判事の目に入った。看板には達筆で「桂林堂」と大書してある。

「いや、いい。じかに伝えてこよう」と言う。輿をおりながら副官ふたりに、「つね日ごろから薬局を見るのが好きでな。おまえたちはおもてで待つ方がよかろう。店内はさして広くもなさそうだし」

扉を開けるや、ふんわりと薬草の匂いがした。背中にこぶを背負った男が奥の売り台に立ち、大庖丁で一心不乱に生薬《しょうやく》を刻んでいる。

あたふたと売り台から出てきて、鄭重に礼をした。

「てまえが薬屋の郭《クオ》でございます」深みのある、びっくりするほどいい声だ。背丈はわずか四尺（約一・三メートル）ほどだが、がっちりした広い肩に頭でっかち。髪を結いもせず、伸び放題のままにしている。まれにみるほど目が大きい。

「検死官の仕事を頼むおりはこれまでなかったが」狄《ディー》判事が言う。「医術の腕はかねてより耳にしており、この に立ち寄らせてもらった。東南坊で起きた女殺しの件は き及んでいるだろうな。政庁まで出頭のうえ、検死を願う」

「ただちに参ります、閣下」と、郭《クオ》が答えた。壺や各種生薬の束などを積んだ棚に目をやり、弁解がましく、「閣下におかれましては、弊店の不調法になにとぞお目こぼしのほどを。整理整頓がなっておりませんで」

「いやいや、とんでもない！」狄《ディー》判事がそつなく言う。「すみずみまで整理の行き届いたことだ」黒塗りの大きな薬戸棚に近寄り、無数の小ひきだしにきちんと彫りつけた白い見出しを読む。「鎮静剤がよくそろえてある。月仙草まであるとは。あれは希少品だが」

指さされたひきだしを郭《クオ》がせっせと開け、乾かした細根の束を出した。もつれた根を丹念にほどく手つきを眺めるうちに、すんなりと器用な指先にことさら目をひかれた。郭《クオ》がこう述べる。

「この生薬は、まちの北門を出たところにある高い岩山でしか採れません。そのせいで土地の者は仙草山と呼びならわしております。冬になりますと、雪の下に埋もれたのを採りに参りますので」

狄《ディー》判事がうなずく。「冬のがいちばん効く。薬効が根に集まるからだ」

「玄人はだしでいらっしゃる！」郭《クオ》がそう驚く。

判事がひょいと肩をすくめた。

「古い本草書を読むのが好きでな」と答える。何かが足もとにまつわりつくようなので、ふと見おろすと、白い小猫が足をひきずってひょこひょこ離れ、こんどは郭《クオ》の脚に背をすりつけて甘えだした。郭《クオ》がやさしく抱き上げる。

「脚を痛めて路上にいたところを拾いまして。副木をしてやったのですが、うまくいきませんで。可哀相なことをしました。いま思えば、拳法の藍濤奎《ランタオクエ》師範にお願いすればようございました。骨接ぎがじつにお上手でございますから」

「副官たちから評判は聞いている」と、狄《ディー》判事。「これまで会ったなかでは、拳も組み打ちもずばぬけた技の持ち主とか」

「人柄もすぐれております、閣下」郭《クオ》が言う。「あんな人はそうおりません！」

ため息まじりにまた小猫をおろしてやった。

店奥の青い垂れ幕が寄せられ、すらりとした女が盆にお茶をのせて出てきた。しとやかに一礼して茶碗をさしだされた拍子に、繊細な美貌がいやでも目に入る。化粧っけもないのにしみひとつなく、磨いた白玉さながらだ。髪は三つ輪にすっきりまとめてある。大きな猫が四匹、あとについて出てきた。

「奥さんを政庁で見かけたことがある」狄《ディー》判事がそう言葉をかけた。「報告によると、女牢管理にひとかたならぬご造作をかけておるとか」

郭《クオ》の妻があらためて一礼した。

「閣下のご人徳のおかげをもちまして、仕事と申しましてもほとんどございません。北方軍についてきた流れ者がたまにご厄介になりますが、たいていは空き牢でございます」

作法にかない、それでいて落ち着いた物言いに、思いのほか好感を受ける。

ふくよかな香片茶《ジャスミンちゃ》を判事が飲んでいる間に、郭《クオ》に毛皮外套を着せかけ、ねんごろに首巻を巻いてやる。そのさまを判事がじっと見ていた。

後ろ髪ひかれる思いだった。酸鼻な殺しのあった、うそ寒い部屋のあとで、生薬の芳香にみちたこの小さな店は願ってもない気分転換だ。名残り惜しげにため息をつき、茶碗を置いた。

「さて、そろそろ行かねば！」

店を出ると、輿に揺られて政庁に戻った。

3

首なし死体の検死の次第
副官四名との苦心の推論

執務室では、公文書室づきの書記が待ち受けていた。隅の茶炉で洪《ホン》警部と陶侃《タオガン》の手がふさがっているひまに、狄《ディー》判事は執務机についた。かしこまってかたわらに控えた公文書室づき書記が机上に書類束をさしだす。

「主任書記を呼べ！」書類に目を通しながら、判事が命じる。

主任書記が入室すると、顔を上げた判事が言った。

「じきに巡査長が潘《パン》夫人の死体を運んでくる。検死は非公開だ、用もないのにあんぐり口を開けた野次馬などいらん。郭《クオ》検死官に手を貸してここの脇の間にすべて用意するよう、部下どもに命じておけ。あわせて、守衛にもよく申しておくように。政庁の者を別にすれば、被害者《がいしゃ》の兄ふたりと東南坊里正以外は誰ひとり入れてはならん」

洪《ホン》警部が出した熱い茶碗に少し口をつけたあと、それとわからぬほどの微苦笑を浮かべる。

「役所の茶は、今しがた郭《クオ》の薬局でよばれたのとは月とすっぽんだな！　そういえば、郭《クオ》夫婦はかなり不つりあいなとりあわせだ——夫婦仲はしごくよさそうだが！」

「郭《クオ》の奥さんは後家でして」陶侃《タオガン》が述べる。「前夫は当地で肉屋を営んでおりました。名は、たしか王《ワン》と申したかと。浴びるほど酒を飲んだあげく、四年前にあの世に行きました。かみさんにとっちゃ、もっけの幸いですな。自堕落で性根の腐ったやつだったそうです」

「さようです」公文書室づき書記がわきから言葉を足す。「王《ワン》肉屋はあちこちで山のようにつけをため、市場裏の妓楼もその中にありました。後家さんは店ぐるみ一切を手放しましたが、それでも足りず、妓楼の抱え主に身売りを強要されかけました。そこへ仲裁に入った郭《クオ》さんが耳をそろえて払ってやり、後家さんを嫁にした次第です」

目の前の書類に大きな政庁の公印を押すと、狄《ディー》判事は顔を上げて述べた。

「女ながら、なかなか学があるようだな」

「医薬にかけては郭《クオ》さん仕込みでございますよ」と、公文書室づき書記。「今ではひとかどの女医者です。初めのうちこそ、有夫の身で気ままに出過ぎるなどとそしられたものですが、近頃ではかえって人に喜ばれております。言うまでもなく、患者が女ですと、脈診までしか許されない男の医者よりつぶさに診てもらえますので」

「ああいう人がここの女牢をとりしきってくれて助かるな」書類を返してよこしながら判事が言う。「そうした役目につく者といえばすこぶるつきの因業ばばあが通り相場で、囚人をいじめたりひいきせぬよう、ことごとに釘をささねばならんのが普通だが……」

扉を開けた書記が脇によけ、乗馬用の厚い革上衣に耳あてのついた毛皮帽を着こんだ、がっちりした大男ふたりを通した。この両名は馬栄《マーロン》と喬泰《チャオタイ》、やはり狄《ディー》判事の副官でる。

大股に入ってくる姿をみて判事の目がなごむ。どちらも元を正せば追いはぎ、よく言えば「緑林の兄弟」だった。十二年前、最初の任地へ向かう途中の人目につかない街道で襲ってきたのだ。しかしながら、ふたりとも判事の剛胆な人柄が発する威に打たれ、その場で無頼の境涯からきっぱり足を洗って仕えるようになった。以後、この腕っ節の強いふたりは判事の手となり足となって、凶悪犯とわたり合うなどの荒仕事に大活躍してきた。

「どんな具合だった？」馬栄《マーロン》に訊ねる。

首巻をほどきながら、馬栄《マーロン》がにんまりする。

「いやもう、なんてことないです、閣下！　ごろつきの轎《かご》夫《かき》どもが二手に分かれてあの酒場で胸ぐら取り合い、ちょうど刃傷沙汰に行き着いたとこへおれと喬《チャオ》の兄貴が行き合わせました。それでちょいとめいめいの頭を小突いてやったら、じきにおとなしくひきあげました。頭目株を四人ばかりしょっぴいて来ましたんで、閣下にお許しいただければ、牢でひと晩ほど頭を冷やしてやりたいんですが」

「よかろう」と、判事。「ところで、農民の苦情のたねだったあの狼は捕まったか？」

「はい、閣下」馬栄《マーロン》が答えた。「狩りは最高でした！　楚《チュウ》大遠《ターユアン》がいちはやく見つけたんですがね、でかいの何のって。ところが、いざ矢をつがえる段になって楚《チュウ》がもたもたしてるまに、喬泰《チャオタイ》の矢がひょうと喉笛に命中です！　じつにあざやかでしたよ、閣下！」

「いやあ、楚《チュウ》の仕損じを拾ったまでですよ！」いつもの飾らない笑顔で喬泰《チャオタイ》が謙遜する。「楚《チュウ》ともあろうものがどうしたんですかね。弓の名手なんですが」

「それでも日々の稽古は欠かさないときてる」わきから馬《マー》栄《ロン》が言う。「等身大の雪だるまを的《まと》にした稽古ですが、ありゃ必見です。速駆けで四方を巡りながら射るんですが、ほとんどが頭に命中だからなあ！」ため息まじりに感心したあとでたずねた。「殺しの件はまちじゅうで噂になってますが、ぜんたいどんな事件なんです、閣下？」

狄《ディー》判事の顔がかげる。「なんともいやな事件だよ」と言う。「検死の支度が整ったかどうか、ふたりで脇の間をのぞいてきてくれんか」

戻ってきた馬栄《マーロン》と喬泰《チャオタイ》から準備完了の報告を受けると、洪《ホン》警部と陶侃《タオガン》をつれて脇の間に出向いた。

高机の脇に巡査長と書記二名が控えていた。判事が机につき、向かい合う形で副官四名が壁際に立つ。高里正《カオりせい》に連れられた葉平《イエピン》と葉泰《イエタイ》の姿も片隅にある。三人の礼にうなずいて応じ、身ぶりで郭《クオ》をうながした。

背中にこぶを背負った検死官が、机の手前にのべたむしろにかけたふとんをめくった。その日、判事が首なし死体と対面するのはこれで二度目だ。ため息まじりに筆をとり、用箋を埋めるかたわら声に出して読み上げる。「潘《パン》夫人葉《イェ》氏の遺体。年齢は?」

「三十二歳になります」葉平《イエピン》が声をふりしぼる。死人も顔負けに青ざめている。

「検死を始めてよし!」と狄《ディー》判事。

なみなみと湯をはって脇に寄せた銅たらいに郭《クオ》が布切れをひたし、ほとけの両手を拭いた。そっと縄をゆるめる。ついで腕を動かそうとしたが、あいにくすっかり硬直していた。右手にはまった銀の指輪をはずし、広げた紙にのせる。ていねいに死体を清めては、しらみつぶしに見ていく。かなりたってから裏返し、背中の血もきれいにした。

その間に洪《ホン》警部が声をひそめて、知る限りの事情を馬栄《マーロン》と喬泰《チャオタイ》に大急ぎで話してきかせた。さすがの馬栄《マーロン》もこれで息をのんだ。

「見たか、背中のあのざま?」喬泰《チャオタイ》相手に小声でいきまく。「今に見てろよ。あんなまねさらした外道め、この手でふんづかまえてやる!」

郭《クオ》はぞんぶんに時間をかけて念入りに首の切り口を調べ上げ、やがて身を起こすと所見に入った。

「遺体は既婚女性。経産婦の兆候は認められません。皮膚はなめらかで、あざや古傷はありません。刀傷は見当たりませんが、手首には縄による裂傷、胸部及び上腕部に打撲傷、背部から臀部にかけてどうやら鞭打ちと思われるみみず腫れがそれぞれ認められます」

書記が残らず記入するまで待ち、郭《クオ》はさらに続けた。

「頸部切断は大型刃物による特徴が認められます。推定では台所の肉切り庖丁かと」

狄《ディー》判事が憤然とあごひげをしごく。筆記した所見を書記に読み上げさせた上で、検死官の爪印をとった。銀の指輪は検死官の手で葉平《イエピン》に引き渡させる。その指輪を葉《イエ》がふしぎそうに見て、こう言った。

「紅玉がない！　おとどい会ったときは確かにはまっていたのに」

「ほかの指輪ははめなかったのか？」狄《ディー》判事がただす。かぶりをふった葉《イエ》に、かさねて言葉をかけた。「これにて遺体引取りを許可する、葉平《イエピン》。仮棺に収めるように。切られた生首の方はまだ見つかっておらん。家の中にも井戸にもなかった。だが約束しよう、全力をあげて下手人逮捕と首の発見にかかる。いずれ胴体とひとつ棺に入れ、つつがなく埋葬できるだろう」

葉《イエ》兄弟が無言で頭を下げると、席を立った狄《ディー》判事のほうは副官四名を連れて執務室にひきあげた。

だだっ広い室内に入ったとたん、どっしりした毛皮のかいもなく、ぞっと寒気がした。ぼそぼそと馬栄《マーロン》に、

「火鉢に炭を継いでくれ！」

馬栄《マーロン》がかいがいしく立ち働くひまに、残りの者は腰をおろした。長い頬ひげをなでる判事の手つきも鈍く、しばし黙りこくっている。馬栄《マーロン》も一座に加わったところで、陶侃《タオガン》がこう述べた。

「確かに、この殺しには腑に落ちかねる点がいくつかありますな！」

「ひとつだけだぜ、おれにわかるのは」馬栄《マーロン》がいきまく。「この手で潘峰《パンフォン》の外道をふんづかまえてやる。殺《や》るにことかいて、てめえの女房にあんなむごいまねしやがって。しかも、あたらいい肉体《からだ》をした女をよ！」

そのせりふは物思いにふける狄《ディー》判事の耳を素通りした。いきなり声に出して憤懣をぶちまける。

「そんな理不尽なことがあってたまるか！」

すっくと立ち上がる。ずんずん歩き回りながら、こう続けた。

「女は裸にされていた。なのに、着るものは服どころか鞋《くつ》さえ見当たらん。縛られた上に痛めつけられ、おまけに首

を切られたのに、争った形跡はこれっぽっちもない！　かりに亭主のしわざだとして、切り落とした生首と女の服一式を後生大事に荷造りし、部屋の片づけまですませて逃げた――それなのにだぞ、金目になる女房の宝石類を持たず、工房のひきだしに銀粒を放りっぱなしだ！　さて、何か意見でも？」

洪《ホン》警部の所感はこうだった。

「思いつくとすれば、閣下、未知の人物がほかに一枚かんでおりますな」

判事の足が止まった。また執務机の席に戻り、副官たちをじっと見る。喬泰《チャオタイ》がうなずいた。

「でかい剣を使いこなす首斬り役人みたいな大の男でも、斬首でしくじることはあります。おまけに聞いた話じゃ、潘峰《パンフォン》は非力な爺さんだって言うじゃありませんか。かみさんの首なんか、どうして打てます？」

「もしかすると」と、陶侃《タオガン》。「潘《パン》は家で下手人を見かけて肝をつぶし、家財一切放り出して脱兎の如く逃げたとか」

ゆっくりあごひげをしごきつつ、狄《ディー》判事が述べた。

「その見方も一理あるな。とにかく、その潘《パン》なる男の身柄を一刻も早く押さえんことには！」

「しかも、生かして捕らえませんと！」陶侃《タオガン》が思わせぶりに言う。「てまえの筋書が当たっていれば、下手人もやつを追っておりましょうからな」

だしぬけに扉が開き、やせた老人が気兼ねしいしい入ってきた。判事が驚いてそちらを見る。

「ここまで出向くとはどうしたわけだ、執事？」

「閣下」知事官邸の老執事が述べた。「太原《タイユアン》からの早馬が参りました。ちとお時間をさいていただけまいか、との第一奥様の仰せでございます」

席を立った狄《ディー》判事が副官たちに言う。

「夕方ごろにまた集まってくれ。その上で、そろって楚大《チュウタ》遠《ユアン》の夜宴に行くとしよう」

うなずく暇も惜しむように、執事を連れて部屋を出た。

4

狩場の夜宴で主賓を務め
軍警察より身柄がとどく

日没後ほどなく、厚い油紙のちょうちんをさげた巡査六名が院子《なかにわ》に待機していた。血の巡りをよくしようと足踏みするさまを見て、巡査長がにんまりほくそえむ。

「寒さなんぞ気に病まんでいい！　知っての通り、お歴々の楚大遠《チュウターユアン》だんなは太っ腹なお方だ。あすこんちのお邸じゃ、じきじきのおはからいでわしらみんなに厨房でうまいもんがたっぷり出るぞ！」

「酒だって、いっつも忘れずに出してくれるしね！」若い巡査がごきげんで言った。

次に、ひとり残らず気をつけをした。四人の副官をしたがえた判事の姿が戸口にあらわれたのだ。巡査長が大声で輿丁《こしかつぎ》を呼び、判事につづいて洪《ホン》警部と陶侃《タオガン》が輿に乗り込む。馬栄《マーロン》と喬泰《チャオタイ》には、馬丁が馬をひいてきた。喬泰《チャオタイ》がこう言う。

「閣下、おれたちふたりは藍濤奎《ランタオクエ》師範と落ち合ってから行きます！」

狄《ディー》判事がうなずいて了承すると、輿丁《こしかつぎ》どもがきびきびと歩き出した。

詰め物をした背当てによりかかりながら、狄《ディー》判事が口を開く。

「太原《タイユアン》からの使いだが、困ったことになった。第一夫人の実家《さと》の母が重病だという。彼女《あれ》は明朝出発する。第二と第三夫人もつきそい、子供らも連れてゆくことになった。季節がら楽な道中ではないが、やむをえまい。なにぶんにも老母はもう七十を越えるお齢《とし》だ、娘としては気にかかってならんのだな」

洪《ホン》警部と陶侃《タオガン》がこもごもに気づかう。その気持ちに礼を述べ、判事はさらにこう続けた。

「あいにくしごくだが、今夜の楚大遠《チュウターユアン》の宴は外せん。おっつけ、城門の守衛たちが妻子の乗る幌馬車三台を政庁に届けてくる。荷造りと積み込みを采配したいのはやまやまだが、楚《チュウ》は当地きっての名士だ。今ごろになって出席をとりやめて面子《メンツ》を潰させるわけにはいかん」

警部がうなずく。

「馬栄《マーロン》によりますと、楚《チュウ》はとうに準備をすませ、自邸の大広間に山海の珍味を盛り上げているそうでございますよ。気のおけないにぎやかなお人ですから、馬栄《マーロン》と喬泰《チャオタイ》のために狩りを催しては、ぞんぶんに楽しませておりますわい――あとの大酒盛りは言うだけ野暮ですが！」

「何が楽しゅうて、ああも能天気でいられるんだか」と、これは陶侃《タオガン》。「奥方八人に波風立たせないだけでも、ひと仕事でしょうに！」

「これこれ」と判事がたしなめる。「あの通り、子がないのだ。跡取り息子をあげられんのでは、さだめし胸中平らかではあるまい。気慰みというだけなら、いくら精力絶倫でもさすがにあの人数までいかないぞ」

「楚大遠《チュウターユアン》はたいそうな金持ちですが」洪《ホン》警部がいっぱしの道学者ぶる。「いかな富をもってしても叶わぬものもあるというわけですな」ややあってさらに、「奥さまがたやお子がたがそろってお留守では、閣下のご身辺はいちどきに火が消えたようになりますなあ」

「あの殺しが政庁で解決されんことには」判事が答える。「どうせ、家族と過ごす時間は大してとれまい。留守中は執務室で寝起きし、食事もそちらですます。忘れずに主任書記に伝えておいてくれ、警部！」

窓越しに目をやり、冬の星空に影絵となって立ちはだかる鼓楼をみとめた。

「そろそろだな！」

輿が止まったのは、威風堂々たる門前だった。朱の高門がいっぱいに開くと、ぜいたくな貂《てん》の裘《かわごろも》を着こなした偉丈夫が出迎え、輿をおりる判事に手を貸した。福々しい顔をこぎれいな黒ひげがふちどる。

楚大遠《チュウターユアン》の挨拶に続いて、あとの二人も頭を下げた。不景気面にしらがの山羊ひげを振りたてた廖《リャオ》親方を見て、狄《ディー》判事は内心げんなりした。おおかた、娘の捜索はどうなっているのかと宴席で根掘り葉掘りやられるにちがいあるまい。脇に控える若者は、楚《チュウ》の秘書役をつとめる書生の于康《ユイカン》。青ざめてぴりぴりした顔つきからすると、これまた許婚《いいなずけ》の安否を尋ねる気まんまんだ。

げんなりはまだあった。楚《チュウ》に案内された先は邸内の大広間でなく、南棟にひらけた露台だったのだ。

「当初の予定では」楚大遠《チュウターユアン》が朗らかに述べる。「広間のおもてなしを考えておりましたが、この通り、当地のわしらはたかが北辺の田舎者です。閣下が日ごろ食べつけておられるお邸料理と太刀打ちなんぞ、滅相もない！　ならばいっそ一から十まで狩場式にやるほうが、野趣があるだけまだしも御意に叶うかと思いまして。炙り肉に地酒で、ほんの鄙《ひな》のお口汚しではございますが、これはこれでまんざら捨てたものでもございますまい！」

おもてむきは調子を合わせたものの、まずいことを思いついてくれたというのが偽らざる本音だった。風はないし、露台の四方には風除けの絨毛《フェルト》を高くめぐらしてある。が、それでもひどい寒さには変わりない。悪寒はするし、喉も痛くなってきた。午前中に潘《パン》の家でいやな風邪をもらってきたに違いないと思うにつけ、広間にぬくぬくとおさまって飲み食いした方が絶対よかったのにとうらめしい。

露台に無数のたいまつがゆらめき、厚板四枚を大きな方形につらねて架台にのせた宴席を照らしていた。方形の中央に巨大な火鉢をすえ、真っ赤に熾った炭火を山盛りにしている。まわりに下男三人が立ち、長い金串に刺した肉を炙っていた。

楚大遠《チュウターユアン》は上座にすえた折りたたみ床机《しょうぎ》に判事をかけさせ、自分と廖《リャオ》親方で両脇を占めた。洪《ホン》警部と陶侃《タオガン》は右卓で于康《ユイカン》と相席、対面は年輩の男ふたり。楚《チュウ》の口上によると、それぞれ紙屋と酒屋をたばねる親方だという。火鉢をへだてて判事と向かい合う卓に馬栄《マーロン》と喬泰《チャオタイ》の席がしつらえてあった。そっちの相客は拳法師範の藍濤奎《ランタオクエ》だ。

北方最強の名だたる拳法師範に興味をおぼえた狄《ディー》判事はじっと見守った。きれいに剃り上げた頭と顔にたいまつの光が当たる。毛をつるつるに剃り落とすのは、戦うさいにじゃまになるからだ。馬栄《マーロン》と喬泰《チャオタイ》が飽きもせず熱心に話すせいで、拳法修行に心血をそそいで妻帯もせずにきた藍《ラン》が、ふだんも謹厳そのものの生活を送っていることは承知している。紋切り型の社交辞令を楚《チュウ》とやりとりしながら、内心思った。北州《ベイチョウ》の地で、馬栄《マーロン》と喬泰《チャオタイ》が楚大遠《チュウターユアン》や藍濤奎《ランタオクエ》と意気投合して本当によかった。

楚《チュウ》に乾杯されてしまい、返杯に追い込まれた。荒っぽい地酒に灼《や》かれて、ただでさえ痛い喉がいっそうひりつく。

そのあと例の殺しの件をたずねられ、炙り肉を食べるあいまにかいつまんで説明する。脂っこくて胸焼けがした。ふだんならば野菜でもと思ったが、相客たちのように手袋をはめたままでは箸をうまく操れない。しびれをきらして脱いでしまったら、こんどは指がかじかんでよけい食べにくくなった。

「あの殺しのせいで」酒嗄《が》れした声で楚《チュウ》が耳打ちする。「この廖《リャオ》さんはいたく心痛ですよ。さては娘の蓮芳《リエンファン》も同じ目に遭ってはおるまいかと恐れおののいております。少し元気づけてやってはいただけませんか？」

捜索の件で娘の話題に水を向けたとたん、しらがひげの老人は親ばか丸出しでとうとうと述べはじめた。ご老体の身になればいかにも哀れとはいえ、その話は何度も政庁で聞かされたし、目下は頭が割れそうだわ、顔は熱っぽくほてるわ、背中と脚は逆に冷えきって氷のようだわというありさま。こんな時季に、さして楽でもない旅に女子供を出すのはいかがなものかと考えて暗然とする。

楚《チュウ》がまたもや身を乗り出してきた。

「生死はともかく、ぜひとも閣下のお力であの娘を見つけてやってください！　うちの書生など、もう青息吐息で死にそうですよ。まあ無理からぬ話ではあります。言い交わした仲ですし、なにしろ美人ですからな！　そうはいっても地所のほうの仕事がたまっておりますしね。ここ最近ていたらくでは、お世辞にも使える男とは申せませんわい！」

にんにくと酒くささのまじった息が盛大にかかり、胃の腑が喉もとにぐぐっとせりあげた。全力をつくして廖嬢《リャオ》の足どりをなどと口の中でもごもご言い、立ってしばしの中座をことわる。

楚《チュウ》の合図で、灯をかかげた下男が奥への案内に立った。迷路じみた暗い回廊を抜けると、小さな院子《なかにわ》のかなたに厠《かわや》がいくつもある。そのひとつにそそくさと入った。

出てくると、べつの下男が銅たらいの湯をさしだす。あたためた手ぬぐいで顔と首をさっぱりさせたら、気分がいくらかましになった。

「気遣い無用だ」と、その下男に言う。「戻る道ならわかる」

月明かりの院子《なかにわ》をすたすた歩き出す。いやに静かなところをみると、広大な邸内でも奥のほうではなかろうか。

しばらくして宴席に戻る気になる。だが、内部の回廊はどれもこれもあかりひとつなく、じきに勝手がわからなくなった。手を叩いて呼んでみたが、誰もでてこない。どうやら、使用人どもはひとり残らず露台に出て、宴の給仕をつとめているらしい。

前方に目を凝らすと、かすかな灯が見えた。おっかなびっくり進んでいくと、薄めに開いた戸口に行き当たる。そのさきは板塀を高くめぐらした小庭だった。庭といっても、裏口わきの片隅に申し訳程度の植え込みがあるだけで、あとは何もない。凍雪の重みに枝がたわんでいる。

戸口ごしに庭を眺めるうち、なんとはなしにぞっとした。

「いよいよ本式の体調不良に決まりだな」とつぶやく。「われながら、こんな静かな裏庭のどこに、悪寒の余地がある？」いやがる足を交互に出して板張りの階《きざはし》を降り、庭を抜けて裏口に出る。さくさくと雪を踏みしめる自分の長靴よりほかに物音はない。それなのに、戦慄は今やそれとわかるほどの形をとり、えたいのしれない敵意がひしひしと迫る。心ならずも足を止め、あたりを見回した。とたんに心臓が止まる。人の形をした不気味な白いものが、植え込みの陰にぬっと立っていた。

恐怖の目をみはってつかのま立ちつくし、ついでほっと息をつく。塀にもたれて座禅を組む坊主に似せた、等身大の雪だるまだ。

声を上げて笑いかけ、途中で凍りついた。雪だるまの目玉にはめた炭がふたつとも落ち、うつろな眼窩がまがまがしくこちらを見すえていた。いわく言いがたい死と腐敗の気配が、どんよりと周辺にたれこめる。

ふいにいたたまれなくなった。くるりと背を向け、屋内にあわてて取って返す。階《きざはし》を踏みそこね、むこうずねを怪我した。それでも歩調はゆるめない。暗い回廊の壁づたいに手探りし、ひたすら先へ先へと急ぐ。

角をふたつ折れて灯を持った下男に行き当たり、その案内で露台に出た。

宴たけなわの席では、声を合わせて狩りの詩など高らかに吟じていた。楚大遠《チュウターユアン》が箸をちんちん鳴らして拍子をとる。判事のようすを見てあわてて立ち上がり、こう気づかった。

「閣下、お顔色がすぐれませんが！」

「ひどい傷寒《かぜ》だな、どうみても」言いながら、しいて笑顔をつくる。「おたくの裏庭で雪だるまにぞっと悪寒を催すしまつだ、推して知るべしだよ」

楚《チュウ》がからから笑いとばす。

「うちで召し使う親どもによくよく申し渡し、子供の雪だるまはひょうきん者に限るといたしましょう！」と言う。

「ささ、百薬の長でももう一杯召し上がれ！」

そこへ、いきなり執事がずんぐりした男を案内してきた。剣尖飾りかぶとに短い鎖かたびら、革ずぼんというでたちをひと目みれば、いやでも軍警察の騎兵とわかる。判事の前で気をつけをし、きびきびと口上を述べた。

「つつしんで報告いたします。大街道より二里東にあたる五羊村の六里南において、手配中の潘峰《パンフォン》を見回りの者どもが捕らえました。貴政庁の牢をあずかる看守に、ついさきほど身柄を引き渡した次第であります」

「よくやってくれた！」狄《ディー》判事が大声でねぎらう。楚《チュウ》に向かって、「まことに残念だが、この吟味があるのでこれでおいとまさせねば。だが、せっかくの興に水をさすのもなんだから、連れて行くのは洪《ホン》警部だけにしよう」

楚大遠《チュウターユアン》はじめ客一同に前院子《まえにわ》まで見送られ、そこで挨拶かたがたにわかの辞去をあらためて詫びた。

「なんのなんの、お役目優先でございますよ」楚《チュウ》がこころよく受ける。「それに、悪者が捕まったとは何よりです！」

政庁に戻るや、洪《ホン》警部にひとこと命じた。

「看守をここへ！」

やってきた看守が判事に一礼した。

「囚人の所持品は？」とただす。

「凶器類はございませんでした、閣下。身分証と小銭だけです」

「革袋はなかったか？」

「はい、閣下」

うなずいて、牢への案内を命じる。

独房の鉄扉を開けた看守がちょうちんをかかげると、囚人が鎖をがちゃつかせて寝台から腰をあげた。ぱっと見た感じ、潘峰《パンフォン》はしごく無害な老人のようだ。しらがを振り乱したうりざね顔にどじょうひげ。赤いみみず腫れが派手に左頰を横切り、見られたざまではない。普通の囚人のように無実を訴えるでもなく、かしこまって判事のお声がかりを待っている。

袖の中で腕を組み、判事は厳しく言い渡した。

「潘峰《パンフォン》、おまえは重罪のかどで、当政庁に名指しの訴えが出ておるぞ！」

ため息をついた潘《パン》の返事はこうだった。

「何のことかすぐ思い当たります、閣下。義弟の葉泰《イエタイ》がぬれぎぬをきせたに相違ございません。あの極道めがしょっちゅう銭をせびりに来るので、ほとほと困り果てておりました。以後はこんりんざいお断わりと木戸をついて、まだいくらもたちません。おおかた、腹癒《はらい》せにこんなあてつけをやらかしたんでございましょう」

「知っての通り」判事は動じない。「お上の法では、私が囚人と一対一で尋問するわけにはいかん。だが、最近になって連れ合いとひどくもめたかどうかを今この場で話してくれれば、明日の法廷でさらし者になる手間がそのぶん省けるのではないか」

「じゃあ、女房めもぐるですか！」潘《パン》が苦りきる。「それでようくわかりましたよ、道理でこの何週間かようすがおかしかったわけだ、とんでもない時間に家を空けたりして。おおかた葉泰《イエタイ》に加担して、ありもしない大嘘の罪をでっちあげよったんでしょうて！　現におとといだって、わしが

「……」

狄《ディー》判事が片手をあげて打ち切る。

「一から話すのは明日にせよ！」にべもなく言い、背を向けて独房を出た。

5

陶侃《タオガン》が師範の余技を語り
骨董商が申し立てをする

あくる朝、判事が執務室に出てきたのは、ほどなく午前の開廷というころだった。副官四人はとうに顔を揃えている。

疲労の残る土気色の顔に洪《ホン》警部が目ざとく気づいた。馬車の積み込み作業が夜ふけまでかかったせいだ。執務机の席につき、こう口を開いた。

「何はともあれ、家の者たちは出発した。軍さしまわしの道中警護は夜明け前に到着したよ。また雪にならなければ、三日あれば太原《タイユアン》に着くはずだ」消耗しきった様子で目をこする。ついで口調を改め、てきぱきと続けた。

「ゆうべ、潘峰《パンフォン》とじかに少し話してみた。第一印象としては、推測どおり下手人は未知の人物だ。でなければ、潘《パン》はずいぶんな役者だよ。起きたことをこれっぽっちも知らんのだから」

「おととい急いだ行き先はどこでしょう？」陶侃《タオガン》が尋ねる。

「じきわかる、法廷で尋問すればな」と狄《ディー》判事。警部が出した熱い茶を黙って飲み、さらに、

「楚《チュウ》の宴席におまえたち三人を残らせたのは興をそがないというのもあるが、どことなく妙な感じがしてな。体調がだいぶ悪かったから、気のせいだったかもしれんが。私が出たあとで、何かしら妙なことを見聞きしたかどうか聞きたい」

馬栄《マーロン》と喬泰《チャオタイ》が顔を見合わせ、ついで頭に手をやりながら面目なさそうに馬栄《マーロン》が言った。

「閣下、ぶっちゃけた話、ちっと酒が過ぎたようです。特にありません。喬《チャオ》兄貴ならもっとあるかもしれませんが」

「おれにわかるのは」喬泰《チャオタイ》が破顔した。「自分をはじめ、ひとり残らずできあがってたってことです」

陶侃《タオガン》は左頰に生えた三本の長い毛をなぶり、思案のていだった。

「ああいった強い酒はどうも苦手で。藍《ラン》師範は一滴も飲みませんので、おおかたはあの人と話しながら、いちおう宴席にまんべんなく目配りしておりました。すこぶる盛会だったと言わざるを得ません」狄《ディー》判事が無言なのでそのまま続けた。「ですが、藍《ラン》が面白いことを申しておりました。話題が例の殺しに及びますと、葉平《イエピン》は耄碌《もうろく》ぎみだが悪いやつじゃない。が、葉泰《イエタイ》のほうは性根の腐った箸にも棒にもかからん人間だとか」

「理由は？」狄《ディー》判事がすかさず訊く。

「数年前」陶侃《タオガン》が答える。「葉泰《イエタイ》に拳法を手ほどきし、ほんの数週間で破門したそうです。小手先の邪道にかまけ、技の背骨をつくる心というものにはおよそ無頓着だったそうで。あたらいい素質を持ちながら、下劣な心根ゆえに奥義は夢のまた夢と申しておりました」

「耳目をそばだてる話だな、それは」と判事。「ほかに？」

「ございません」と陶侃《タオガン》。「あとは七巧板でいろいろ作ってくれまして」

「七巧板だと！」狄《ディー》判事があっけにとられる。「子供のおもちゃだろう！　小さい頃に遊んだ覚えがある。正方形の紙を七つに切ったやつを、いろんな形に組み合わせるあれか？」

「そうです、あれです」馬栄《マーロン》が笑う。「藍《ラン》さんも物好きですよねえ！　子供だまし以上のものがあるんだと言ってききません。かたちの本質をとらえる目を養い、精神修養になるんだそうで！」

「その気になればたいがいなんでも作ってくれますよ」と陶侃《タオガン》。「しかもたちどころに」何でも出てくる広袖から七つに切った厚紙を取り出し、卓上で正方形にならべる。

「紙の切り方はこうです」

紙切れをかき混ぜ、さらに言う。「まず鼓楼をと注文しましたら、これができました」

「それじゃわけなさすぎる、走る馬をと申しましたら、やはりほいほいと作っちまいました」

「お次は法廷でひざまずく下手人と言いましたら、こうです」

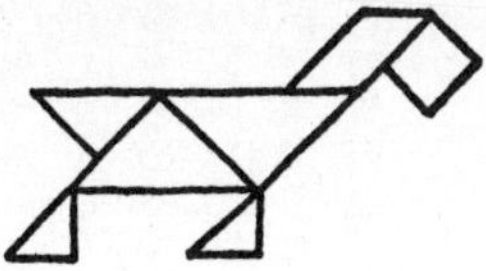

「こっちも意地になって」と陶侃《タオガン》は続けた。「酔いどれ巡査と舞妓を頼みました。それも作っちゃうんですからねえ！」

「てなわけで」と陶侃《タオガン》が締めくくる。「てまえも脱帽です」

みなと声を合わせて狄《ディー》判事が笑う。

「誰もことさら気づかなかったのなら、ゆうべ何やら不穏な気配がしたのは体調不良のなせるわざだろう。それにしても楚大遠《チュウターユアン》邸はべらぼうな広さだな。あの暗い回廊で危うく迷いかけた」

「楚《チュウ》の一族があそこに住みついて、もう何代にもなるそうで」と喬泰《チャオタイ》。「そういう古い邸には、何やら不気味な気《き》がわだかまることがままあります」

「あの妻やら妾やらをそっくり入れとくんじゃ、いくら広さがあっても足りんだろ」馬栄《マーロン》がにやつく。

「楚《チュウ》は気持ちのいい男です」喬泰《チャオタイ》があわてて言いつくろう。「狩りの腕は一流、厳しいが公平な地主の旦那で通ってます。その証拠に、小作人どもはひとり残らずなついてます。だれもかれも言ってますよ、子供ができなくてお気の毒でならんと」

「夜のつとめが嫌ってわけでもなかろうになあ！」言いながら、馬栄《マーロン》がことさら片目をつぶってみせた。

「それで失念してましたが」陶侃《タオガン》が話をひきとる。「楚《チュウ》の秘書役を務める于康《ユイカン》なる青二才がえらいびくつきようで。ちょっと声をかけられたぐらいで、お化けにでも遭ったような顔つきでしたよ。許婚《いいなずけ》に男ができて逃げられたとするこちらの見方と、あの若造の胸中はぴたりと一致しとるようです」

狄《ディー》判事がうなずく。

「神経がすっかりやられてしまう前に、あの若いのを尋問しよう。廖蓮芳《リャオリエンファン》のほうは落度がない、落度がないと父親があんまり必死に言い張るものだから、そう言う親からして半信半疑なのではないかと勘ぐりたくもなる。陶侃《タオガン》、午過《ひるす》ぎから廖《リャオ》邸周辺をあたってくれ。ついでに葉《イエ》兄弟のほうにも回り、藍《ラン》師範から聞いた話の裏をとれ。ただし、じかに近づくな、けどられてはまずい。界隈の聞き込みだけにせよ」

銅鑼が三度鳴った。立ち上がった狄《ディー》判事が官服と官帽をつける。

どうやら潘峰《パンフォン》逮捕がいち早く知れ渡ったらしく、傍聴席は大入り満員だった。

開廷後の点呼を済ませると、狄《ディー》判事はすぐさま朱筆を取り上げて看守への通達を書いた。

潘峰《パンフォン》が御前に引き出されるや、怒りのざわめきが傍聴席でおきた。最前列に楚大遠《チュウターユアン》、藍濤奎《ランタオクエ》と並んで立っていた葉《イエ》兄弟がしゃにむに進み出ようとし、巡査らに押し戻された。

狄《ディー》判事が警堂木を鳴らす。

「静粛に！」大声で申し渡したあと、眼前の甃《いしだたみ》にひざまずく男に短く尋ねた。

「姓名職業を述べよ」

「つつしんで申し上げます」潘峰《パンフォン》が落ち着いて述べる。「潘峰《パンフォン》と申し、骨董商をいたしおります」

「おととい城外に出たのはなぜか？」判事がただす。

「数日前のこと、北門外の五羊村から農夫が訪ねてまいりまして」と、潘《パン》が答える。「畑に馬糞をすきこむさなかに古い青銅鼎を掘り当てたと申します。てまえ存じおりますところでは、八百年前の漢の時代、五羊村はさる豪族の大きなお邸でございました。それで、行って現物を見る価値がありそうだと家内に申しました。おとといは晴れておりましたので、出かけてあくる日に戻ることにいたしました。すると……」

狄《ディー》判事がさえぎる。

「その朝、妻はどんな様子だった？」

「てまえの方は、修理を要する年代ものの漆小卓に午前中かかりきりで」と潘《パン》が言う。「家内は市場へ出かけたあと、昼飯《ひる》をこしらえておりました」

判事がうなずく。「先を続けよ」と命じた。

「さしむかいで昼飯《ひる》をすませますと」潘《パン》が話し続ける。「てまえは重い毛皮外套を巻いて革袋に入れました。おおかた、田舎の宿ではろくな暖も取れまいと……玄関前の路上で青物屋に会いましたら、宿駅の馬が残り少なだ、押さえたければ急いだがいいと教えてくれました。それで北門に急ぎ、借り賃を払ってちょうど一頭だけ残っていた馬をうまく押さえられました。そこで……」

「青物屋のほかに、途中で誰かに会わなかったか？」また判事がさえぎる。

潘峰《パンフォン》がちょっと考える。

「そういえば、宿駅への途中で高里正《カオりせい》とすれ違いざま、形ばかりちょっと挨拶いたしました」

判事の合図で、話の続きにもどる。

「五羊村には日暮れがたに着きました。農夫のうちを探し当て、鼎を見せてもらいましたら上物です。長いこと掛け合いましたが、強情者でいっかな値が折り合いません。日もとっぷり暮れましたので、村の旅館に馬を乗りつけ、簡単な食事をとって休みました。

あくる朝になると、まずは古銅の品を付近の農家にたずね歩いて何軒か当たってみましたが、空振りでした。旅館で昼飯をとり、前の日に行った先へ出直しました。またもや延々とやりあった末、とうとう鼎を買い取りまして。さっそく毛皮外套を着込み、空いた革袋に鼎を入れて出発しました。

ところが三里ばかり行くと、雪山から現われた二人組の追いはぎが駆けてきました。あわてふためいて馬に一鞭くれて一目散に逃げ、ふと気づけば、動転したあげく道に迷ってしまっておりました。さらに間の悪いことに、鼎を入れた革袋をどこかに落としてきたらしく、鞍のどこにも見当たりません。ひとけのない雪山を駆け巡って探しながら、恐怖はいや増すばかりです。

そこへいきなり軍警察が五騎現われました。やれうれしやと大喜びしたのもつかの間、心外にも馬から引きずり落とされ、手足を縛った上で鞍に乗っけられました。何をするんだときいたら、隊長に鞭の柄で顔をなぐられ、黙れと言われました。あとは何の説明もなく城内に戻り、そのまま牢屋行きです。以上がすべてでございます」

葉平《イエピン》がどなる。

「こやつめの言い分は一から十まで大嘘です、閣下!」

「申し立ての裏はとる」判事が一蹴した。「沙汰があるまで証人葉平《イエピン》は控えておれ」潘峰《パンフォン》には、「その追いはぎ二人組の人相風体を述べよ」

ちょっと間をおいてこう答えた。

「なにしろ肝をつぶしておりまして。実を申しますと、よくは見ておりません。ただ、そういえば片方が眼帯をしておりました」

狄《ディー》判事は書記に供述を読み上げさせたうえで、巡査長に潘《パン》の爪印をとらせた。それがすむと重々しく言った。「潘《パン》峰《フォン》、そなたの家内は殺害された。そのかどで義兄葉平《イエピン》より名指しの訴えが出ておる」

潘峰《パンフォン》の顔から血がみるみるひいた。

「そんな、わしじゃない！」取り乱して叫ぶ。「わしゃなんにも知らん、家を出るときはぴんぴんしてたんだ！　閣下、なにとぞ……」

判事が手ぶりで巡査長をうながすと、潘峰《パンフォン》はなおも無実を叫びながら引っ立てられていった。

こんどは葉平《イエピン》に言う。

「潘峰《パンフォン》の供述の裏が取れたら、再度出頭してもらうことになる」

あとはお定まりの日常政務を何件かさばいて閉廷した。

一同そろって執務室に戻るや、洪《ホン》警部が熱心に尋ねた。

「潘峰《パンフォン》の話ですが、閣下はどうごらんになります？」

頬ひげをなでて思案の末に、やがて答えた。

「あの男の言い分に嘘はないと思う。留守中に、未知の人物が女房を手にかけたのだろう」

「銀粒や貴金属が手つかずなのはそれで納得いきます」陶《タオ》侃《ガン》が言う。「下手人がありかを知らなかったまでだと。ですが、かみさんの衣類が消えうせた件の説明がつきません」

「なかでも疑わしいのは」これは馬栄《マーロン》。「追いはぎ二人組から逃げるはずみに袋を落としちまったってくだりですな。軍警察があの一帯を定期巡回し、脱走兵やら突厥《タタール》の間者に目を光らせてるのは誰だって知ってます。あの辺に近づく追いはぎなんていませんよ」

喬泰《チャオタイ》がうなずく。

「おまけに潘《パン》が言う人相風体ときたら」さらに言う。「かたっぽが眼帯してたってだけですからね。月並みも月並み、市場の講釈師ばりですな！」

「とにかく、だ」と判事。「裏を取ってみよう。警部、巡査長に巡査三名つけて五羊村へやり、旅館のあるじと農夫に裏を取れ。さっそく軍警察の指揮官に手紙を書き、追いはぎ二人組の件を問い合わせてみる」

ちょっと考えてさらに言った。

「あわせて、廖《リヤオ》蓮《リエン》芳《ファン》の行方を探す手段を何か講じなくては。陶侃《タオガン》は廖《リヤオ》邸と葉《イエ》紙舗に行くから、市場には馬栄《マーロン》と喬《チヤオ》泰《タイ》が行き、失踪現場であらためて手がかりを探してみよ」

「閣下、藍濤奎《ランタオクエ》を連れてってよろしいでしょうか」馬栄《マーロン》がおうかがいを立てた。「あの場所に詳しいので」

「いいとも」と狄《ディー》判事が答えた。「私はこれから朝飯のあと、ここの寝椅子で仮眠をとる。戻りしだい、ただちに報告にきてくれ！」

6

陶侃《タオガン》は妙な話を聞き込み
米商人に酒食をもたせる

洪《ホン》警部は馬栄《マーロン》や喬泰《チャオタイ》と門衛詰所に連れだって昼飯に行き、陶侃《タオガン》だけはその足で政庁を出た。

銀雪まばゆい旧練兵場《れんぺいじょう》を東に折れる。凍てつく風が吹いても、痩せこけた身に長い戎衣《じゅうい》をかきあわせるだけで、さらに足を速めた。

関帝廟の門前で葉《イエ》紙舗への道をたずね、となりの坊だと教えられる。ほどなく大きな看板が見えた。

陶侃《タオガン》は向かいの小さな青物屋に寄り、身銭を切って蕪漬《かぶらづ》けを銅銭一枚ぶんもらった。

「きれいに刻んで、丈夫な油紙にくるんでくれ」と注文する。

「この店先で召し上がるんじゃないんで？」あるじがびっくりした。

「路上で立ち食いなんざ、沽券《こけん》にかかわる」高飛車に決めつけた陶侃《タオガン》だが、渋い顔をされてあわてて言いつくろう。

「なんだね、こざっぱりしたいいお店だねえ。この場所ならさぞかしご繁盛だろう」

あるじがにっこりする。

「まずまずですよ」と話に釣りこまれた。「女房ともども一汁一菜のおまんまに不自由もせず、どこにも借りはなし」さらに得意げに、「一週おきには、ささやかながら肉だって拝めますしねえ」

「筋向かいの大きな紙屋さんなんか」陶侃《タオガン》が評する。「さぞかし毎日肉ざんまいだろうねえ」

「あっちはあっちでさ！」と冷ややかに言う。「博打好きじゃあ、そういつまでも肉にありつけやせんでしょうて」

「あの葉《イエ》さんが手なぐさみをやるのかい？」陶侃《タオガン》がたずねる。「人は見かけによらないねえ」

「あの人は違いますよ」と青物屋が言う。「博打は弟のほう、図体ばかり大きなごろつきでね！　だけどさ、いくら好きでも肝腎の元手がこれからは心細いやねえ」

「なんでまた？」と陶侃《タオガン》。「ずいぶんな大店のようだが」

「あんたね、わかっちゃいないんだねえ」やれやれと見やる。「いいですかい！　その一、葉平《イエピン》さんは金を借りてて、とてもじゃないが葉泰《イエタイ》にくれてやる無駄銭はない。その二、葉泰《イエタイ》にいつも用立ててくれたのは、潘《パン》にかたづいた姉さんだった。その三、その姉さんが殺されちまった。その四……」

「葉泰《イエタイ》の金づるはおじゃんだ」陶侃《タオガン》がかわりに言い終える。

「そういうこと！」青物屋が溜飲をさげた。

「なるほどな」ともらし、蕪漬けの包みを袖にしまってその場をあとにする。界隈を歩き回って賭場を探した。

もともと本職の賭場師だった陶侃《タオガン》は、昔とった杵柄で、まもなくさる絹物屋の二階に上がって行った。きれいな漆喰壁の大部屋では、男四人が方卓を囲んで賽の目のゆくえを追っていた。その横手に卓をすえ、がっちりした男がひとりで茶を飲んでいる。陶侃《タオガン》は向かいに腰をおろした。

つぎだらけのなりに胴元は渋い顔をし、冷たくあしらった。

「悪いこた言わねえよ、出直しな。うちの賭け金は銭五十からだぜ！」

その飲みさしの茶碗を陶侃《タオガン》が取り上げ、ゆっくりと中指で縁を二度なぞった。

「こいつはどうも不調法で！」胴元があわてる。「お茶でもあがんなせえ、あっしどもでなんか力になれやすかい」

陶侃《タオガン》がやったのは、同業に仁義を切る裏稼業だけの符丁だった。

「ふむ」と言う。「じつを言えば、内々で教えてほしいことがある。あの紙屋の葉泰《イエタイ》てのにちょいと貸しがあるんだが、ここんとこないないの一点張りだ。さとうきびの絞りかすをいくら絞ったって骨折り損だから、あらかじめ裏をとろうと思ってね」

「だまされちゃあいけねえ、兄弟」と胴元。「ゆうべなんざ銀粒はってやがったぜ」

「あの二枚舌め！」陶侃《タオガン》が声を張り上げる。「兄貴はどけち、ずっと金づるだった姉貴はばらされちまったとぬかしておきながら！」

「そっちはその通りかしれんが」と胴元。「金づるは他にもあるんだよ。ゆうべ、ちっと酒がまわったら口がすべってたよ、ちょろいやつを搾ってやるとかなんとか」

「そのちょろい牝牛役に心当たりは？」陶侃《タオガン》の言葉に熱がこもる。「こうみえても農家の出、乳搾りはお手のものだ」

「悪かないな」と胴元が認める。「葉泰《イエタイ》が今晩来たら、うまいこと聞き出しとくよ。あいつあ、がたいはいっぱしだが、おつむときたらからっきしだ。二人前たっぷりあるようなら、あんたにも一枚かましてやるぜ」

「そいじゃ、あすまた寄る」と陶侃《タオガン》。「ことのついでだ。ちょいと賭けないかい？」

「おお、いいともよ！」胴元が機嫌よく言った。

陶侃《タオガン》は七巧板を袖から出し、卓上に置いて大見得をきった。「お望みのもんを何でも、この紙切れで作ってやるって方に銭五十はった！」

紙片をちらっとみた胴元がこう言った。

「のった！　丸い銭にしてくんな。銭のつらならいつ拝んでも障りにゃならねえ」

陶侃《タオガン》がさっそくとりかかる。が、うまくいかない。

「なんでこうなんだよ！」じれったがって叫んだ。「つい先ごろ、人がやるのを見たときはわけなさそうだったのに」

「そりゃねえ」胴元は涼しい顔だ。「ゆうべのちんちろりんで、八度たて続けていい目を出したやつがいたよ。そいつも一見お茶の子さいさいさ。ところが、対面《トィメン》のやつがまねして有り金すっちまった」さっきまでの元気はどこへやら、しおしおと紙を片づける陶侃《タオガン》に胴元が追い討ちをかけた。「即金だよな。あんただって異存なかろ、玄人うちじゃあ現金払いが鉄則だってのはよ」

陶侃《タオガン》がしょんぼりうなずいて銭を出しかけると、胴元が真顔で言い添えた。

「兄弟、わしがあんたならそんな勝負はやめにするぜ。ばか高くつきそうだ」

またうなずいた陶侃《タオガン》が、立ち上がって辞去した。鐘楼へとてくてく向かいながら、葉泰《イエタイ》の件はじつに耳寄りだったにせよ、この聞き込みは高くついたと気が滅入った。

廖邸《リャオ》は孔子廟近くであっさり見つかった。立派な彫門の豪邸だ。腹も減ってきたことだし、安い飯屋はないかとあたりを見回す。だが、なにぶんお邸街なので、廖邸《リャオ》の向かいに大きな料亭が一軒だけ、他には見当たらない。

太いため息まじりに料亭の軒をくぐる。えらく物入りな聞き込みになりそうだ。二階に上がり、窓辺の席をとる。そこなら、向かいの門前が眼下に一望できる。

あいそよく出てきた給仕だが、店でいちばん小さな酒注ぎを一本だけという注文にがっかりした。しかも、ままごとの人形用かというほど小さいのを運んできてさえ、陶侃《タオガン》に思いっきりいやな顔をされた。

「こんなんじゃ酔っ払っちまうじゃないか」と、とがめる。

「あのね、お客さん」給仕がいいかげん愛想を尽かす。

「指ぬきがいいんなら、仕立屋に行きな！」手荒に漬物皿を置く。「別勘定で銭五枚ねっ！」

「持ち込みがある」恥ずかしげもなくさっきの蕪漬けを出し、向かいの門前から目を離さずに惜しみ惜しみかじりだした。

まもなく、厚い毛皮を着こんだでぶが廖邸《リャオ》から出てきた。人夫がひとり、大きな米俵を担いでよろよろついていく。でぶの方は料亭が目に入ると人夫にひと蹴りくれ、「米俵を店に持ち帰れ、ぐずぐずするな！」とわめいた。

会心のほくそ笑みが陶侃《タオガン》の顔に広がる。聞き込みのいい鴨が、ただめしの葱を背負ってやってきた。

肩で息をしながらあがってきた米商人に相席を勧める。でぶはどさりと椅子に倒れこむや、熱燗の大を注文した。

「きょうびはせちがらいったらないねえ！」とあえぐ。

「品物がちょっとしけたら突っ返してくるんだから。おまけに肝臓までぐあいが悪い」毛皮外套の前を開いて、こわごわと脇腹に手を当てた。

「いや、さほどでも」陶侃《タオガン》が悦に入る。「この先ずっと、食い扶持の米一斗が銭百ですむんでね」

相手ががばと座りなおした。

「百！」半信半疑で声を上げる。「あんたね、相場は百六十ですぞ」

「それが違うんだな、あたしゃ」なにくわぬ顔で陶侃《タオガン》がうそぶく。

「なんでです？」と相手がやっきになる。

「はっは！」陶侃《タオガン》が大声で煙に巻く。「そりゃあ、秘密ですよ。米商いが本業の人ならともかく」

「まぁま、一杯どうぞ！」と太っちょが意気込む。大杯に酌をしながら、「ひとつ教えてくださいよ、いい話ってのは、聞いてて気持ちがいいですからねえ！」

「だらだら話してる暇はないんで」と陶侃《タオガン》は答えた。「そいじゃ、ほんのさわりだけ。けさがた、男三人にたまたま行き会いましてね。城外から親父さんと荷車で米を運んで来た。そうしたところ、ゆうべ親父さんが心の臓でぽっくり死んじまい、納棺して連れ帰るために急場の金が要るんだそうです。全部あたしがもらいましたよ、一斗あたり銭百でね。さて、もう行かんと。給仕、おあいそ！」

立ち上がりかけた袖を、でぶっちょがあわててつかむ。「なにもそう急がんでも」と言う。「肉でも焼かせますよ。おい、酒をもう一本！　このだんなのお勘定は全額わしが持つ！」

「むげにするのもなんだから」と陶侃《タオガン》。また腰をおろして給仕に言いつける。「鶏肉にしてくれ、胃が弱いんだ。あと、いちばん大皿で頼むよ」

厨房にさがりながら給仕がつぶやく。

「初めは指ぬきだったくせに、こんどは大皿かい。お給仕役は言わぬが花だよ！」

「ありていに申しますと」でぶが秘密めかして言う。「わしは米商人ですから、事情は心得てます。ご自宅用にそれだけの米をとっといたらだめにしちまいますし、はばかりながら同業組合のお仲間じゃないお方が市場で売りさばくのは無理です。ですが、お助けすると思って、ここはわしがまとめて一斗あたり銭百十でいただきましょう」

陶侃《タオガン》がためらった末にゆっくり杯を空けて言った。

「このお話を煮詰めてもよさそうですな、まあ一杯」ふたつの杯になみなみ注ぎ、焼鳥の大皿を引き寄せる。いちばんいいところを遠慮なくさらった上でたずねた。

「向かいのあのお邸ですが、廖《リャオ》親方のお住まいでしょ、お嬢さんが神隠しだとかいう」

「さいです」相手が答える。「だがね、消えてくれてもっけの幸いなんですよ。あの娘はどうもいただけん！　ところで、米の件ですが……」

「その話、酒の肴にちょいと聞かしてくださいな」またも陶侃《タオガン》がひと切れさらいながら、相手をさえぎる。

「大口のお得意さんをかれこれ言うのもねえ」でぶが言い渋る。「うちのやつにだって言ってないんですよ」

「あたしが信用ならんとおっしゃるなら……」陶侃《タオガン》がそっぽを向く。

「めっそうもない！」相手があわてふためく。「まあその、こんなわけです。こないだ市場の南を歩いてましたらね。酒場の春風楼近くで、廖《リャオ》の娘がおつきの女もつれずに締め切った家からひょっこり出てきて。通りをこう端から端までさっと見たあと、そそくさ歩いていきました。おかしいなあ、誰んちだか見に行こうとした矢先に戸が開いて、こんどは細っこい若造が出てきました。そいつもやっぱり通りをきょろきょろしてから、どっか行っちまったんですわ。付近の店でそこんちを訊いたら、なんだったと思います？」

「あいびき宿」打てばひびくように陶侃《タオガン》が応じ、漬物皿をきれいに空けた。

「なんでわかったんですかい？」でぶは拍子抜けのていだ。

「なあに、まぐれさ」杯を干して言う。「明日の同じ時間にまたここで。米代金の受取を持ってきますよ。ことと次第ではそれで手を打ちましょうや。そいじゃ、どうもご馳走さん！」

どれもこれも空っぽの皿に目を白黒させるでぶをしりめに、意気揚々と階段をめざした。

7

副官二名は拳法師範を訪ね
隻眼の兵士の不運をただす

馬栄《マーロン》と喬泰《チャオタイ》は門衛詰所で食後の渋茶を飲んでから、洪《ホン》警部と別れた。院子《なかにわ》にもう馬が出ている。

空を見上げた馬栄《マーロン》が言いだした。

「雪は降りそうにないな、兄貴！　歩こうぜ！」

喬泰《チャオタイ》も賛成し、連れだってすたすたと政庁を出た。城隍廟《じょうこうびょう》の正面で高塀ぞいに右に折れ、藍濤奎《ランタオクエ》の自宅がある静かな通りに出た。

藍《ラン》の弟子らしい鍛え上げた若者が玄関口に出てきて、師範は道場ですと言った。道場というのは、入口近くに木の長椅子があるだけの、がらんとした大広間だ。ただし漆喰の壁面にはずらりと棚を吊り、刀槍や稽古用の木刀などなど備えつけの武器各種をかけつらねている。

床にぶあつく敷きつめたむしろの中央に藍濤奎《ランタオクエ》が立っていた。真冬なのに下帯を締めただけのすっぱだかで、径三寸ほどの黒球を操っていた。

長椅子にならんで腰かけた馬栄《マーロン》と喬泰《チャオタイ》が、食いいるように藍《ラン》の動きを見守った。いっときも球を止めず、投げ上げて左肩、右肩の順に受け、腕から手先に転がし、床に落ちる寸前にしなやかに拾い上げる——すらすらとなめらかに続く動作は、いくら見ても見飽きないほどだ。

藍《ラン》の身体も頭のようにつるつるで、腕も足もまんべんなく太いが筋肉のこぶはない。胴回りは細くしまっているが、肩幅は広く首は太かった。

「女みたいにすべすべの肌だな」喬泰《チャオタイ》が馬栄《マーロン》に耳打ちする。「だが、ひと皮むいたら鞭そのものだ！」

馬栄《マーロン》が無言でうなずいて感心する。

ふいに動きやめた。しばし呼吸を整え、にっこり笑って友ふたりに歩みよる。広げたてのひらに載せた球を馬栄《マーロン》にさしだして言う。

「ちょっと持っててもらっていいかな？　服を着るから」

なにげなく球を受けとった馬栄《マーロン》が、悪態まじりに取り落とした。床に落ちてずしりと音をたてる。鉄むくの球だ。

三人とも声をそろえて笑った。

「うひゃあ、すげえ！」と馬栄《マーロン》が声をあげる。「かるがると扱うから、てっきり木の球だとばかり」

「あの稽古、つけてもらいたいもんだな！」喬泰《チャオタイ》がその気になる。

「ふたりには前に話したはずですが」穏和な笑みを絶やさずに藍濤奎《ランタオクエ》が言う。「組み手や技だけの切り売りはしない。それだけは譲れません。入門はいつでも大歓迎ですが、一から十までこちらの言いつけに沿って修行してもらわないと」

馬栄《マーロン》が頭をかいた。

「おれの記憶が確かなら、修行中の掟に、女を近づけるなってのがあったっけ」

「女は男の精を吸いつくすんだ！」その剣幕に両名はどぎ

も抜かれた。藍《ラン》が口調を荒らげるなど、めったにない。笑顔に戻った藍《ラン》が穏やかに言った。「きちんと節制の上でなら、害にならんということですよ。あんたは特別扱いにしましょう。きっぱり禁酒の上で指示通りの食養生を行ない、女と寝るのは月一度にとどめる。それだけでいいですよ」

馬栄《マーロン》がなんともいえない目で喬泰《チャオタイ》を見た。

「そこだよ」と言う。「それが困るんだよ、藍《ラン》の兄貴！ 酒や女がなしじゃ夜も日も明けんとまでは言わんが、そろそろ四十の声を聞くとなあ。もう癖になっちまってるんだよ。喬泰《チャオタイ》はどうなんだい？」

小ぶりな口ひげをいじりながら喬泰《チャオタイ》が答える。

「ま、女はよしとしよう――むろん、とびきりの上玉であればの話だぞ！ だが、酒が一滴もだめってのは……」

「そうら、言わんこっちゃない！」藍《ラン》師範が笑う。「ですが、さしたる問題じゃない。ふたりとも拳法は十中九まで登りつめたことだし、奥義まで極める必要はない。仕事柄、そんな達人と拳を交えることには絶対なりません」

「どうしてだい？」と馬栄《マーロン》が尋ねた。

「単純明快ですよ」と答える。「初歩から九段階までは、頑健な体と不屈の努力があればこなせる。だが、奥義となると技や力は二の次、心に一点の曇りもない境地に達して初めてなれる。だから、どうがんばってみても罪人になれないのは自明の理でしょう」

馬栄《マーロン》が喬泰《チャオタイ》の脇腹をつつく。

「そんなら」うれしそうに言う。「おれたち二人ともこれまでどおりがよさそうだ、兄貴。さ、藍《ラン》の兄貴も服を着ろよ。市場へ連れてってもらいたいんだ！」

服を着ながら藍《ラン》が言った。

「それはそうと、おたくの判事はご本人さえやる気があれば奥義までいけそうだ。たぐいまれなる強靭なお人柄という印象を受けましたよ」

「そうなんだ」と馬栄《マーロン》。「しかも剣も奥義の腕前だよ。固唾を飲むような一撃を見たことあるぜ（原注　『中国梵鐘殺人事件』参照）。判事どのなら飲み食いも奥さんたちのほうもほどほどだろ。だけど、やっぱり難がある。まさか真に受けたりしないよな、あの判事どのが頬ひげとあごひげをおとなしく剃り落とすなんてさ？」

三人は笑いながら玄関口に向かった。

南へてくてく歩いていくと、じきに屋内市場の高い飾り門に着いた。狭い路地は冷やかし半分の買物客でごった返しているが、藍濤奎《ランタオクエ》を見るとみんなすぐさま道を譲った。北州《ペイチョウ》で師範を知らない者はない。

「この市場は」と藍《ラン》が説明する。「北州《ペイチョウ》が突厥《タタール》の物資拠点だった昔からあってね。兎小屋さながらの出店をずっと一列に並べたら、五里以上だとか。ところで、お目当てはずばり何です？」

「判事どのの仰せでは」と馬栄《マーロン》が答える。「先日ここで神隠しにあった廖蓮芳《リヤオリエンファン》って娘の手がかりをつかめと」

「たしか、熊使いを見物してたんだったかな」と拳法師範。

「じゃ、こちらへ。突厥《タタール》人がその芸をやる場所ならわかる」

近道を抜け、店裏のいくぶん広い通りに二人を連れだした。

「ここだよ」と言う。「今はいないようだが、この場所だね」

道の両側にみすぼらしい小店が並び、売子が声をからして売り口上をまくしたてる。それを見て馬栄《マーロン》が言った。

「この辺のやつらにはもう洪《ホン》さんと陶侃《タオガン》がひととおり聞きこんだんだが、一筋縄じゃいかん連中ばっかりだ！　また聞いたってしょうがない。それにしてもあの娘、何だってこんなとこに。絹や錦なんかを売る大店のある北側なら、まだわかるけどな」

「そのへんをお付きの女はなんと？」師範がただす。

「道に迷ったんだと」喬泰《チャオタイ》が答えた。「ちょうど熊が芸をしてたので、ちょっと足を止めたまでだ」

「南に向かって通り二本先に、妓楼がある」藍《ラン》が言う。

「あっちの連中が何かつかんでるんじゃないか」

馬栄《マーロン》がかぶりを振る。

「あっちはおれが自分で調べた。収穫はなかったよ。この件がらみではね」やにさがって言い足す。

その背後できいきい声がした。振り向くとぼろを着たやせっぽちの男の子、十六ほどだ。変な声でぶつぶつ言いながら顔をひどく痙攣させる。銭をやろうと袖をさぐる馬栄《マーロン》を押しのけ、懸命に藍《ラン》師範の袖を引っぱる。師範がにっこりしてもじゃもじゃ頭に大きな手を置くとたちまち静かになり、はるかに大きな姿を憧れの目で見上げた。

「えらい風変わりな知り合いだなあ！」喬泰《チャオタイ》が意表をつかれる。

「たいていの人より風変わりってことはないよ」藍《ラン》が穏やかに言う。「この子は、漢人の兵と突厥《タタール》の娼妓の間にできた捨て子でね。通りで酔漢に蹴られ、あばらが何本か折れたところへ行き会ったんだ。骨を接いで、しばらくはうちに置いた。口はきけなくとも耳は少し聞こえるから、うんとゆっくり話してやればわかるよ。機転はきくほうだから、使えそうな早技をいくらか身につけさせた。今じゃ、よほど酔っ払ってでもいない限り、あえてこの子を襲うやつは絶対いませんな！　弱い者いじめほど見苦しいものはないからね。手もとに置いて走り使いでもさせようとしたんだが、たまに風来坊の癖が出るからこの市場にいるほうが気楽らしい。うちには決まった日に寄って、世間話がてら飯食ってってますよ」

少年がまたきいきい声をたてだした。藍《ラン》がじっと耳を傾け、やがて言った。

「ここに何の用か知りたいそうだ。行方知れずの娘のことを訊いてみよう。すこぶる目ざとい子だ、この界隈で起きたことなら知らないことはないといっていい」

熊の曲芸と娘の話を、身ぶり手ぶりを交えてゆっくり伝えた。若者のほうは、師範の唇をいっしんに見つめながら全身で聞き入っている。ゆがんだ唇に汗の玉が浮いた。藍《ラン》の話が終わるといてもたってもいられないようすで、相手の懐に手を突っ込んで七巧板をつかみだし、敷石にうずくまって並べだした。

「教えたのは私でね」師範がにっこりする。「ちょくちょく利用して、意思疎通の役に立てている。さて、何ができますやら！」

三人がかがんで少年の手元を見つめた。

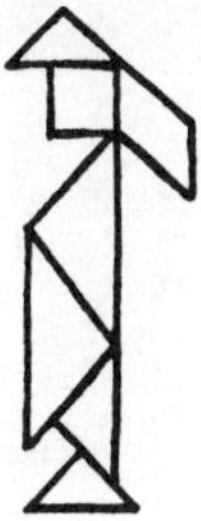

「どう見ても突厥《タタール》人だな」藍《ラン》がそう認める。「かぶっているのは、平原に住まう突厥《タタール》人の黒頭巾だ。あのな、そいつが何をしたんだだね？」

口のきけない少年はしょんぼりとかぶりを振り、藍《ラン》の袖をつかむと耳障りな声を立てた。

「ややこしすぎて自分ひとりの手には余るそうだ」師範がそう伝える。「身の回りの面倒をみている乞食婆さんのもとに、これから一緒に来てくれと言ってる。店の床下に掘った穴倉を一緒のねぐらにしてるんだ。だが、あんたらふたりはここで待ったほうがいい。暖かいのが取柄なんだが、かなり不潔で臭いんでね」

藍《ラン》が少年に連れられていく。馬栄《マーロン》と喬泰《チャオタイ》は近くの店先で突厥《タタール》の短剣を品定めにかかった。

ひとりで戻ってきた師範がうれしそうに言う。

「何か耳寄りな話がつかめたようだ。こちらへ！」店裏の片隅にふたりを引っぱりこみ、声をひそめた。「婆さんが言うには、あの子ともども熊見物の人垣にもぐりこんでいたそうだ。年かさの女に付き添われた身なりのいい娘を見かけて近づこうとした。小銭を恵んでくれる脈ありとみたんだろう。ところが、声をかけようとした矢先に、中年女が娘のすぐ後ろからなにやらささやきかけた。すると娘は付き添い女の様子をうかがい、見世物に気をとられているすきを見すましてもうひとりと一緒に抜け出た。あの子の方は四つんばいになって見物人の脚をくぐりぬけ、小銭目当てに娘と女のあとをつけた。そこを突厥《タタール》風の黒頭巾をかぶり、やはり女たちのあとをつけてきた男に手荒に突きのけられた。いかにも凶暴そうな男だったので、ついていって小銭をもらう心づもりは捨てる気になったそうだ。じつに面白いじゃないか？」

「まったくだ！」馬栄《マーロン》が声を上げる。「もしかして、婆さんかあの子がその中年女と突厥《タタール》人の人相風体を教えてくれんかな？」

「残念ながら無理だ！」師範が答えて言う。「むろん、私からも同じことを訊いてはみた。女は首巻で顔の下半分を隠していたし、男の方は頭巾の長い耳あてをおろして口もとにかぶせてたんだ」

「ただちに報告せんと」と、喬泰《チャオタイ》。「あの娘の足どりで、確実な手がかりはこいつが始めてだ！」

「近道をとって出口に案内しよう」藍《ラン》師範が申し出る。

案内役が先に立ち、雑踏ひしめく日当たりの悪い小路に入る。いきなり女の絶叫、家具調度を叩き壊す物音がつづいた。人々はちりぢりに逃げ、あっという間に路上は三人だけになった。

「あっちの暗い家だ！」馬栄《マーロン》が叫ぶ。まっさきに駆けつけて戸を蹴破り、あとの者も続いた。

無人の居間を通り抜け、板張りの大階段に駆け寄る。二階は表通りに面した大部屋ひとつきりだ。あられもない光景がくりひろげられていた。部屋の中央で床を転げ回る男二名に、殴る蹴るの狼藉をはたらく悪党二人組。戸口に近い寝台脇に半裸の女が立ちすくみ、窓の手前の寝台でも、すっぱだかの女が腰布を巻きつけようとしている。

悪党どもがそれまでの餌食を放した。右目に眼帯を当てた筋肉隆々の小男が藍《ラン》の坊主頭を見くびって、顔面めがけてすかさず拳を繰り出す。拳法師範はごくわずか頭を動かしてよけ、打撃が横をかすめざま、相手の肩をちょっと押した。とたんに悪党は矢のように宙を飛び、壁土が落ちるほど激突した。もうひとりも示し合わせたように身をかがめ、馬栄《マーロン》の胃めがけて頭突きを放つ。が、馬栄《マーロン》が片膝をあげたので、顔面にまともに決まった。全裸の女がまた悲鳴をあげる。

ぜいぜい息をついて片目の男が立ち上がった。

「刀さえありゃ、てめえら極道どもなんぞ切り刻んでやる！」

はり倒そうとした馬栄《マーロン》の手を、藍《ラン》が止めた。

「どうやら味方につく側をまちがえたようだぞ、兄弟」冷静に言う。それから、かかってきた悪党どもに「こちらのおふたかたは政庁の士官さんだ」

すでに立ち上がっていた被害者両名があたふた戸口に逃げたところへ、喬泰《チャオタイ》がいち早く立ちふさがった。

片目の男が明るい顔になり、三人見比べた末にあてずっぽうで喬泰《チャオタイ》に話しかけた。

「勘違いしてすいません、隊長どの！　てっきりそこの女衒《ぜげん》の一味かと思っちまって。おれとこいつは北方軍の歩兵、今は休暇中です」

「身分証を見せろ！」喬泰《チャオタイ》がぶっきらぼうに言った。

腰帯にはさんでいた、北方軍の大きな印を押したぼろぼろの封筒を出す。中の書類にさっと目を通し、封筒を返してよこしながら喬泰《チャオタイ》が言った。

「書類に不備はない。事情を話せ」

「そこの寝台にいる女に」兵士が述べた。「遊んでかないって、通りで袖ひかれまして。いざあがったら、あっちの女が部屋で待ってました。前払いで思う存分やってひと眠りしました。ところが財布がどこにも見当たりません。大声をあげたら、あいつら女衒の古狐どもがあらわれ、女はどっちも女房だ、おとなしく出てかなきゃ軍警察を呼ぶ、おれらが無理ずくで犯したことにしてやるぞってんです。剣呑な泥沼ですよ。軍警察にとっつかまってごらんなせえ、罪のあるなし関係なく地獄めぐりですぜ。あいつらときちゃ、手足の冷えをほぐしがてら人をぶん殴るんですからねえ！　それで、金はきっぱり思い切るにせよ、そこのごろつき二人だけは忘れようにも忘れられない目に遭わせてやれと思ったまでです」

あとの二人を穴があくほど睨みつけていた馬栄《マーロン》が、だしぬけに大声をあげた。

「おお、この豪傑どもの面あ思い出した！　通りふたつ先の二軒めにある妓楼のやつらだな！」

とたんにふたりとも膝をつき、お目こぼしをと泣きついた。年かさの方が袖から銭入れを取り出し、片目の兵に渡す。

馬栄《マーロン》が愛想を尽かした。

「いっぺんぐらい目新しい手を思いついちゃどうだ、ええ？　この犬畜生ども。まったくやんなるぜ。どっちも政庁に来な、そっちの女どもも一緒だ！」

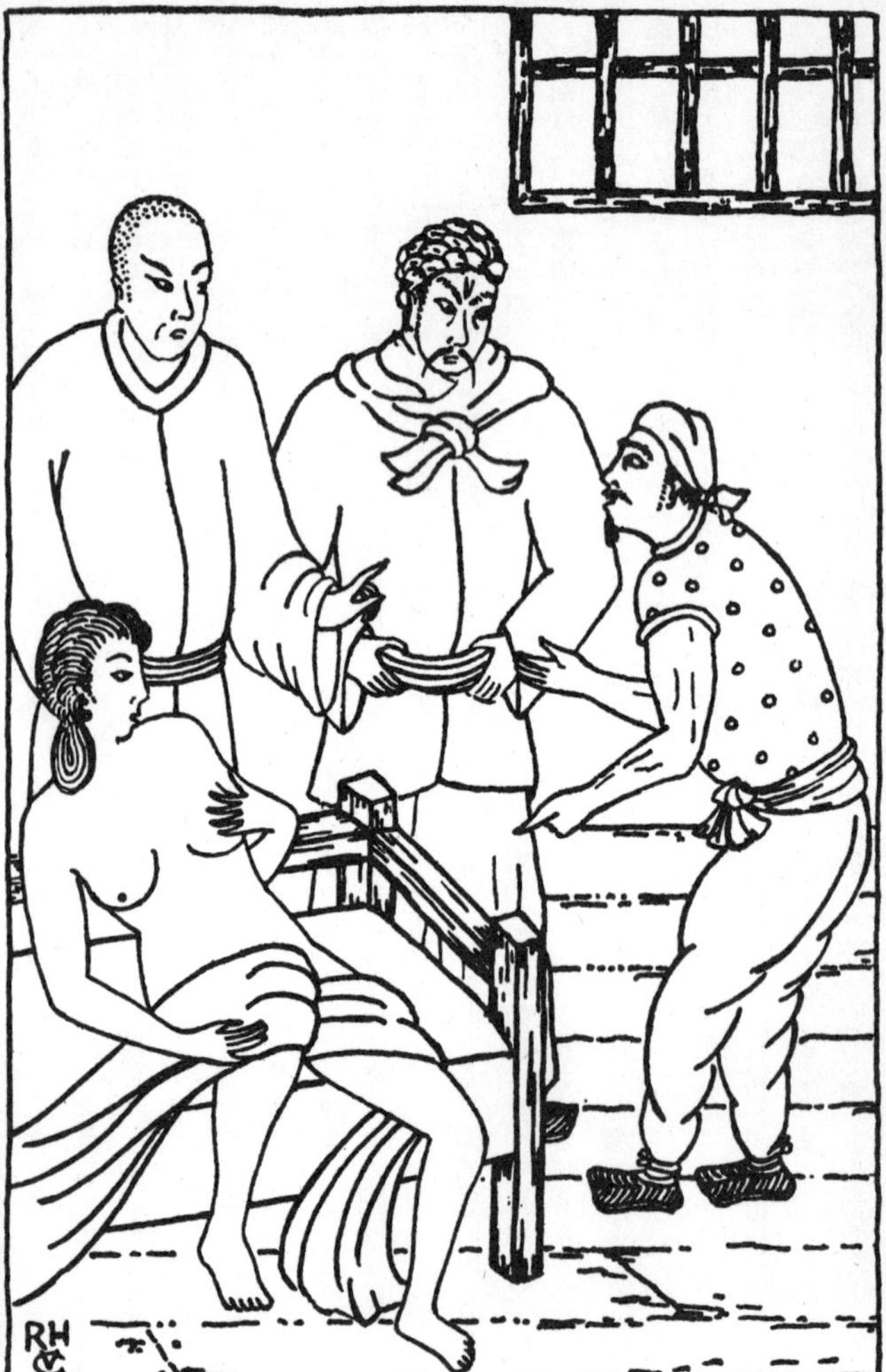

兵卒の言い分

「おまえら、訴え出たっていいぜ」兵たちに喬泰《チャオタイ》がそう言った。

片目の男がどっちつかずの顔で相棒を盗み見る。

「本音を言うと、隊長どの、よしときます。おれたちゃ二日以内に野営地に戻れって命令を受けてます。せっかくの娑婆のしめくくりが、ひざまずいてお白洲なんてぞっとしませんや。金は戻ったし、女どもはいい思いさせてくれたし、そこらで手打ちじゃいけませんか？」

喬泰《チャオタイ》が目をやると、馬栄《マーロン》はひょいと肩をすくめた。

「どっちでも同じだぜ。どうせここんちは無許可だ、女衒どもはしょっぴく」それから、年かさの女衒に尋ねた。

「こら、てめえは自前の女連れの客にも場所貸ししてたんだろうな？」

「いやあ、滅相もございません、旦那！」さも殊勝げに言う。「もぐりの妓女をお客様に世話するのはご法度ですからねえ。これが隣の坊ですと、春風楼って飲み屋近くにそういううちがあることはありますがね。そこのおかみはうちの組合じゃないんで。ただ、おかみがおとついくたばって、今んとこは閉めておりやす」

「迷わず成仏してくんな！」馬栄《マーロン》がつつしんで唱える。

「さてと、このへんでそろそろ店じまいといくか。市場の里正《りせい》に言って、こいつらふたりと女どもを政庁にしょっぴかせよう」兵たちには、「もう行きな」と言った。

「おかげで助かりました、士官どの！」片目の兵隊が喜ぶ。「ここ何日かでやっと運が巡ってきましたよ。この目がこんなになっちまってからは、もう災難続きで」

寝台でがたがた震える全裸の女がなかなか支度にかかろうとしないので、馬栄《マーロン》がどなりつけた。「もったいぶんじゃねえよ、こら。妓楼じゃ客寄せになんもかんもご開帳してやがんだろうが！」女が寝台から出ると、そちらにさりげなく背を向ける格好で藍濤奎《ランタオクエ》が尋ねた。

「目をどうしたんだって？」

「いやあ、五羊村から来る途中で凍っちまって」と兵士が答えた。「一刻も早くまちに着きたくて、助けてくれそうなやつを探したんですがね、馬に乗ったじじいに会っただけでした。しかもありゃ、どうみてもこそ泥ですねえ。おれらを見るが早いか泡食って馬を飛ばしてました。相棒にも言ったんですよ……」

「待て待て待て！」馬栄《マーロン》が横合いからさえぎる。「何か荷物なかったか、そいつ？」

兵士がしばらく頭をかいた末にこう言った。

「ああ、そう言われりゃそうです。革袋かなんか、鞍にかけてました」

馬栄《マーロン》と喬泰《チャオタイ》が目まぜし、それから兵士に「おまえが出会ったじじいは、うちの判事閣下の案件だよ。こうなったら政庁に寄ってもらわんわけにゃいかんが、誓って手間はとらせん」藍《ラン》師範に向くと、「さて、出ようぜ！」

師範はにっと笑いかけた。「ふたりとも収穫があったのを間違いなく見届けたことだし、私はこれで！ 軽く腹ごしらえして、ひと風呂浴びにいくとするよ」

8

狄《ディー》判事は難問をかたづけ

若者はみそかごとを吐く

馬栄《マーロン》と喬泰《チャオタイ》が兵二名を連れて政庁に戻ってみると、ひと足お先に戻った陶侃《タオガン》が判事や洪《ホン》警部と執務室にこもったきりだと門衛に教えられた。馬栄《マーロン》のほうでもお返しに、じきに市場の里正《りせい》が男女それぞれ二名ずつを連行してくると教えておいた。男は看守に引き渡せば済むが、娼妓の方は面倒をみる郭《クオ》夫人を呼びにやらないといけない。手配をすませてから執務室に行く。兵たちは部屋の戸口を出たところで待たせておいた。

それまで洪《ホン》や陶侃《タオガン》と話しこんでいた判事が、入ってくる副官ふたりをみとめ、さっそく報告を求めた。

馬栄《マーロン》が市場のできごとをくわしく報告し、兵二名を外で待たせてあると最後に述べた。

判事はすこぶる満足そうだった。

「陶侃《タオガン》の聞き込み成果とつきあわせると、あの娘の身に何が起きたか、だいたいのところはわかった。だが、まずはその兵を連れてくるように」

兵二名が敬礼をすませると、さっそく詳しい事情を聞いた。

「いまの情報はすこぶる重い。私から指揮官にあてて、近県の駐屯部隊勤務にそなたら両名を異動するむねの依頼書を持たせよう。そうすれば、必要に応じて証言のために出廷できるからな。これから警部の案内で牢に行き、ある者に面通ししてもらう。その後に公文書室に寄って供述書を作ってもらうように。さあ、行ってよろしい！」

兵たちは賜暇延長に大喜びし、大げさなほど礼を述べた。ふたりが洪《ホン》警部に連れられていくと、判事の方は公用箋をとって指揮官あてに手紙を書いた。書き上げてしまうと、賭場と料亭での次第を、陶侃《タオガン》の口からあらためて馬栄《マーロン》と喬泰《チヤオタイ》に説明させた。話し終わるころには洪《ホン》が戻り、ふたりともすぐさま潘峰《パンフォン》を見分け、城外で出会った騎馬の者だと認めたむねを報告した。

茶を飲み干し、狄《ディー》判事が言う。

「さて、これまでの情報をおさらいしてみようか。まずは潘《パン》夫人殺害だ。追いはぎに出くわしたという潘峰《パンフォン》の話の裏が取れたからには、他の話も正しいのはほぼ疑いをいれん。五羊村へ出向いた巡査らが戻りしだい、潘《パン》を釈放する運びになるのはほぼ確定だ。私見では潘《パン》の無実を疑わない。全力を挙げて手がかりを探さねばならんのは未知の人物、今月十五日正午から十六日朝までに潘《パン》夫人を殺《あや》めた下手人だ」

「その午後、潘《パン》が城外に出ることは下手人にあらかじめ知れていたはずです」陶侃《タオガン》が意見を述べる。「してみると、潘《パン》夫婦と親しい人物に相違ありません。葉泰《イエタイ》なら潘《パン》夫人の知人がわかるでしょう、姉とずいぶん行き来があったようですから」

「どう転んでも葉泰《イエタイ》の取り調べは外せん」狄《ディー》判事が言う。

「おまえが賭場で仕入れた話からすると、行状を徹底的に洗い上げねば。その上で私じきじきにやつの交友関係について潘峰《パンフォン》にたずねてみよう。さて、次は廖 蓮 芳《リャオリエンファン》の神隠しだ。陶侃《タオガン》が知り合った米商人の話では、市場の春風楼なる飲み屋近くで、若い男とあいびき宿に入っていたらしい。どうやら女衒が話していたのと同じうちだな。数日後、その界隈で廖《リャオ》嬢と接触をはかった女がおり、そやつと一緒に娘が消えた。おおかた、恋人が待っているとでも知らせ、一も二もなくついてくるよう仕向けたのだろうな。頭巾の男の役回りについては、推測するよりほかかない」

「娘の相手でないのは確かです」と洪《ホン》警部。「米屋の話では細っこい若造だそうですが、口のきけない男の子によると、たくましい大男だそうですから」

狄《ディー》判事がうなずいた。物思いにふける手つきでしばらく頬ひげをなで、ややあって言った。「陶侃《タオガン》からあいびきの話を聞いて、巡査長をすぐ米商人のもとへ行かせた。市場へ同道し、問題の家を教えさせたはずだ。その後に楚大《チユウター》遠《ユアン》邸に回り、于康《ユイカン》を召しだす手はずになっている。戻ったかどうか見てきてくれ、警部」

洪《ホン》が復命した。

「廖《リャオ》嬢が出てきた家というのは、飲み屋から通り一本先にまちがいなくありました。近所の者たちの話では、おかみはおととい死に、ひとりだけいた女中は在所の親元へ帰ったそうです。そのうちが何かおかしいのは周知の事実で、夜遅くまで騒いでいたことも珍しくなかったのですが、触らぬ神にたたりなしと思っておったようで。巡査長が戸を破って入りました。界隈によくある家よりよほど上等なつくりで、おかみが死んで空き家になったというのに、持ち主はまだ誰も名乗り出ておりません。巡査長が財産目録作成の上で、家を封印いたしました」

「その財産目録に遺漏ないかは疑わしい限りだが」ぼそりと判事が言う。「動産の大半は今ごろ巡査長宅を飾っとるんじゃないのか。あの男がいきなり仕事に身を入れる場合、油断もすきもあったものではない。それはそれとして、そのおかみがこんなときに死んでしまうとは残念至極だ。廖《リャオ》嬢がひそかに付き合っていた男の事をいろいろ聞き出せただろうに。于康《ユイカン》はもう来たか？」

「門衛詰所で待たせております」洪《ホン》が答えた。「ただいま連れてまいります」

洪《ホン》警部に連れられてくる姿を見て、病人同然だと判事は思った。顔だちはいいのに口もとがぴくつき、しじゅう休みなく手を動かさずにはいられない。

「そこにかけるがいい、于康君《ユイカン》」優しく声をかける。「多少の進展はあるものの、許婚《いいなずけ》のこれまでをもっと知らんことにはどうにも埒が明かんようだ。それで、知り合ってどれくらいになる？」

「三年になります、閣下」于康《ユイカン》が小声で答えた。

狄《ディー》判事の両眉がつりあがる。

「若いうちから縁組ができている場合、適齢期を迎えたら早々に婚儀を挙げるほうが、当事者みなのためになると古来より言うが」

于康《ユイカン》が赤面した。あわてて言いつくろう。

「廖《リャオ》老人には掌中の玉でございますので、閣下。手放す踏ん切りがつかないようでございます。うちの親どもは遠い南におりますもので、私めの一身上にかかわる親代わりの役目は、これまですべて楚大遠《チュウターユアン》さんにお願いしておりました。当地に来てからは楚《チュウ》邸にずっと置いていただきましたので、親代わりの身としては、独立して所帯を構えますと監督が行き届かなくなるとの不安もごもっともです。ですので、そこをまげて父とも頼むお方に結婚を早めるお許しをねだる気にはなれませんでした」

狄《ディー》判事は何も言及せず、かわりに尋ねた。

「蓮芳《リエンファン》の身はどうなったと思う？」

「わかりません」さめざめと泣き出す。「もう心配で心配で……」座席で手をふりしぼる于康《ユイカン》を判事は無言で眺めた。滂沱の涙がつたう。

「心配で、とは」ふと尋ねる。「他の男と逃げたというのか？」

于康《ユイカン》が顔を上げた。泣き顔のままにっこりする。

「いいえ、閣下、ありえません！　蓮芳《リエンファン》が他の男と！　いえ、その点だけは少なくとも自信がございます」

「そういうことなら」沈痛な口調で狄《ディー》判事が言う。「凶報を伝えるようだが、于康《ユイカン》。神隠しの数日前、あの娘と若い男が市場のあいびき宿から出るところを目撃されておる」

于康《ユイカン》がさっと青ざめた。目をいっぱいにみはり、幽霊でも出たような顔をしている。思わず口走った。

「露見したのか！　もうおしまいだ！」

ひきつり声を放ってひいひい泣きだす。判事にうながされて警部がすすめた茶を、むさぼるように飲み干す。そこでやや落ちつきを取り戻して述べた。

「閣下、蓮芳《リエンフアン》は自殺です。何もかも私のせいです！」

椅子にもたれた狄《ディー》判事が、おもむろにひげをしごいて言った。

「自分の口で釈明せよ、于康《ユイカン》！」

なんとか理性を保って語りはじめる。

「六週間ばかり前のある日、付き添い女と蓮芳《リエンフアン》が楚《チユウ》家の第一夫人あての使いで伝言を持ってきました。あいにく夫人はお風呂で、ふたりとも待たされました。庭園のひとつに散歩に出た蓮芳《リエンフアン》が、ばったり私と出会いまして。その棟に、私にあてがわれた部屋がございました。説き伏せて部屋に連れ込み……。その後も市場のあの家で何度か逢いました。付き添い女のほうも、昔からの知人があのあたりに店を構えておりますので、婆さん同士のお喋りに花を咲かせているすきに蓮芳《リエンフアン》ひとりで見物に出ても、気にもとめませんでした。最後に逢ったのは、いなくなる二日前のことです」

「つまり、あの家を出る姿を目撃されたのは君だったのか！」判事がさえぎった。

「はい、閣下」于康《ユイカン》がふさぎこむ。「私でした。あの日、蓮芳《リエンフアン》はなんだか子供ができたみたいだと申しまして、ふしだらが世間にばれてしまうと半狂乱でした。私もすっかりうろたえました。きっと娘は勘当され、私は私で楚《チユウ》さんの顔に泥を塗ったかどで親もとに送り返されます。なんとか頑張って楚《チユウ》さんのお許しをとりつけ、結婚を早めようと約束し、蓮芳《リエンフアン》の方でも同じく父を説得してみると申しておりました。その晩、主人に折り入って話を切り出したのですが、かんかんに怒ってどなりつけられ、面汚しの悪党呼ばわりです。次第をこっそり蓮芳《リエンフアン》に伝え、父親をなんとしても説き伏せてくれと催促しました。ですが、どうやら廖《リャオ》さんも聞き入れなかったようです。かわいそうに万策尽きた娘は思い余って井戸に身を投げたに違いありません。この私がふがいなかったばかりに、あの娘を死なせてしまったのです！」

わっと泣き出し、しばらくたってきれぎれにこう口にした。

「こ、この何日間も、この秘密が心にずっしりとのしかかり、死体発見の報がいつ来るかと、そ、そればかりで。そのうえ、あ、あの恐ろしい葉泰《イエタイ》が、蓮芳《リエンフアン》を自室に連れ込んだのはお見通しだぞと申します。口止め料を渡したのに、やってきては金をせびります。今日も来て……」

「どうして葉泰《イエタイ》に秘密を握られた？」狄《ディー》判事がそこで口をはさむ。

「どうやら」于康《ユイカン》が答える。「劉《リウ》という女中に身辺をこっそり探られていたようです。前は葉《イエ》家の使用人で、葉泰《イエタイ》のもと乳母です。楚《チュウ》さんの書斎外の側廊で、立ち話にふともらしたのでしょう。商売か何かの件で楚《チュウ》さんに面会に来ると、そこで待っていたのです。婆さんにはかたく口止めしたと葉泰《イエタイ》がうけあいました」

「婆さん本人につきまとわれたことはないのだな？」判事が尋ねる。

「ありません」と于康《ユイカン》。「ですが、私からも婆さんにくれぐれも口外無用と釘をさそうとしました。それなのに今日まで顔を合わせるおりがありませんでした」判事のけげんな顔をみて、あわてて説明する。「うちの主人は屋敷内を八つに分け、それぞれに専用の台所と使用人がおります。屋敷のかなめは主人自身と第一夫人の住まい、主人の執務室が占め、そちらに私も部屋を頂いております。ほかの夫人七人のためには、めいめい別の棟があります。使用人はありあまっておりますし、各棟ごとに厳しい掟がございますので、内緒話のために誰かを探し出そうと思っても、なかなかおいそれとはいかないのです。

ところが今日の午前中、小作人の件で主人と話をすませて執務室を出たところで劉《リウ》婆さんにばったり出くわしました。すかさずその機会をとらえ、蓮芳《リエンフアン》とのことで葉泰《イエタイ》にもらした話を聞き出そうとしましたが、婆さんは何がなにやらという顔をいたします。この期に及んでも葉泰《イエタイ》に忠義だてしているのは明白です」その後に、さらにめそめそと、「もう、どうせこうなったら、秘密を守ろうがどうしようが関係ありません」

「あるとも、于康《ユイカン》！」たちどころに判事が答えた。「蓮《リエン》芳《ファン》は自殺でなく、かどわかされた。証拠があがっておる」

「下手人は？」于康《ユイカン》が叫んだ。「あのひとはどこです！」

それを狄《ディー》判事が片手で制した。

「まだ捜査中だ」静かに言いわたす。「蓮芳《リエンファン》をかどわかした下手人に無用な警戒をさせぬよう、くれぐれも口をつぐんでいるのだぞ。葉泰《イエタイ》がまた金をせびりに来たら、一、二日おいて出直せと言えばよい。その間に、こちらで許婚《いいなずけ》のゆくえを探し出し、卑劣な策を弄したかどわかしの下手人を間違いなく捕らえているはず。于康《ユイカン》、おまえの所業は不埒千万だ。うら若い娘を教え導くのでなく、相手の情につけこみ、まだ資格もないのに欲望をみたすとは。婚約や婚儀は私《わたくし》するものではない。存命か否かを問わず、両家の各人にかかわる厳粛な契りだ。婚約を報告した家代々のご先祖をはずかしめ、未来の花嫁をもおとしめた。それだけでなく、かどわかしの手中に許婚《いいなずけ》をまんまと陥れる道をつけたのもおまえだ。娘はおまえが待っているという嘘でおびき出されたのだからな。しかも、失踪を知ったあとも私にすぐありのままを伝えなかったために、娘の苦しみを無理無体に引き延ばすことになった。今このときもきっと悲惨な目に遭っているはず。埋め合わせしてやらねばならぬことは山ほどあるぞ、于康《ユイカン》！　今日はこれまで。娘のゆくえが知れたらまた出頭させる」

若者が何か言いかけたが、言葉にならない。きびすを返し、ふらつく足どりで出口に向かった。

てんでに話そうとする副官たちを、判事が押しとどめる。

「この情報で廖《リャオ》嬢の事件はけりがつく。かどわかしの首謀者は、あのけしからん葉泰《イエタイ》に違いない。老女中をべつにすれば、ふたりの秘密を握っているのはあやつだけだ。さらに、口のきけない少年が話していた頭巾の男についても、人相風体が一致する。おとりの伝言役に使われた女は、あいびき宿のおかみに違いない。だが、娘を連れて行った先はそっちではなく、どこぞの隠れ家のはず。今このときも、葉泰《イエタイ》が廖《リャオ》嬢をそこに押しこめている——あやつ自身の欲望のえじきか、それともよそへ売り飛ばすつもりか、これから見定めねばならん。やつめ、万に一つもわが身に危険が及ばないとは承知の上だ。こんなことになった以上、不運な娘は自分から許婚《いいなずけ》や親たちに連絡しようなどとはつゆ思わんからな。いったいどんな目に遭わされているやら！　あの鉄面皮の悪党め、それでも足りんのか、于康《ユィカン》までゆすろうとしておるとは」

「これから行ってあの能天気めをひっとらえますか、閣下？」と、馬栄《マーロン》が勇みたつ。

「むろんだ！」と狄《ディー》判事。「喬泰《チャオタイ》と葉《イエ》家に行ってこい。兄弟はたぶん今ごろ夕飯だろう。葉泰《イエタイ》が出かけたら、あとをつければいやでも隠れ家にたどりつく。踏み込みしだい、やつもろともその場の一味らしき者どもをまとめてひっとらえよ。葉泰《イエタイ》の扱いはあまり気がねせんでいい。が、尋問に耐えられる程度には手加減しておけ。上首尾を待っているぞ！」

9

迷子の幼女を家まで届け
新たな殺しが報告される

馬栄《マーロン》と喬泰《チャオタイ》が競うように部屋を飛び出し、洪《ホン》警部と陶侃《タオガン》もじきに夕飯を食べにさがった。狄《ディー》判事は、州の役所から届いた公文書類にかかった。

扉をそっと叩く者がある。「入れ！」書類を脇に寄せて声をかける。てっきり、書記が夕飯を持ってきたのだと思っていた。が、目を上げてみれば郭《クオ》夫人がすらりと立っていた。

消炭色《けしずみいろ》の毛皮で仕立てた頭巾外套を品よく着こなしている。執務机の前で一礼した拍子に、ふんわりと生薬が匂った。桂林堂の店内くまなく漂っていたのと同じ、安らぎの香りだ。

「かけなさい、郭《クオ》さん」と彼は言った。「法廷とここではわけが違う」

腰掛に浅くかけた郭《クオ》夫人が話を切り出す。

「推参かとは存じましたが、閣下のご多用中におじゃまいたします。本日午後に入牢いたしました二名の件で、ご報告にあがりました」

「先を続けなさい！」と声をかけ、ふかぶかと肘掛椅子に身を沈めた。茶碗をとりあげ、中身がなくてまたおろす。郭《クオ》夫人がかいがいしく腰を上げ、机のかどにすえた大きな茶びんから給仕した。

「ふたりとも南生まれで農家の出です。昨秋の大凶作のおりに親の手で女衒に売られ、この北州《ペイチヨウ》に連れてこられて市場の妓楼に入りました。妓楼のあるじの差し金であの民家に住まい、折にふれて昨日のような美女局《つつもたせ》の片棒を担がされておりました。

どちらも根っから悪《わる》というわけではなさそうです。いまの稼業がいくら嫌でも、自分ではどうすることもできません。ちゃんと手順を踏んで売り買いされた証拠に、親の署名捺印入りの証文を妓楼のあるじに握られておりますので」

狄《ディー》判事がため息をつく。

「よくある話だ！」と言う。「だが、楼主が許可なしで民家を使ったのなら、まんざら手がないこともない。あの悪党どもの扱いはどんなふうだった？」

「そちらもお定まりで！」ほのかに笑って言う。「ぶたれるのはいつものこと、掃除や料理にこき使われておりました」

白魚のような手をやって器用に頭巾をととのえる姿を見て、つくづく美人だとの思いを禁じえない。

「法の定めによると、無許可の家でその筋の商売をすれば」と判事が述べる。「重い罰金刑だ。だが、それでは何にもならん。しわよせがそっくり女たちに行くだけだ。楼主にはゆすりの罪もあるから、そちらをとりあげて売買証文自体に無効および破棄を宣しよう。いまの話を聞くと、ふたりともしんから腐ってはおらんようだ。それぞれの親もとに送り返してやろう」

「ご配慮いたみいります」夫人が席を立つ。

退室せよと言われるまで控えている。その姿を眺めるうち、ふと気づけば、内心ではこのやりとりを少しでも長引かせたいと思っている。そんな自分に腹が立って、物言いがついつい無愛想になった。

「即時報告ご苦労だった、郭《クオ》さん！　退ってよろしい」

夫人が一礼し、退室した。

狄《ディー》判事の方は後ろ手に組んで、大股に歩きだした。いつにもまして執務室の眺めがわびしい。そういえば、今ごろ第一夫人の一行は最初の宿駅にたどりついたかもしれん。よい宿に当たればいいが。

書記が運んだ夕飯をかきこむようにすませ、食後の茶は立って火鉢にあたりながら飲んだ。

そこへ扉が開き、かなり気落ちした顔の馬栄《マーロン》が入ってくる。

「葉泰《イエタイ》は昼飯《ひるめし》のあと出かけたきりです、閣下」と報告する。「晩飯になっても戻りません。下男の話じゃ、博打仲間と外で食ったり、戻りが夜更けになるのもしょっちゅうだとか」

「残念無念だ！」狄《ディー》判事がくやしがる。「一刻も早く娘を連れもどしてやりたかったのに！　ううむ、今夜はこれ以上ねばっても無駄だな。明日になれば、葉平《イエピン》ともども午前の法廷にかならず出てくる。そこを捕まえよう」

馬栄《マーロン》が出ていくと、判事は執務机に向かった。さきほどの公文書をとりあげて続きを読もうとしたが、どうも手につかない。葉泰《イエタイ》が留守と聞いてむしょうに胸騒ぎがする。気のせいだ、だいいちあのごろつきが隠れ家に行くのはなにも今夜に限ったことではなかろうと、自分に言い聞かせる。

とはいえ、事件の結末まであとひと息というのに、手も足も出ないとはあいにくな。ここにこうしている今も、やつめはどこかで飯をすませて隠れ家へと向かう途中だろう。あの黒頭巾なら人混みでもすぐ目につく……はっと座り直した。そういう頭巾を最後に見かけた場所は？　城隍廟《じょうこうびょう》近くの雑踏ではなかったか？

こうしてはいられない。

奥まった壁面の大きな戸棚に行き、種々雑多な古着の山を物色する。すりきれて繕いあとがあるものの、防寒には充分そうな毛皮外套が出てきた。着込んで、毛皮帽のかわりに厚い首巻をすっぽりかぶり、鼻から下を念入りに巻いて隠す。そのあと執務室備えつけの携帯薬箱を出し、肩ひもをかけた。姫鏡台にうつった姿はいちおう流しの医者で通る。西側の通用口から出かけた。

粉雪が舞っているが、感じではじきにやみそうだ。足早に行き交う人々を品定めしつつ、身をすぼめて毛皮にくるまり、急がずあわてず城隍廟《じょうこうびょう》の方角に足を向けた。が、見渡すかぎり毛皮帽に突厥風《タタール》頭布《ターバン》がちらほらあるだけだ。

しばらくあてもなく歩き回るうち、雪雲がきれいに晴れた。あらためて考えてみると、葉泰《イエタイ》に出くわす見込みは千にひとつしかない。不本意ながら、そこではたと気づいた。葉泰《イエタイ》が見つかるなどと本気で思ったわけではない。気分転換したかったまでだ。何でもいい、あの冷えきった執務室にいるよりは何だってましだと……。もうほとほと自分に愛想がつきた。立ち止まって見まわすと、いつのまにかひとけのない暗い巷《こうじ》にさしかかっていた。急ぎ足になる。執務室へ戻ろう、仕事でもしよう。

ふと、左手の暗がりで人の泣き声がしたようだった。立ちどまると、がらんとした玄関先の片隅に小さな子がうずくまっていた。間近にかがんでみると五、六歳ぐらいの女の子だ。ぺったり尻餅をつき、身も世もなく泣きじゃくっている。

「おおよしよし、どうしたね、じょうちゃん？」狄《ディー》判事がやさしくたずねる。

「迷っちゃったよう、おうちわかんないよう！」とたんにわんわん泣きだした。

「おうちなら、おじさんがちゃあんと知ってるぞ。連れて帰ってあげるからね！」そう言ってなだめる。薬箱を地べたに置き、上に腰かけて抱き上げた。薄綿のねまきひとつで、小さな体ががたがた震えていると気づき、毛皮外套をひろげてすっぽりくるみこむ。じきに泣きやんだ。「まずは、あったかくせんとな！」狄《ディー》判事が言う。

「そしたら、おうちへ連れてってくれるのね！」女の子がきげんよく言った。

「そうとも」と答える。「ところで、じょうちゃんは母さんに何て呼ばれとるかな？」

「美蘭《メイラン》よ！」子供がとがめる。「それも知らないの？」

「そうそう、そうだったね！」と、判事。「知ってるとも。王美蘭《ワンメイラン》ちゃんだ」

「やだ、ふざけてばっかり！」口をとがらせた。「陸美蘭《ルーメイラン》に決まってるじゃない！」

「そうそう」判事が言った。「お父さんは、あそこでお店を出してる……」

「なあんだ、知ってるなんてうそばっかり！」がっかりする。「父さんは死んじゃった。綿屋は母さんがやってんのよ。おじちゃんたら、なーんにも知らないのね！」

「おじさんはお医者だから、なかなかそんなひまがなくてね」と、受けに回る。「じゃあ、教えておくれ。母さんと市場へ行くのに、城隍《じょうこう》さまのどこを通るかな？」

「石のお獅子ふたつのとこ！」すぐさま答える。「おじちゃん、どっちの子が好き?」

「あんよで玉を押さえてる方だな!」今度こそ当たれと念じつつ答える。

「あたしも!」きげんが直った。立ち上がった判事が薬箱を片手で肩にかけ、女の子を抱えて廟へと歩きだした。

「母さん見せてくれないかなあ、あの子猫」ものほしそうに言う。

「子猫っていうと?」狄《ディー》判事がおざなりに訊いた。

「男の人がいい声で話しかけてた子猫よお、こないだ母さんとこにきた人だってば」と、女の子が焦れる。「おじちゃん、あの人知らないの?」

「知らんなあ」と言い、あやすつもりでこう続けた。「その人、誰だい?」

「知らない」と言う。「おじちゃんなら知ってるかなと思ったのに。夜ふけに時たま来て、子猫ちゃんって話しかけてる。それなのに母さんにきいたら、夢でも見たんだろって怒るの。でも、そんなのうそよ!」

狄《ディー》判事はため息をついた。たぶん、陸《ルー》の後家には人目を忍ぶ男がいるのだ。

もう廟の門前だった。そのへんの店で陸《ルー》夫人の綿屋をたずね、あっけないほど簡単にわかった。さらに歩きながら女の子にたずねる。

「こんな遅くに家を抜け出して、どうしたんだね?」

「こわい夢なの」と答える。「目が覚めても怖くって!だから、母さんを探しに走って出たの」

「女中さんを呼べばいいじゃないか?」

「父さん死ぬと、母さんがひまを出しちゃった」と言う。

「そいで今晩だあれもいなかったの」

ごく普通の家々がひっそり並ぶ界隈の「陸《ルー》綿店」なる看板を掲げた戸口で、狄《ディー》判事は足を止めた。戸を叩くが早いか、がらりと開いた。やせぎすの小柄な女があらわれ、灯をかかげて上から下までじろじろ見ると、けんか腰で判事にくってかかる。

「こんな時間にうちの子連れまわして、どこで何してたんだよ?」

「うちをとびだして迷子になっとったんだ」狄《ディー》判事はあく

まで穏やかに言った。「少し気をつけてあげるがいい、ひどい風邪をひいとるかもしれんよ」

ひどく険のある目つきで女がじろりと見返す。歳は三十がらみ、見た目はかなりの美人ではある。だが、ぎらつく目と酷薄そうな口もとはいただけない。

「よけいなお世話だよ、やぶ！」そうどなりつける。「うちから薬代せしめようったって、そうはいくもんか！」

子供を引っぱりこみ、手荒に戸を閉めた。

「人当たりのいいことで！」そうつぶやくと、狄《ディー》判事は肩をすくめて大通りへ引き返した。

大きな麵専門店の店先で人をかきわけている最中、やけに急ぐようすの大男ふたりづれにぶつかった。ふたりのうち、初めにぶつかった男がかっかと悪態まじりに狄《ディー》判事の肩をつかんだかと思うと、ぱっと手を放してすっとんきょうな大声をあげた。

「うわ、びっくりしたあ！　判事どのじゃないですか！」

すっかり毒気を抜かれた馬栄《マーロン》と喬泰《チャオタイ》に笑いかけ、ちょっと照れたように言った。

「いやなに、ちと歩き回って葉泰《イエタイ》を探してみようと思ったんだが、道に迷った女の子を家まで送ってやるはめになってな。さてと、これから一緒に探すか！」

それでも副官たちの顔はほぐれない。判事が気づかった。

「なにごとだ？」

「閣下」馬栄《マーロン》が涙をこらえて言う。「おれたちで政庁へ報告に行く途中でした。藍濤奎《ランタオクェ》が浴場で殺されてました」

「手口は？」間髪を入れず狄《ディー》判事がただす。

「毒殺です、閣下！」喬泰《チャオタイ》が吐き捨てる。「卑怯者のきたないやり口です！」

「現場へ向かうぞ！」ぶっきらぼうに判事が命じた。

10

卑怯な殺しの現場を検分
茶碗の中に毒花ただよう

温泉浴場への通りは、わいわい人だかりがしていた。市場の里正《りせい》が配下を率いて入口にがんばっている。行く手を阻まれた判事がいらだって首巻を引きおろす。顔を見分け、みなあたふたと道をあけた。

広い玄関に丸顔のがっしりした男が出迎え、あるじと名乗った。浴場へはまだ来たことのなかった狄《ディー》判事だが、地中からこんこんと湧き出る鉱泉の湯治は効くとかねて聞いている。

「事件現場に案内せよ！」と命じた。

湯気もうもうの蒸し暑い脱衣所に通されるや、馬栄《マーロン》と喬《チャオ》泰《タイ》はさっそく上衣を脱ぎだした。

「下着だけになられたほうがいいです」馬栄《マーロン》が注意する。「中のほうがうだります」

判事が服を脱ぐあいまに、あるじが間取りを説明した。その奥の廊下ぞいに左手が大浴場、右に個室が十室並び、それぞれ浴槽がついている。いちばん奥の個室は静かなので、藍《ラン》はいつもそこに決めていた。

重い木戸を引いたとたん、湯気が顔に吹きつける。水けをはじく黒い油布で仕立てた上っぱりと股引姿の三助ふたりがおぼろに見えた。

「ここにおいでの政庁のおふたりが、お客さんがた全員に湯からあがれとおっしゃいまして」あるじが述べる。「こちらが藍《ラン》先生のお部屋です！」

広い個室に入ると、洪《ホン》警部と陶侃《タオガン》がだまって判事を通した。見ると、すべすべした甃《いしだたみ》の床は三分の一ほどが一段くぼんで熱い湯をたたえ、浴槽にしたててある。手前に石材の小卓と竹の長椅子が出ていた。卓と長椅子のすきまに藍濤奎《ランタオクエ》が全裸の巨体を丸め、床に倒れていた。ゆがめた死顔は緑ともなんともつかぬ色をしている。舌が腫れあがって口から飛び出ていた。

狄《ディー》判事がつと目をそらした。卓上に茶びんと、厚紙のきれっぱしが何枚か出ている。

「茶碗はそっちです！」馬栄《マーロン》が床を指さす。

判事が身をかがめ、じっと破片をにらんだ。割れた茶碗の糸底部分をつまみあげる。茶色い水ものがわずかにたまっている。そっと卓上にのせてあるじに尋ねた。

「死体発見のいきさつは？」

「藍《ラン》先生はほんとに規律正しいお暮らしぶりでして」あるじが答える。「うちへは一日おきのだいたい同じ時刻にお越しでした。まず半時間ほど湯につかったあとでお茶を飲み、軽く手足を動かされます。一時間ほど後に戸を開け、三助にお茶のおかわりを言いつけるまで邪魔するなと厳しく言われておりました。何杯かお茶を召し上がり、あとは脱衣所で服を着てお帰りになります」

ごくりと生唾を飲み、話を続けた。

「先生はうちの者みんなに慕われ、お出になられる頃合いにはいつも誰かがお茶を持って、外の廊下でお待ちしておりました。それが、今夜は戸をお開けになりませんで。うちの者が半時間ばかり待った末、自分で藍《ラン》先生をお騒がせするのはやっぱり気がひけて、てまえを呼びに参りました。普段から時間にきっちりした方というのはよく存じておりますので、もしやお加減でもと不安になりました。さっそく戸を開けましたら……こんなことに！」

しばらくは一同声もなかった。やがて洪《ホン》警部が言った。

「里正が政庁へ人をよこしまして、閣下がお留守なので私どもですぐ参り、何ひとつ手をふれさせませんでした。私は陶侃《タオガン》と組んでここの者たちを尋問し、馬栄《マーロン》と喬泰《チャオタイ》は客が帰りがけに一人ずつ名を書きとめました。ところが、藍《ラン》師範の部屋に人の出入りを見かけた者はおりません」

「茶に毒を入れた手口は？」狄《ディー》判事がただした。

「この室内でやったに違いありません、閣下」と、警部。「脱衣所の大きな湯わかしでいれた茶が、どの茶びんにも入っているとわかりました。かりに下手人が毒を入れたのがそこなら、他の客もひとり残らず死んでいたはずです。

藍《ラン》師範は戸に鍵をかけたことがなかったので、下手人は浴室に入って茶碗に毒を盛り、出ていったと思われます」

狄《ディー》判事がうなずく。茶碗の破片にくっついた小さな白花を指さし、あるじにたずねた。

「ここは香片茶《ジャスミン》を出すのか？」

きっぱりかぶりを振る。

「いえ、閣下、そんな高価なお茶はとてもとても！」

「茶の残りを小びんに注げ」と陶侃《タオガン》に命じる。「それと、茶碗の糸底や破片をひとまとめに油紙でくるんでおけ。その茉莉花《ジャスミン》をつぶすなよ！　茶びんも封印していっしょに持って行け。茶びんの茶も毒かどうか、検死官に見せんと」

陶侃《タオガン》が上の空でうなずく。目は卓上の厚紙から動かない。やがて言った。

「ごらんください、閣下。下手人が来たとき、藍《ラン》師範は七巧板をやっていました！」

みなの視線が紙に集まる。でたらめに並べてあるようだ。

「六枚しか見当たらん」と狄《ディー》判事。「七枚目を探し出せ。二つ目の小さな三角があるはずだ」

副官たちが床を探し回る間じゅう、狄《ディー》判事はじっと死体を見おろしていた。だしぬけに、

「藍《ラン》師範が右手を握りしめている。中をあらためよ！」

ほとけの手を洪《ホン》警部がそっと開いた。掌に小さい三角がくっついている。判事に渡した。

「これはつまり」狄《ディー》判事が声をあげた。「藍《ラン》師範が形を作ったのは毒を盛られたあとだな。下手人の手がかりを残そうとしたのかもしれん！」

「床に倒れるはずみに腕がかすりでもしたようで」陶侃《タオガン》が

評する。「これじゃあ何が何やら」

「その紙の位置をおおまかに記録しておけ、陶侃《タオガン》」と判事。「じっくりと検討してみんことには。警部、里正《りせい》に命じて遺体を政庁へ運ばせよ。それからお前たちでこの室内をさらに調べてみるがいい。私はこれから番台の者を訊問してくる」

きびすを返して部屋を出た。

脱衣所でまた服を着ると、玄関口に設けた番台まであるじに案内させた。

銭箱をかたわらに置き、汗だくで小机についた番台の者に質問する。

「藍《ラン》師範が入ってきたようすを覚えているか？　落ち着きなくごそごそするな！　この番台にずっといたのなら、殺せるはずがなかったのはこの浴場でおまえただひとりだ！　包み隠さず述べよ！」

「よ、よく覚えております、閣下」番台がへどもどする。「藍《ラン》先生はいつもの時間においでになり、銭五枚払って通られました」

「ひとりだったか？」狄《ディー》判事が問う。

「はい、いつもおひとりで」と答える。

「どうやら、たいていの客を覚えているらしい」判事が重ねて問う。「藍《ラン》師範のあとは思い出せるか？」

番台が額にしわを寄せた。「おおよそでしたら」と言う。

「藍《ラン》先生はこのまちで名が売れておりますから、そのお越しは、いわばひと晩を区切る目安みたいなもので。まず、肉屋の劉《リウ》が銭二枚で大浴場へ。次に、組合を束ねる廖《リャオ》親方が銭五枚で個室に。次が市場をふらつく若造ども四人。そのあと……」

「四人とも顔見知りか？」判事がさえぎった。

「はい、閣下」そう言ったあと、頭をかいて言い直した。

「そのう、三人までは知った顔です。四人めは新顔でした。突厥《タタール》の黒上衣とずぼんの若造です」

「そいつが払った料金は？」と狄《ディー》判事。

「四人とも大浴場で、銭二枚払って黒い札をもらっていきました」

判事がいぶかしげに眉をあげたので、あるじがあわてて壁の掛金から、二枚ずつ紐でつないだ黒い木ぎれをはずした。

「閣下、こちらがてまえどもの札でございまして」と説明する。「黒札は大浴場、赤札は個室用です。片方はお客さまが脱衣所でお召し物を預けるさいにうちの者に渡し、同じ番号を書いたもう片方をご自分でお持ちになります。湯上がりに係に渡し、ひきかえにお召し物を受け取るわけで」

「それしか気をつけとらんのか?」判事が詰問する。

「まあその、閣下」あるじが弁解がましく言う。「うちじゃあ、料金をごまかしてもぐりこんだり、お客さまのお召し物を取られたりするのだけが困りますんで」

たしかに、そのほかは目を光らせても仕方がないのは判事もしぶしぶ認めた。番台に尋ねる。

「その若造だが、帰るところを四人とも見届けたか?」

「さて、はっきりとは、閣下」と番台が答える。「何しろ、殺しが見つかってからはてんやわんやの大騒ぎでして……」

洪《ホン》警部と馬栄《マーロン》がやってきて、浴室にそれ以上の手がかりは見当たらなかったと報告した。狄《ディー》判事が馬栄《マーロン》に尋ねる。

「喬泰《チャオタイ》ともども帰りがけの客たちを検分したとき、突厥《タタール》風のなりをした若造がその中にいたか?」

「いいえ、閣下」馬栄《マーロン》が答える。「二人がかりでいちいち住所氏名を書きとめました。突厥《タタール》風のなりをしたやつがいたら絶対気づいたはずです。ここらじゃ珍しいですから」

番台に向いて、判事が言った。

「通りに出て、その四人の誰かが人垣にいないか、見て来てくれ」

待つ間、狄《ディー》判事は腰をおろして木の札で机をこつこつやりながら、黙りこくっていた。

番台が連れ戻ったのは、もういっぱしのおとなになった青年だった。おっかなびっくり判事の前に立つ。

「仲間の突厥《タタール》人は何者だ?」と判事が訊く。

若者が不安そうな目つきで盗み見た。

「知りません、ほんとです」と口ごもる。「見かけたのはおとといですけど、ここの玄関先をうろつくだけで中に入りやしませんでした。今夜もいて、おれらが入るあとからついてきたんです」

「人相風体を述べよ！」狄《ディー》判事が命じる。

若者は不安そうだった。いささか言いよどんで話しだす。

「えーと、わりにちびでやせっぽちだったような。頭にかぶった突厥《タタール》風の黒い首巻で口もとが隠れてたんで、口ひげがあるかないかわかりませんが、首布から長い髪がはみだしてました。連れが話しかけようとしたんですが、剣呑な目をされてやっぱりよしときました。ああいう突厥《タタール》連中は肌身離さず長いあいくちを懐にのんでて……」

「風呂でもっとよく見なかったか？」と判事が訊く。

「あいつは個室のはずですよ」と答える。「大浴場にはいませんでした」

狄《ディー》判事がすばやく一瞥する。

「もういい！」と打ち切る。若造がそそくさと立ち去ると、番台に言いつけた。「手持ちの札をあらためてみよ」

あたふた札を整理する番台を、ひげをゆっくりなでて見守る。

ようやく番台が述べた。

「変です、閣下！　黒いのが一枚足りません。三十六番です！」

判事がすっくと立ち上がり、洪《ホン》警部と馬栄《マーロン》に言った。

「もう政庁にひきあげていい。この時点でやれることはすべてやった。少なくとも、下手人が人目につかずに浴室に出入りした手口がわかったし、人相風体もおよその当たりがついた。さ、帰るぞ！」

11

血も涙もない殺しを吟味
過去には検死のない事件

あくる午前の法廷で、郭《クオ》に拳法師範の検死をさせた。北《ペイ》州《チョウ》のおもだった名士がひとり残らず顔をそろえ、つめかけた民で立錐の余地もないほどだ。

検死を終えた郭《クオ》が報告に入る。

「故人は猛毒により死亡、天竺産の蛇木の根を粉末にしたものと認められます。茶びんの茶と、割れた茶碗に残った茶が病犬に与えられました。前者は無害でしたが、後者を少量なめてまもなく息絶えました」

狄《ディー》判事がたずねた。

「毒を茶碗に入れた手口は？」

「推定いたしますに」郭《クオ》が答える。「干した茉莉花《ジャスミン》にあらかじめ粉にした毒を詰めておき、機会を見すまして茶碗に投じたのです」

「何を根拠にそう考えるのか？」

「特有の臭いがありまして」と検死官は説明した。「ごく弱いものですが、熱い茶に入れると際立ちます。ですが、茉莉花《ジャスミン》に入れれば花の香でごまかせます。花を入れずに茶の残りを温めますと、毒の臭いがはっきり判別できました」

狄《ディー》判事はうなずき、報告書に郭《クオ》の爪印をとらせた。警堂木を鳴らして述べる。

「故藍濤奎《ランタオクエ》師範は、未知の人物により毒殺された。師範は北方の連続覇者として名高い拳法師範であった。同時に、人格高潔でもあった。わが帝国、なかんずく在住の栄をこうむった当北州《ペイチョウ》県は、偉材逝去に哀悼の意を表する。藍《ラン》師範の冥魂をなぐさめるため、当法廷は下手人逮捕にあたうかぎり尽力する」

再び警堂木を打ち鳴らして続ける。

「では、葉《イエ》対潘《パン》の訴件に移る」巡査長に合図し、御前に潘《パン》をひきださせた。判事が言う。

「潘峰《パンフォン》の足どりについて、書記は供述書二件を読み上げよ」

上級書記が立ち、まず兵二名の供述書、次に巡査たちの五羊村での捜査報告書を読み上げた。

狄《ディー》判事が宣する。

「この証言により、十五日および十六日については潘峰《パンフォン》の供述が正しいとわかった。さらに言うなら当法廷の見解では、かりに家内を殺害したのであれば、たとい一時にせよ死体を隠そうともせずに二日もまちをあけるなど、とうていありえぬ話である。よって、これまでの証拠提出では潘《パン》峰《フォン》を訴えるに足りずとみなす。さらなる証拠提出の用意があるか、それとも訴えの取り下げを望むか、原告は述べよ」

「取り下げたく存じます」葉平《イエピン》があわてる。「妹の惨死を嘆き悲しむあまりとはいえ、てまえどものいたしようがいかにも早計でございました。弟の葉泰《イエタイ》の分までなりかわりまして、深くおわび申し上げます」

「いまのをそのまま記録せよ」そう言うと席から身を乗り出し、居並ぶ傍聴人に目を凝らしたうえで疑問を口にした。

「本日、葉泰《イエタイ》が出頭しなかった理由は？」

「閣下」と葉平《イエピン》。「弟の身に何がありましたのやら！　昨日の昼飯《ひる》後に出かけたきり、まだもどりません」

「弟はよく外泊するのか？」狄《ディー》判事が訊いた。

「いえ、閣下、一度もそのようなことは」葉平《イエピン》が懸念する。

「遅い帰宅はしょっちゅうですが、かならずうちで寝ております」

判事が眉をひそめた。

「帰ってきたら、即時出頭させよ。取り下げの届出に代理は認めん」警堂木を鳴らして言いわたす。

「これにて潘峰《パンフォン》は放免。妻殺し下手人の捜査は当政庁がひきつづき鋭意行なう」

感謝のあまり、潘峰《パンフォン》は床に何度も額を打ちつけた。立ちあがったところへさっそく葉平《イエピン》が近づき、詫びごとを述べだす。

次に、巡査長に命じて妓楼のあるじ、それに女衒と娼妓二名ずつを引き出した。反故にした証文を女二人にやり、自由の身とするむね告げたうえで、楼主と女衒どもには入牢三ヵ月のうえで杖刑に処すと引導を渡した。三人とも声高に不服を言いつのり、中でも楼主の声がひときわ大きかった。背中の傷はふさがるが、稼ぎざかりの妓《おんな》ふたりの穴はおいそれとふさがらない。三名が牢へひったてられてしまうと、あらためて娼妓二名にお沙汰がくだり、軍に便乗して在所に戻るまで政庁厨房に置いてもらえることになった。

女たちは御前にひれ伏し、涙ながらに礼を述べた。

閉廷後、洪《ホン》警部に言いつけて楚大遠《チュウターユアン》を執務室に呼ばせた。

執務机についた判事が楚《チュウ》に肘掛椅子を勧める。副官は四名ともいつもの場所に腰を下ろした。故人の死の衝撃さめやらぬ書記が、無言でめいめいに茶を出す。

狄《ディー》判事が口を開いた。

「ゆうべは藍《ラン》殺害の件をみなで話し合うのは避けた。まずは検死結果を踏まえたかったのと、師範の日常をよく知るこちらの楚《チュウ》さんに意見を聞きたかったからだ」

「わがまちの拳法師範を手にかけた極悪人めをお裁きの場に引き出せるのなら、なんなりと！」楚大遠《チュウターユアン》が力をこめた。「これまで会ったなかでも、あの人は最高の達人でした。あんな卑劣なまねをしおった下手人について、閣下のご存念は？」

「下手人は」と狄《ディー》判事。「若い突厥《タタール》人だ。少なくとも服装はそうだ」

洪《ホン》警部が陶侃《タオガン》をちらりと見た。

「どうもよくわかりませんが、閣下、藍《ラン》師範を殺したのがその若造というのはどうしてでしょう？　馬栄《マーロン》と喬泰《チャオタイ》が仕上げた名簿によると、控えめに言っても浴場には六十人からおりましたのに」

「だが、その者らが藍《ラン》師範の浴室に出入りすれば必ず人目につくはず」と、判事。「それに、下手人は三助のお仕着せが突厥《タタール》の黒衣に紛らわしいのも知っている。若者三人にまぎれて浴場に入り、脱衣所に寄っても札を渡さず、三助のふりをしてなにくわぬ顔で廊下をたどった。そら、あそこは湯気がひどくて、顔がはっきりせんだろう。そのまま藍《ラン》の個室に忍び入り、毒入り花を茶碗に放りこむと出ていった。使用人の通用口から抜け出したんだろうな」

「悪党め、油断もすきもない！」陶侃《タオガン》が声をあげた。「何もかもあらかじめ計画しとったんだな」

「手がかりはまだある」と狄《ディー》判事。「突厥《タタール》服と木の札は始末したに決まっているが、断末魔の藍《ラン》師範が七巧板で何かしようとしたのには絶対に気づかずじまいだった。犯人を指す手がかりを形に残そうとしたんだろう。さらにその男は藍《ラン》師範と親しかったはずだし、あの若造の説明でおおかたの人相風体はわかっている。楚《チュウ》さんなら多分わかると思うのだが、わりと小柄でやせぎすにかなり長髪の弟子がおりましたかな？」

「いやあ、おりません！」楚大遠《チュウターユアン》が即答する。「門下はいちおう全員顔見知りですが、たくましい大男ぞろいですし、剃髪は全員にきつく言い渡されております。あんな武芸の達人が毒殺など、あまりといえばあんまりだ――卑怯な臆病者の手にかかって！」

一同黙りこむ。そこへ、左頬の長い毛三本をおもむろにひねっていた陶侃《タオガン》がぽつりと言った。

「臆病者か、さもなきゃ女のやり口だ」

「藍《ラン》が女にかかりあったことなんぞない！」楚大遠《チュウターユアン》が鼻であしらう。それでも陶侃《タオガン》は首をたてに振らない。

「殺された動機はずばりそれかもしれん！　あんまりつれないので、かわいさ余って憎さ百倍になったのかも」

「そんなら掃いて捨てるほどいたよ」馬栄《マーロン》が言葉を足した。「相手にもされないと口に出して嘆く舞妓はおおぜいいたぞ。そのつれないそぶりがよけい女を引き寄せるらしいんだな、どういうわけか」

「話にならん！」楚《チュウ》がむかっ腹を立てる。

ずっと黙っていた狄《ディー》判事が、ここで口を開いた。

「こう言うとなんだが、その案には気をひかれる。細身の女なら突厥《タタール》少年に変装するのは造作もあるまい。が、だとすれば、その女は藍《ラン》師範と関係があったにちがいない。浴室に入られても裸体を隠す気配もなかったのだ。手ぬぐいは壁にかかったままだった」

「ありえん！」楚《チュウ》が大声ではねつける。「藍《ラン》師範に女！　論外だ」

「それで思い出したんですが」喬泰《チャオタイ》がおもむろに述べる。「昨日行ったとき、女のことでいつになく辛辣な物言いをしてました。男の精を吸い取るとか何とか。いつもは角《かど》を立てない人なのに」

　腹立たしげにぶつくさ言う楚《チュウ》をしりめに、狄《ディー》判事は机の引き出しをあけて陶侃《タオガン》手製の七巧板を出し、六枚を現場の卓上にあった通りに並べた。仕上げの三角形を足して形にしようと試みる。しばらくして、

「藍《ラン》を殺したのがかりに女とすれば、この形はその身もとを明かす糸口だろう。だが、倒れるはずみに七巧板をひっかけたうえ、七枚めを足さないうちに息絶えた。難問だな」紙片を片寄せて話を続ける。「だが、ともあれ最初の課題は藍《ラン》の交友関係をひととおり洗うことだ。楚《チュウ》さん、これから馬栄《マーロン》、喬泰《チャオタイ》、陶侃《タオガン》と相談のうえ、仕事の分担を決めてただちに着手してはもらえまいか。警部は市場へ行き、突厥《タタール》少年の人相風体をあとの若いのふたりから聞き出すように。一杯やるなりなんなりして親しげに水を向ければ、もっと引き出せるかもしれん。ふたりの名と住所は馬栄《マーロン》がわかっている。それと、出かけぎわに郭《クオ》を呼んでくれ。あの毒の話を、もっと詳しく聞いておきたい」

　楚大遠《チュウターユアン》と副官四名がそろって退がると、狄《ディー》判事は無言でたてつづけに茶をおかわりし、ひとり物思いにふけった。葉泰《イエタイ》がつかまらないのがどうも気にかかる。やつめ、政庁の追跡を感づいたか。席を立って歩き出す。潘《パン》夫人殺しがまだ片づかないところへ今度は藍《ラン》の毒殺か。せめて廖《リャオ》嬢の神隠しにけりがつけば、肩の荷がだいぶ軽くなるのだが。

　郭《クオ》が入ってくると、あっさりとだが的確にねぎらった。執務机につき、郭《クオ》にも手ぶりで腰掛を勧める。それから口を開いた。

「薬局をやっておれば、下手人があの毒を入手したつてではわかるだろう。その辺にある品ではないはずだ」

　額の髪をかきあげ、大きな手を膝に置いて郭《クオ》が話しだした。

判事と郭《クオ》検死官

「それが、そうでもございません、閣下。微量なら強心剤になりますので、たいていの薬局にございます」

狄《ディー》判事がため息をつく。「では、この線で追っても無駄だな」目の前に置いた七巧板を所在なげに動かしながら話を続けた。「こちらの謎は、もちろん手がかりになるだろうが」

浮かない顔で郭《クオ》がかぶりを振る。

「そちらもどうでしょうか、閣下。あの毒は悶絶してすぐ息絶えますので」

「だが、藍《ラン》にはまれな意志力があり」と判事。「七巧板にも習熟していた。浴場の者を呼ぼうにも戸口までたどりつけないとわかっていた。だから、この方法で下手人を教えようとしたはずだ」

「おっしゃる通りです」と郭《クオ》。「本当にお上手でした。うちに来られたときも、家内ともども楽しませていただきました。いろんなものをあっという間にお作りになりまして」

「どうもわからん」と狄《ディー》判事。「これがいったい何の形になるはずだったのか！」

「藍《ラン》さんは本当におやさしい方でした、閣下」郭《クオ》がさびしそうに話し続ける。「てまえが市場でごろつきになめられ、突き飛ばされることもあると知ると、足弱でも腕力はかなり強い体格に合わせた技をわざわざ編み出して辛抱強く仕込んでくださり、おかげで以後のいやがらせはふっつりやみました」

最後の方は狄《ディー》判事の耳を素通りした。七枚の厚紙をあれこれいじるうち、ひょいと猫の形になったのだ。

あわててかき混ぜて崩す。毒、茉莉花《ジャスミン》、猫……それ以上

深追いしたくもない。驚いた郭《クオ》に気づき、内心の狼狽を隠そうとあわてて言った。

「いや、ゆうべひょんな事件に出くわしたのをふと思い出してな。小さい女の子が迷子になっていたので、家まで連れて行ったのだが、母親にはけんつくを食わされたよ。後家なんだが、何とも感じが悪かった。子供が何の気なしにしゃべった話によると、どうやらひそかに男と通じておるらしい」

「名は何と申しましたか？」郭《クオ》がつりこまれる。

「陸《ルー》の後家だ、綿屋の」

腰掛に座りなおした郭《クオ》が声を上げる。

「あれは性悪女です、閣下！　五ヵ月前に亭主を亡くしたときに多少かかわりましたが、なんともかとも妙な事件でした！」

判事の中ではさきほどの猫の件がまだ尾をひいていた。それに言われてみれば、なるほど藍《ラン》は足しげく薬局に寄っていた。口ではとりあえず相づちをうつ。

「綿屋の死に何か妙な点でも？」

郭《クオ》が答えを渋る。

「実を申しますと、前任の知事さまはこの件をいささかぞんざいになさいました。おりしも突厥《タタール》の大軍が北方軍を襲ってきたところで、避難民の群れが城内にごった返しまして。そちらで手一杯で、心の臓でぽっくり死んだ綿商人ごときに構っとられんと思われたのも無理からぬお話です」

「腑に落ちんな！」うまい具合に話題が変わってくれたので、内心これ幸いと、「検死結果に疑わしいふしが出たのだろうに」

郭《クオ》が浮かぬ顔をする。

「困ったことに、閣下」しぶしぶ言う。「検死そのものが省かれまして」

これで判事の注意はすっかり話に向いた。椅子の背にもたれ、口調をあらためて、「いきさつを話してくれ！」

語りだした。「午後遅くに、当地で知られた医者の匡《クワン》と陸《ルー》夫人がそろって政庁に出頭しました。医者の申し立てによると、正午に陸明《ルーミン》が頭痛を訴え、床についてまもなくうめき声をあげて苦しむ様子に家内が気づいた。寝室に行ってみるともう死んでいたので、匡《クワン》医師を呼んで診断を願ったとのことです。家内の言い分では、亭主はふだんから心の臓の不調を訴えていたよし。昼飯《ひる》は何だったかと匡《クワン》が聞きましたところ、ほとんど箸をつけず、頭痛を紛らそうと小さい酒注ぎ二本をつけただけ。そこで、死亡証明書には飲みすぎで発作を起こしたと記しました。前任の閣下はこれを右から左へ登録されたのです」

狄《ディー》判事が無言なので、郭《クオ》が話を続けた。

「たまたま故人の兄とは面識がありまして。それによると、ほとけの着せ替えを手伝うさい、顔色はふだんどおりなのに、目玉だけが飛び出しそうにふくれていたとか。そういう症状は後頭部に打撃を受けたしるしですから、さらに詳しい事情を聞きだそうと後家を訪ねました。ところがあの女にどなりつけられ、お節介焼きの金棒引きめと口をきわめて罵倒されました。そこで、僭越ながら知事さまにそのいきさつをお話ししましたところ、匡《クワン》の申し立てで充分だ、検死を行なういわれはないと仰せで。それで打ち切りです」

「匡《クワン》とは話してみなかったのか？」と狄《ディー》判事が尋ねる。

「何度か試みましたが、先生に避けられました」郭《クオ》がそう答える。「そのうちに匡《クワン》が医者の身でありながら巫蠱《ふこ》の術に手を染めているとの噂が流れました。南に向かう流民にまぎれてまちを離れてからは、絶えて音沙汰がありません」

判事がおもむろにひげをなでる。

「釈然とせんな！」と、ややあって口にした。「左道を行なう者がこの土地にまだいるのか。法では死刑と定められた大罪だが」

郭《クオ》が肩をすくめる。

「この北州《ペイチョウ》では」と述べる。「突厥《タタール》の血が混じった家が少なくありません。そういう家では突厥《タタール》の秘術を代々伝えているとか。呪文を唱えるとか、絵姿の首を切るか燃すだけで人を殺せるとの説も根強くございます。また一説には、法術を極めて妖《あやかし》や鬼魅と淫事を行なえば寿命を延ばせるとか。私見ではどれもこれも蛮習に過ぎませんが、藍《ラン》師範はそういう話をよく調べておられ、一から十まででたらめとは片づけられんとおっしゃっていました」

「聖賢孔子は」狄《ディー》判事がいらだつ。「怪力乱心を語らずと特に戒めておられる。心外だ、藍濤奎《ランタオクエ》のごとき知恵者がそんなわけのわからん酔狂にかまけていたとは！」

「なにぶんにも興味関心の幅がお広い方だったので、閣下」郭《クオ》が恐縮する。

「それはそれとして」と判事が続ける。「陸《ルー》の後家の件はよく話してくれた。召喚し、亭主が死んだときの事情をさらにつぶさに訊いてみよう」

そこで書類を取り上げたのをしおに、郭《クオ》は一礼してそそくさとさがった。

12

仙草山の雪路に分け入り
後家がお上をはねつける

検死官が出て扉が閉まったとたん、狄《ディー》判事は机上に書類をほうった。そのまま腕組みし、さきほどから頭を去来するあれこれをすっきりまとめようと悪あがきする。

とうとう立ちあがり、狩猟服に着替えた。軽く手足を動かせば整理がつくかもしれん。愛馬をひいてこさせ、乗って出かけた。

まずは旧練兵場でひと駆け。そのあと大通りから北門をくぐって城外に出た。ゆるやかなくだり坂が白一色の平原にさしかかるまでのんびり雪道を行く。空はどんより、またちらつきそうだ。

右手に大きな石が一対立っている。仙草山で通っている岩山へ分け入る細道の入口だ。登っておしまいにすることにした。坂の勾配が急になるまで乗り入れ、下馬してどうどうと馬首をかるく叩いてなだめ、手綱を切株につなぐ。

足を踏み出そうとしてはたと止まる。雪の上に小さな足跡が真新しい。行くか戻るか迷ったあげく、肩をひょいとすくめて登りはじめた。

岩山のいただきは何もなく、寒梅がぽつんと立っていた。固い紅のつぼみが、梢の黒い木肌が隠れるほどついている。いただきの反対端にめぐらした木の欄干べりで、消煤色《けしずみいろ》の毛皮外套の女が移植ごてで雪を掘っていた。長靴で雪を踏みしめる狄《ディー》判事の足音を聞きつけ、上体を起こすと地べたの手提げ籠に移植ごてを手早くしまい、ねんごろに礼をした。

「ああ、なるほど」と判事が声をかける。「月仙草採りか」

郭《クオ》夫人がうなずいた。細面なので、毛皮頭巾のふちどりがことのほかひきたつ。

「いまひとつですけれども、閣下」にっこりする。「これが精一杯で」言うと、籠に入った束を見せた。

「ちょっと手足を伸ばしがてら登ってきたんだ」と狄《ディー》判事。「すっきりできればと。藍《ラン》師範殺しのせいでどうにも気が晴れん」

郭《クオ》夫人の顔にふっと翳《かげ》がさし、外套をことさらかきあわせてつぶやいた。

「信じられません！　あんなに元気でお強かったのに！」

「いくら強くても、相手が毒では身を守るすべもない！」

判事が淡々と述べる。「卑劣な手口を弄した下手人については、確たる手がかりがある」

郭《クオ》夫人がはっと目を見開く。

「その男は誰でございます、閣下？」かろうじてかぼそい声を出す。

「男と言った覚えはないが！」すかさず狄《ディー》判事が言う。

小さな頭がゆっくりとうなずく。

「ほかに考えられません！」と、言い切る。「主人と親しくおつきあいがありましたので、師範にはちょいちょいお目にかかりました。私にもいつでも慇懃でお優しい方でした。それでも、女へのふるまいは……ちょっと、違ってましたわ」

「つまり、はっきり言うと？」判事がただす。

「そのう……」言いにくそうだ。「まるで……生身の女だと気づいておられないような」みるみる赤くなってうつむいた。

判事までばつが悪くなった。手すりに寄ってなにげなく見おろし、とたんにあとずさりする。眼下は五丈（約十六メートル）はあろうかという断崖で、根もとの雪を破ってごつごつした岩が突き出ている。

ふもとの平原を一望しながら、話の接ぎ穂を探しあぐねる。生身の女だと気づく……そう考えるだけで、妙に心がざわめく。くるりとふりむいてたずねた。

「先日見かけた猫たちだが、ご主人と奥さんのどちらの好みかな？」

「両方でございます、閣下」郭《クオ》夫人が静かに答える。「主人はけがや病気の動物を見ると捨ててはおけず、野良や病気の猫をよく連れ帰ります。あとの世話は私がいたします。ただいまは大小あわせて七匹おります」

おざなりに相づちをうっていた判事が、ふと梅の木に目を止める。

「あれが咲いたら、さぞや見事にちがいない！」

「ええ、それはもう」と、力をこめる。「そろそろ花どきですわ！ 誰だったか、詩にございますね。回《かえ》り来《きた》る……玉花《ゆき》は香雪に玲瓏《れいろう》と鳴る、でしたか……？」

その古詩に心当たりはあったが、判事はこう言うにとどめた。

「言われてみれば、そんな趣旨の句があったな」それから切り口上で、「では郭《クオ》さん、政庁へ戻らんといかんので、これで」

鄭重な挨拶を受け、ふもとめざして歩きだした。

質素な昼飯《ひる》のかたわら検死官とのやりとりを反芻する。書記が食後の茶をいれてくると、巡査長を呼べと言いつけた。

「城隍廟《じょうこうびょう》近くで綿屋を開いている陸《ルー》の後家を召し出して

同道せよ」と、巡査長に命じる。「ちと、問いただしたいことがある」

巡査長を送り出し、ゆっくりと茶を飲む。未決の殺しをふたつも抱えている今このときに、時間がたって久しい陸《ルー》明《ミン》死亡事件まで掘り返すなど愚の骨頂ではないかとの気持ちがないではない。だが、検死官の話は聞き捨てならないし、それとはべつの、心の奥底をかきみだすある疑いに目を向けずにいられる。

寝椅子に横になってはみたものの、なかなか寝つけない。転々と寝返りを打ち、さっきの、「玉花は香雪《ゆき》に玲瓏と鳴る」の全文を思い出そうとする。ひょいと浮かんだ。「長《ちょう》信夕詞《しんせきし》」と題した、孤閨をかこつ宮女の嘆きを詠んだ二百年ばかり前の詩だ。

霜天下に孤鳥啼《な》きたり　この寒空にはぐれた鳥がひとり泣いている
紅涙をも涸《か》らし愁殺す　胸破る物思いのあまり涙も涸《か》れてしまった
過去はただ昏《くら》きを留め　過ぎた日々を思い出しても暗いことばかり
喜悦逝きて悔い抱けり　喜びなどとうに絶えはてて後悔に明け暮れる
冀《こいねが》うは一陽来復のとき　もういちど別の誰かと人生をやり直せたら
寒梅回《かえ》り来《きた》る年頭の夕《ゆうべ》　巡り来る新年の夕べに寒梅が咲いたように
瓊梢《けいしょう》に佳人は窗《まど》を開け　枝ぶりにさそわれてふと窓を開けてみたら
玉花は香雪《ゆき》に玲瓏と鳴る　梅花が散る　純白の雪をあえかに鳴らして

さほど名高くもないので、抜き書きされた結びの対句だけをどこかで目にしたのか。それとも全文をそらんじ、わざとほのめかしたのか？　そこまで考え、顔をしかめてがばと起きた。これまではいつも教訓詩に目を向け、恋愛詩など閑文字のひとことで片づけていた。だがこうしてみると、以前は気づきもしなかったが、胸に迫るせつなさがこの詩にはある。内なる自分をもてあましながら、茶炉まで行って熱い手ぬぐいで顔をふいた。そのあと執務机につき、上級書記が持ってきた通達の公文書にかかる。巡査長が入ってくるころにはすっかり仕事に没頭していた。

さえない顔をした巡査長に気づいて尋ねる。

「なにごとだ、巡査長？」

巡査長はおどおどしながら口ひげをひねった。

「ありていに申し上げます、閣下」と報告する。「陸《ルー》の後家が同道を拒否いたしました！」

「何だと？」判事が驚く。「なにさまのつもりだ、その女」

「あやつが言うには」巡査長がくやしがる。「令状がないのに行くいわれはない、と」怒って言いかける判事に先回りして、せかせかと、「あの女め、口ぎたなくののしり、人だかりができるほど騒ぎたてました。国法ってもんがまだあるだろ、いわれもなく堅気の女を呼びつける権限なんかないよと大声をあげます。ならば力ずくで引ったてようとしましたが、そこでがんばるうちに見物人まで味方するしまつで。ここはいったん戻って閣下のお指図を仰いだ方がよかろうと存じまして」

「令状がほしければくれてやる！」憤然と筆をとり、たちどころに書き上げた。巡査長に渡して命じる。「巡査四人がかりでその女を連れてこい！」

巡査長があたふた出ていく。

狄《ディー》判事のほうは室内を歩き回りだす。陸《ルー》の後家とはなんと性悪女だ！　それにひきかえ、自分は妻には恵まれたなとつくづく思う。第一夫人は亡父の親友の長女、たしなみが深い。過酷な激務にあって、その内助の功はいつも大きな慰めであり、所生の男児ふたりは汲めども尽きぬ喜びを与えてくれる。第二夫人はあまり学がないが、まっとうな考え方をする美人で、大所帯のきりもりを実によくやってくれている。生んだ娘も母ゆずりの物堅い子だ。第三夫人は初任地の平来《ポンライ》で得た。ある事件で恐ろしい思いをしたあげく（原注『中国黄金殺人事件』参照）家族に見捨てられたところを、判事のはからいで第一夫人づきとして狄《ディー》家に迎えられ、第一夫人にすっかり気に入られて第三夫人にと推された。感謝につけこむようで当初は渋った判事だが、本人の口から気持ちを聞かされて折れ、そうしてよかったといつも思っている。若く活発な美人だし、判事の好きな骨牌の面子《メンツ》がこれでいつでも四人そろうとあって、願ったり叶ったりである。

北州《ペイチョウ》暮らしで家内たちはさぞ退屈だろうと、ふと心づく。じきに新年だ、めいめいに何か喜びそうなものを探して贈ってやろう。

戸口に出て書記を呼んだ。

「副官たちはまだひとりも帰らんか？」

「まだです、閣下」というのが書記の答えだった。「公文書室で楚大遠《チュウターユアン》さんとずっとご相談ののち、おそろいで出かけられました」

「馬をひかせよ！」狄《ディー》判事は命じた。副官たちは藍《ラン》殺害の手がかり収集に奔走している。その間に、潘峰《パンフォン》の様子をのぞきに行った方がよかろう。行きがけに葉平《イエピン》の店に寄り、葉泰《イエタイ》が戻ってきたかと問いただしてくるとしよう。どうも胸騒ぎがする。長びく葉泰《イエタイ》の不在は、とりもなおさず新たな混迷の幕開けではなかろうか。

13

骨董商をひとりでたずね漆の及ぼす効果をまなぶ

葉《イエ》紙舗の店先で馬を止め、入口の店員に声をかけて葉平《イエピン》にとりつがせた。

老あるじがあたふたと出てきて、中でお茶でもとうやうやしく口上を述べる。だが、判事は馬を降りず、葉泰《イエタイ》が戻ったかどうかだけ聞かせてくれと声をかけた。

「いえ、閣下、まだ帰って参りませんので」心配をおもてに出す。「あれがよく行く料亭や賭場を店の者が尋ね歩きましたが、一向にはかがいきません。何かあったのではと、そろそろ本気で心配でございます」

「今夜になってもまだ戻らんようなら」狄《ディー》判事が述べる。

「こちらでも人相書の高札を出し、軍警察に話を通しておく。だが、心配なかろう。あの弟はおとなしく追いはぎや盗人にやられそうには見えん。夕飯がすんだら、いちど報告に来るように！」

いちだんと馬を駆って潘峰《パンフォン》の坊に入り、城中とは思えない界隈のさびれようにあらためて目をみはる。晩飯まぢかなこの時分でも、路上に人影がないのだ。

潘《パン》の住まいの前で馬をおり、壁の鉄環に手綱をつないだ。なかなか出てこないので、鞭の柄で何度も何度もどんどんやるはめになる。

いざ出てきた潘《パン》は判事を見てびっくりし、広間に案内しながらも、火の気がなくてと繰り返し恐縮した。

「工房の火鉢をただいまお持ちします」

「いや、気にせんでくれ」と、狄《ディー》判事が言う。「そっちに行けばすむことだ。ひとの働く場所というのは、どんな場合も一見の価値がある」

「ですが、とてもお目にかけるような場所では！」潘《パン》の声が裏返る。「いま、ちょうど在庫の整理中で」

「いいから！」押し切る。「案内してくれ」

入りがけに一見したところ、小さな工房はまさに物置と言ったほうが当たっていた。外箱ふたつと、とりどりの磁器花瓶がところかまわず床に広げられ、作業机は書籍だの箱のたぐいがごたごたしている。だが、あかあかと熾った銅火鉢のおかげで、狭い部屋じゅう暖かかった。

潘《パン》が手を貸して判事の重い毛皮外套を脱がせ、火鉢わきの席をすすめた。茶の支度にあたふたと台所へひっこんだあと、判事のほうは好奇の目で机上を見た。ごつい肉切り庖丁が油じみたぼろきれに載せてある。どうやら、玄関で呼んだときはその庖丁磨きで手がふさがっていたらしい。机わきに目をやると、わりとかさばる四角いものに濡れ布巾がかけてある。ひょいと手を出してめくろうとしたら、潘《パン》が戻ってきた。

「手を触れちゃいかん！」

驚いてそっちに目をやると、潘《パン》があわてて説明した。

「それは塗り直し中の小卓でございます、閣下。くれぐれも、乾く前に素手で触るもんじゃございません。漆かぶれでひどいことになりますので」

そう言われてなんとなく思いだしたが、漆かぶれはつらいという話だ。お茶をつぐ潘《パン》にこう話しかけた。

「そちらの牛刀は立派なものだな」

潘《パン》が大きな庖丁を手にとり、そっと刃に親指で触れた。

「さようでございます」と言う。「五百年は経っております。廟でいけにえの雄牛をばらすのに使っておりましたが、いまだに刃こぼれひとつございません！」

狄《ディー》判事は茶をすすった。こうしてみると、この家は静かすぎるほどだ。しんとして物音ひとつない。

「気は進まんが」前置きなしに切り出した。「訊かんわけにもいかんのでな。まちを留守にしたことを下手人はあらかじめ知っていた。となると、教えたのは奥さん以外にいない。他に男がいたと思われるふしは？」

潘峰《パンフォン》が青ざめ、不安のおももちになる。

「申したくはございませんが」しおしおと言いかける。

「ここ何週間かのふるまいがどうも違うなという気はしておりました。どこがどうとは申し上げられませんが、それでも……」

そこで言いよどむ。よけいな合いの手をはさまずにいると、また口を開いた。

「むやみにひとに罪をきせるのはどうかと思いますが、どうも葉泰《イエタイ》が一枚かんでるような気がしてなりません。留守をねらってはしじゅうあがりこんでおりました。家内はまんざら不器量というわけでなし、金持ちの妾に直して高値をふっかけられるうちに、すっぱり実家《さと》に戻ってこいとでも口説いとるんじゃないか、などと勘ぐるようなこともございました。贅沢好きの女ですが、分不相応なものを買い与えるゆとりはむろんございませんので……」

「紅玉をはめたあの金の腕輪一対は別というわけか」狄《ディー》判事がいなす。

「金の腕輪ですと？」潘峰《パンフォン》が動転する。「何かのおまちがいでしょう。家内の手持ちは、伯母さんにもらった銀の指輪ひとつきりです！」

判事が身を起こす。

「しらを切るな、潘峰《パンフォン》！」手きびしく決めつける。「私ばかりかおまえも先刻承知ずみだ。女房はどっしりした金の腕輪のほかに金むくのかんざしを何本も持っていた」

「そんなごむたいな、閣下！」潘《パン》も黙ってはいない。「そんなもの、断じて持っておりません！」

「来い」冷ややかに言う。「見せてやる！」

潘峰《パンフォン》をすぐあとに従えて寝室に入り、衣装箱を指さして命じた。

「いちばん上のを開けてみろ、見つかるはずだ！」

潘《パン》がふたを上げると、いいかげんに丸めた女物の衣類が半分がた入っていた。この前のときはきちんとたたんであったし、陶侃《タオガン》が中身をあらためたあとでいちいち元通りにしていたのを判事は覚えていた。

中身を床に積みあげる潘《パン》をじっと見守る。箱がすっかりあき、ひと安心して声をあげた。「ごらんのとおり、装身具なんぞございません！」

「見せてみろ」言いながら潘《パン》を押しのけ、かがんで底の隠し仕切りを開けた。からっぽだ。

身を起こすと冷たく言った。

「あまり利口なやり方ではないぞ、潘峰《パンフォン》。装身具を隠したところでなんにもならん。包み隠さず申せ！」

「誓って申します、閣下」潘《パン》の口調にうそはなかった。

「こんな隠し仕切りがあるとはつゆ存じませんでした！」

狄《ディー》判事はしばらく考えこみ、じっくりと室内を見わたした。いきなりつかつかと左手の窓に行く。一見たわんだような鉄桟をぐいと引いたら、ふたつに折れてはずれた。他のも鋸で切ったあと、こっそりはめ戻しただけだと判明する。

「留守中に空き巣に入られたな！」と言う。

「ですが、政庁から帰宅いたしましたら、有り金はそっくりございました！」潘《パン》が肝をつぶす。

「衣類はどうだ？」判事がただす。「部屋を調べたとき、その箱はいっぱいだったぞ。なくなったのはどれとどれかわかるか？」

ぐしゃぐしゃになった衣類をさらにかきまわした末に言う。

「はい、たしかに。家内の嫁入り支度に実家《さと》の伯母がくれた、かなり値のはる外套が二枚とも見当たりません。どっしりした錦地に貂《てん》の毛皮の縁取りです」

狄《ディー》判事は深くうなずき、あたりを見まわした。

「なくなった品はまだありそうだな。そう……ああ、そうだ。あっちの隅にあった朱の小卓がないではないか」

「ごもっともで」と、潘《パン》。「いま塗り直し中のあれがそうです」

身じろぎもせず、判事は考えこんだ。ひげを指で梳きながら、しだいに形をとって見えてくる。もっと早く気づかなかったとは、なんと間抜けな！　装身具という手がかりはずっとその場にあったのに。そもそもの初めから下手人はひどいしくじりをやらかしていた。なのにこちらが見落としていた。だが、こんどは何もかもつじつまが合う。

ようやく判事は物思いからわれに返った。気づかう潘《パン》峰《フォン》にこう述べる。

「いまの言い分をそのまま信じよう、潘峰《パンフォン》！　さて、さっきの部屋に戻ろうか」

ゆっくり茶を飲む狄《ディー》判事のかたわらで、潘峰《パンフォン》が手袋をはめて濡れ布巾をめくった。

「さっきお話に出た朱の小卓はこれでございます。時代のついたすばらしい品ですが、二度塗りするはめになりまして。こないだ五羊村に出かける前に塗って、乾くまで寝室の隅っこに置いときましたら、誰かがうっかり手をついたに決まっております。けさがた見てみましたら、天板に大きなしみが。いま塗り直しております」

狄《ディー》判事が茶碗をおろす。

「手をついたのは奥さんかもしれんだろう？」

「家内はしっかり心得ております、閣下」潘《パン》がにこやかに述べる。「漆かぶれの話は耳にたこができるほど言って聞かせました。どれほど厄介か重々存じております。先月なども、綿屋をやっている陸《ルー》の後家さんが訪ねてまいりました。ひどいかぶれようで両手とも腫れ、いちめんただれて真っ赤です。手当てのしかたを訊かれまして、そこで言って……」

「どういうわけであの女と知り合いなのだ？」狄《ディー》判事が途中で口を出す。

「あれがまだ小さいころ」と答える。「まちの西にふた親と住んでおりまして、隣にてまえが以前おりました。嫁に行ってからは姿も見かけません。だからって別に困りもしませんが、あのうちの女どもはどうもいただけませんので。父親はまじめな商人でしたが、突厥《タタール》の血をひく母親の方は巫蠱《ふこ》の術に凝っておりました。娘も母親似で変なことばかり好み、いつも台所でえたいのしれない薬を煉ったり、たまに神がかりになるとおぞましいことをいろいろ申します。かぶれた手の相談をしにきたところをみると、どうやらてまえの引越し先を知っていたとみえます。亭主に死なれた話はやっぱりその折に出ました」

「実に面白い話を聞かせてもらった！」そう言うと、気の毒そうに潘《パン》を見て言った。「凶行の下手人がこれでわかったぞ、潘峰《パンフォン》。だが、なにぶん妄執にとりつかれた危険なやつだ、用心に越したことはない。今夜は家から一歩も出ず、寝室の窓は板でふさぎ、玄関をしっかり戸締りしておけ！何のことかは明日になればわかる」

潘峰《パンフォン》はあっけにとられていた。問い返すひまを与えず、狄《ディー》判事はお茶の礼を述べて去った。

14

若後家だてらに騒ぎたて
悪口の報いを身に受ける

狄《ディー》判事が政庁にもどってみると、馬栄《マーロン》、喬泰《チャオタイ》、陶侃《タオガン》が執務室にそろっていた。さえない顔色を読めば、無駄足は聞くまでもない。

「楚大遠《チュウターユアン》さんの計画はすごくよかったんですが」馬栄《マーロン》が鬱々とふさぎこむ。「収穫はなしです。楚大遠《チュウターユアン》と喬泰《チャオタイ》が組んでかたっぱしから名士回りし、藍《ラン》に入門したことがあるやつの名を調べ上げました。こいつがその名簿なんですが、見込み大とはお世辞にも言えません！」袖から巻物を出す。ざっと判事が目を通すあいまにも話はまだ続く。

「おれは陶侃《タオガン》や洪《ホン》警部と藍《ラン》の自宅を調べました。空振りもいいとこですよ、揉めてたやつなんかそもそもいるんですかね。あとは師範代の梅成《メイチエン》てのに事情を聞きました、歳は若いが、なかなかの好漢《おとこ》です。そっちからちょいと耳寄りな情報が出ました」

潘《パン》宅での驚きさめやらず、それまでいささか上の空だった判事だが、ここにきてがぜん耳をそばだてた。身を入れて訊ねる。

「それはどういう？」

「なんでも」ひきつづき馬栄《マーロン》が言う。「夜、不意打ちしたかっこうで師匠んちに戻ったことがあって、そしたら女の話し声がしたそうです」

「なにものだ、その女？」狄《ディー》判事が身構える。

馬栄《マーロン》が肩をすぼめた。

「それが、目にしたわけじゃないんですよ。戸のすきまからきれぎれに伝わってきただけで。誰だかわかりませんが、腹を立ててるらしいのは聞けばわかったそうです。梅成《メイチエン》は竹を割ったような若いのですから、盗み聞きなど思いもよらず、大あわてでその場を離れたとか」

「ですが、何らかのかかわりある女がまちがいなくひとりはいたわけです！」陶侃《タオガン》が意気ごむ。

意見はさしひかえ、かわりにこう述べた。

「洪《ホン》警部はどこにいる？」

「市場へ出ばりました。おれたちで藍《ラン》の家にこもってるひまに、若造ふたりをつかまえて例の突厥《タタール》の人相風体をひきだして来るとかで」と馬栄《マーロン》が答えた。「夕飯までには戻るそうです。喬泰《チャオタイ》のほうは楚大遠《チュウターユアン》を邸に送った帰りに藍《ラン》ちに寄り、おれらを拾ってきました」

政庁の銅鑼が三つ、尾をひいた。

狄《ディー》判事が眉をひそめる。

「夕刻の法廷だな。陸《ルー》というのを召喚しておいた。後家で、亭主の死にうろんなふしがある。型通りの質問を少しするつもりだが、この法廷でよけいな騒動が持ちあがらんといいが。というのもな、この午後に潘峰《パンフォン》の家で重大なことに気づいた。ことによると、あそこでの非道な殺しは解決しそうだ！」

副官三人がやつぎばやに質問を浴びせたが、判事は片手でおしとどめた。

「説明はする、ただし法廷をすませて洪《ホン》が戻ってきてからだ」

席を立ち、陶侃《タオガン》の介添えでてきぱきと着替えをすませる。

傍聴席はやはり満員だった。だれもかれも、藍濤奎《ランタオクエ》殺しについて一刻も早く知りたがっているのだ。

開廷そうそう判事はまっさきに宣言した。拳法師範毒殺の捜査に滞りなく、政庁ではさる重要情報を入手した、と。

次に、看守に通達書を回した。郭《クオ》夫人に連れられた陸《ルー》の後家に傍聴人がざわめく。そこで郭《クオ》夫人から巡査長に身柄を引き渡し、御前に連れ出された。

見れば、陸《ルー》夫人は念入りに身支度していた。紅で顔をほんのりさせ、黛《まゆずみ》を丹念にひいている。じみな焦茶の綿入れ長衣でも人目をひくほどだったが、ちんまりと紅をさしても酷薄な口もとはごまかせない。甃《いしだたみ》にひざまずく前に判事をちらと見たが、顔を見分けたらしいそぶりはない。

「姓名職業を述べよ」狄《ディー》判事が命じる。

「つつしんで申し上げます」かたくるしく答えた。「陸《ルー》の後家、本姓を陳《チエン》と申し、亡き主人陸明《ルーミン》の綿店を切り回しております」

こういった細かい点が決まりどおり記録されてしまうと、判事が言った。

「本官はそなたの亭主の死についていささか説明を求めようと、呼び出しのうえで簡単な質問に答えさせるつもりでいた。ところが自ら出頭するのを拒んだため、やむなく令状を出した。これより当法廷での尋問に入る」

「主人の死は」陸《ルー》夫人が冷然とつっぱねる。「閣下のご着任前に起きたことで、まっとうな手続きを踏んで前の知事さまにご承認いただきました。いったいなんの根拠あってこの件を蒸し返そうとしておられるのか、てまえにはさっぱりわかりかねます。存じおります限りでは、この法廷になんの訴えも出されておりませんのに」

こやつは口も頭もよく回る女だなと狄《ディー》判事は思った。無愛想に、

「当法廷は故陸明《ルーミン》の病について、政庁検死官が出したさる見解を要確認とみなす」

いきなり陸《ルー》の後家が立ちあがり、傍聴席へと身をねじりながらわめいた。

「あんなやつに良民《かたぎ》の後家をとやかく言わせといていいのかい？　背中がひん曲がってりゃ心だってひん曲がるさ、それくらい誰だって知ってるよ！」

狄《ディー》判事が警堂木で机をしたたか打ち据え、怒声をあびせる。

「当法廷の役人を悪しざまに言うと許さんぞ、女！」

「法廷がなにさ！」陸《ルー》の後家がせせら笑う。「知事さん、こないだの晩におしのびでうちに来ただろ？　あんときゃ門前払い食わされたもんで、今日は令状なんざ抜きでこそこそ呼びつけようってわけかい！」

怒りで青ざめたものの、あらんかぎりの力で自分をおさえつけ、判事はふだん通りの声を出した。

「この女に法廷侮辱罪を申し渡し、鞭五十に処す！」

傍聴席がざわつく、どうやら不承知らしい。だが、巡査長はおかまいなくさっさと陸《ルー》夫人に近づいた。髪をつかんでひきすえ、巡査二名が女の長衣と下着を腰まで破りおろ

す。あとの二名が女のふくらはぎを両側から踏みしめておさえ、後ろ手に縛る。振り上げた巡査長の鞭がするどく空を切った。

はじめの数打で陸《ルー》の後家は金切り声をあげた。

「犬役人め！　振られたからってまともな女にこんな腹癒せしやがって！　この……」

裸の背中に鞭が食い入るにつれ、悪口雑言は絶叫に変わった。が、十打の区切りで高札をかかげようと巡査長が手を休めたとたん、懲りずにわめいた。

「あたしらの藍《ラン》先生が殺されたってのに、女の尻ばっか追い回しやがってこの犬役……」

またもや鞭、あとはただもう絶叫ばかりだ。二十打の区切りで巡査長がひと息入れると、またぞろ何か言いかけたが言葉にならない。さらに五打食らうと、床にうつぶせて倒れた。

判事の合図で巡査長がその頭を持ち上げ、鼻先で気つけの強い香を焚いた。ようよう目を開けたものの、自力では起き上がることもできない。巡査が髪をつかんで持ち上げ、巡査長が肩を貸さないと起きてもいられなかった。

狄《ディー》判事が引導を渡す。

「陸《ルー》の後家、そなたは当法廷の秩序を乱し、規定の刑を半分受けた。明日《みようにち》に尋問を再開する。刑の残り半分については、当人の態度いかんによると心得よ！」

郭《クオ》夫人が出てきて、巡査三名の手を借りて陸《ルー》夫人を牢に送り届ける。

警堂木をかまえて閉廷しようとした矢先に老農夫が進み出た。くどくど述べたてるには、豆菓子の盆を持った菓子売りと、おもての街角で鉢合わせしたらしい。土地ことばなので判事には通じにくく、話についていくのもひと苦労だ。ようやく事情がのみこめた。盆にあった菓子はだいたい五十個で、その弁償なら否やはなかった。なのに百個だ、全額弁償しろと物売りが言い張ってやまないという。

次に物売りが御前にひざまずいたものの、そのことばたるや農夫よりまだわかりづらい。菓子は百個からあったと誓って述べ、二枚舌のいかさま師と老農夫をあげつらった。

いいかげん堪忍袋の緒が切れそうだったが、判事はこの

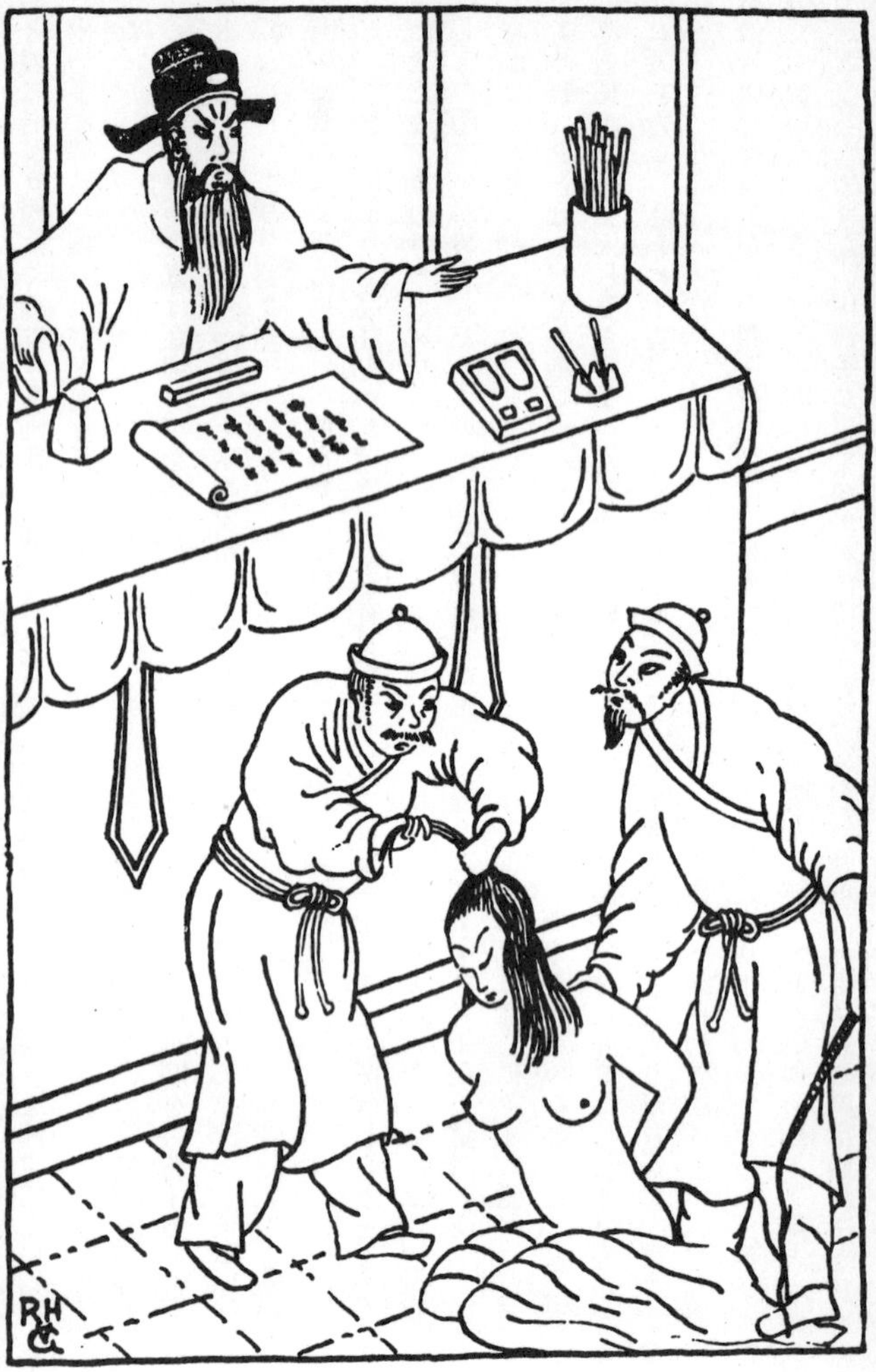

女が罰せられる

争いにじっと耳を傾けた。巡査をおもてへひとっ走りさせて割れた菓子をさらわせ、無傷の菓子をひとつだけ店から取り寄せた。さらに、書記に命じて天秤を運ばせる。

みなが戻ってくるまで椅子にもたれ、陸《ルー》の後家がはたらいたありえないほどの無礼をふりかえる。あんなまねをするなど、亭主の死にじっさい何やら不都合があるとしか思えない。

油紙に菓子のかけらを入れて巡査が持ってくると、その包みごと天秤にかけた。二斤（約千二百グラム）よりちょっと目方が出る。次にまっさらの菓子をかけると、一個につき半両（約二十グラム）強と判明した。

「嘘を申し述べた物売りを、竹杖で二十回打て！」苦りきって巡査長に命じる。

迅速公平なお裁きを喜ぶ民から、こんどはいささか喝采が湧いた。

物売りの二十叩きをすませたところで、閉廷する。

執務室で汗だくの額をぬぐう。室内を歩きまわりながら思わず言った。

「十二年の知事生活で性悪女もいろいろ見てきたが、こんどのは無類だな！　あの言いぐさはどうだ、私が訪ねてきたと小面憎くあてつけおって！」

「その場でどなり飛ばしてやりゃいいじゃないですか、あの腐れ女の減らず口を」馬栄《マーロン》が歯噛みする。

「余計に相手の思うつぼだ」疲れが判事の声ににじむ。

「実情はどうあれ、夜におしのびであの家を訪ねたことに変わりない。まったく小知恵のきく女だ。群衆を味方につけるこつを的確につかんでいる」

言いながら、腹立ちまぎれにあごひげをぐいと引く。

「私見ですが」これは陶侃《タオガン》。「しょせんは女の浅知恵ですな。匡《クワン》先生の所見をひきあいに出して質問ひととおりにおとなしく答えるのが、いちばん面倒がないんですから。いいかげんわかりそうなもんですがねえ、これだけ騒ぎたてるところを見ると、実は亭主を手にかけたんじゃないかと疑われるだけだと」

「こちらがどう思おうが、あの女には蛙の面に水だ」狄《ディー》判事が憤懣を口にする。「うしろめたい事実が露見するというので、なんとか再吟味を避けようと悪あがきしているだけだ。そして、今日のところはすこぶる手ごたえがあったわけだ！」

「この事件だけはよくよく用心してかかりませんと」喬泰《チャオタイ》が評した。

「そうとも！」と狄《ディー》判事。

そこへいきなり巡査長が飛びこんできた。

「閣下」ただならぬ様子で、「たったいま、靴職人が洪《ホン》警部の急をしらせてまいりました！」

15

洪《ホン》警部は屋内市場を探り
黒頭巾の男を追いつめる

足を棒にして洪《ホン》警部が屋台や露店を回るうち、いつしか日も西に傾いた。ここらがひきあげどきだ。

若い突厥《タタール》人と一緒だったふたりをなだめすかしていろいろ訊いてはみたものの、骨折り損のくたびれもうけに終わった。連れの若造が狄《ディー》判事に申し立てた話に付け足すことはない。口を揃えて言うには、その突厥《タタール》も若い男だとばかり思っていたが、それにしては顔がいやになまっ白《ちろ》かった。長い髪には気づかなかったと。ひょっとして、首巻の端っこを髪と見まちがえたのだろうか。

薬局の店先でつかのま足を止め、正面の盆に並んだ奇怪な根っこや小動物の干物をじっと眺めて素姓をあてようとする。

脇をかすめるように大男がすりぬけた。振り向いた警部の目に、とがった黒頭巾と広い背中が飛びこむ。冷やかし客の人波をわけ、ちょうど角を折れる姿をとらえる。足早に追いすがり、宝石屋の前で立ちどまるところをまたとらえた。あるじに何か尋ねた男が、盆に出された装身具を調べだす。

思い切って近づき、ひとめでも顔を見届けたいのはやまやまだが、黒頭巾の耳あてがじゃまだ。宝石屋の隣に麺の屋台が出ていたので、いったんそっちに寄って銭二枚を払った。屋台のおやじに麺をよそってもらう間も、目は頭巾の男から離さない。ところが、買う気まんまんのふたり連れが手前に割りこんであるじに話しかけ、玻璃《ガラス》鉢の紅い宝石《い》を物色中の黒頭巾は手袋をはめた両手しか見えなくなった。手袋を片方はずし、石をひとつつまんで右手にのせて人さし指でこする。ふたり連れがお先にはずれ、視界がひらけた。が、うつむいた顔はあいかわらず見えない。

やきもきするあまり、麺がろくに喉を通らない。見れば宝石屋のあるじがもろ手をあげて何やらまくしたてている。どうやら値段の折り合いがつかないようだ。必死で耳をすましたが、まわりの立ち食い客に声をかき消されてしまう。

あせって麺をかっこむ。また目をやると、あるじが肩をすくめ、何やら小さなものを紙にくるんで手渡す。と、黒頭巾はさっと雑踏にまぎれこんだ。

半分も食べずに碗を屋台に放り出し、あとを追いかける。「おおい、じいさんよお、うちの麺にけちつけようってのか?」おやじにどなりつけられたが、洪《ホン》警部の方はそれどころではない。酒場に入っていく姿を見届ける。

そこでやっとひと息つき、雑踏の頭ごしにのぞいた。古びた看板がかろうじて読める。「春風楼」

通行人のなかに知った顔を探したが、人夫や物売りばかりだ。そこへ、何度かひいきにしてやった靴職人がひょっこり通りかかったので、さっそく袖を引いた。職人は腹をたてて口を開きかけたが、警部とわかるや笑顔になった。「毎度ごひいきに、洪《ホン》の旦那」と、お愛想を言う。「上等な冬鞋《ふゆぐつ》のご注文はいつごろ承りやしょう？」

そのまま職人を道脇にひっぱっていき、袖をさぐって使い古しの小ぶりな錦の名刺入れ、それに銀粒をひとつ出した。

「いいか」とささやく。「一刻も早く政庁へ駆けつけ、知事閣下にお目通り願ってくれ。わしからの急用だと門番に伝え、証拠にこの名刺入れを見せるがいい。判事さまにお会いできたら、あっちの酒場に副官三人とすぐさまおいでいただき、目下探索中の下手人をひっ捕らえてくださるようにと言うんだ。さ、この銀は駄賃だ！」

靴職人は目を丸くし、さかんに礼を言いかけて警部にさえぎられた。

「行け！」と吐き捨てる。「走れ、足の続く限り！」

それから通りを渡り、酒場に入った。

店内は思いがけず広く、松材の卓を囲んで三、四人ずつに分かれ、安酒を片手に五十人からの客ががやがや話している。むっつり顔の給仕が酒注ぎを盆にのせて高々とかかげ、ひとりで駆けずり回っていた。

いぶる灯火を透かして、店内をひとわたり見る。あの黒頭巾の姿はない。

席をぬって奥へ通るうち、せまい裏口わきの目立たない隅にふと気づいた。小卓ひとつがやっとの場所に、こちらに背を向けて黒頭巾が座っている。

卓上の酒注ぎとせまい裏口を交互に見比べ、警部は気がめいった。こういった安酒場は現金とひきかえが決まりだから、出ようと思えばいつでも出られる。だが、判事の到着までは何としてもこの場に引きとめておかねば。

そちらに歩み寄り、黒頭巾の肩を叩いた。ぎくりと振り向くはずみに、それまで眺めていた二顆の紅玉が床にころげ落ちる。

男の顔を見分け、洪《ホン》警部の顔色がみるみる変わった。

「こんなところで何してなさる？」と、わが目を疑う。

男が店内の混雑にすばやく目を走らせ、誰も見ていないのを確かめて指を口もとに立てた。

「おかけなさい」とささやく。「包み隠さず事情をお話ししましょう」

すぐ隣に腰掛を引き寄せ、警部にすすめる。

「いいですか、よおく聞いてくださいよ！」身を寄せたと思ったせつな、細身の長匕首《あいくち》をつかんだ右手が袖口からひらめき、電光石火で警部の胸をえぐった。

かっと目を見開き、叫ぼうとした洪《ホン》警部の口から血があふれた。息がつまり、うめき声をあげて卓に突っ伏す。

相手はそれでも平然として、すかさず店内に目を配る。いまの一部始終を見たものはいない。

警部の右手が動いていた。震える指を卓上の血につけ、一字の姓を書く。あとは身体を痙攣させ、こときれた。

さげすむように黒頭巾がその字をなすり消し、血のついた指を洪《ホン》警部の肩先でぬぐった。また店内に目を配り、立ち上がって裏口を出る。

馬栄《マーロン》、喬泰《チャオタイ》、陶侃《タオガン》を従えた狄《ディー》判事が春風楼の通りに駆けつけた頃には、おもてのちょうちんにわいわい人だかりができていた。

狄《ディー》判事はがっくりきた。誰かが声をあげたからだ。「政庁が殺しのお調べに来たぞう！」

さっと人垣が分かれ、判事が駆け込むと副官三人が遅れじと続いた。ひときわ奥まった片隅の人だかりを押しのける。とたんに卓上の血だまりに突っ伏した洪《ホン》警部のなきがらを見て、石像さながらに凍りついた。

酒場の亭主が何か言いかけて四人の形相にあたふた引っこみ、他の者もまとめて向こうにさがらせた。

だいぶたって、かがみこんだ狄《ディー》判事がそっと死者の肩に触れた。灰色の頭をていねいに持ち上げ、上衣をゆるめて傷をあらため、やさしく卓上に戻し、拱手の礼をとる。副官三人ともはっと目をそらした。あふれる涙が判事の頰をつたっている。

恐ろしい痛手からまっさきに立ち直ったのは陶侃《タオガン》だった。卓上をなめるように調べたあと、洪《ホン》警部の右手をつくづく見て述べる。

「肚《はら》の座ったお人だ、どうやら血で何か書き残そうとしたようです。ここに変な汚れがあります」

「おれたちなんざ、及びもつかない人だったよ！」喬泰《チャオタイ》が血を吐くように言った。馬栄《マーロン》のほうは、血があごに垂れるほどにぎりぎり唇を嚙んでいる。

床に膝をついていた陶侃《タオガン》が立ち上がり、見つけた紅玉二顆を声もなく判事に見せた。

うなずいた狄《ディー》判事の声が、別人のようにかすれる。

「紅玉のことはわかっていた。それなのに、間に合わなかった」しばし声をのみ、「亭主に訊いてみよ。警部は黒頭巾の男と一緒だったのか」

馬栄《マーロン》が亭主を呼ぶ。喉仏をいくども上下させ、しどろもどろに、「て、てまえは、な、何も、閣下。黒頭巾の男は、こ、この席にひとりでした。給仕の話じゃ、酒を頼んでお代を払ったそうで。こ、このお気の毒な旦那はきっとあとから来られたんです。き、給仕が気づいたときにゃ、やつはもう出たあとで」

「どんな野郎だった！」馬栄《マーロン》がどなりつける。

「給仕は両目しか見とりません、閣下！　せきこんでて、口のへんは頭巾の耳あてですっぽり……」

「そんなことはいい！」嗚咽をこらえた判事にさえぎられ、亭主はそそくさと退散した。

そのまま黙りこくった。副官たちもあえて口を開こうとはしない。

にわかに判事が顔を上げる。火を噴くような目を馬栄《マーロン》と喬泰《チャオタイ》にあて、しばし思いをこらすと厳しく命じた。

「いいか！　ふたりとも夜が明けたら馬で五羊村に向かえ。近道にくわしい楚大遠《チュウターユアン》と行ってこい。村の宿で、潘峰《パンフォン》が泊まったときに会った男をすべて洗いだせ。すんだら楚《チュウ》大遠《ターユアン》ともども、政庁へまっすぐ戻れ。わかったな」

ふたりともうなずくのを見届け、寂しさを声ににじませた。

「政庁へ警部を運んでくれ」

きびすを返し、もう何も言わなかった。

16

朝駆け三騎が御前に戻り
女が奈落の次第を明かす

あくる午《ひる》近く、毛皮帽を雪まみれにした三騎が政庁の門前に止まった。

長蛇の列がぞくぞくと正門に吸いこまれていく。

驚いた馬栄《マーロン》が楚大遠《チユウターユアン》に話しかけた。

「開廷らしいぞ！」

「急ごう！」喬泰《チヤオタイ》がつぶやく。

陶侃《タオガン》が正院子《なかにわ》まで迎えに出てきた。

「よんどころない理由で、臨時開廷なさることになってね」と、三人に教える。「さる重大事実が判明して、すぐさま手を打たんことには」

「じゃあ、執務室にうかがいましょうか！」楚大遠《チユウターユアン》が熱心に誘う。「警部殺しで何ごとか判明したやも！」

「もう開廷です」陶侃《タオガン》が言った。「今は誰にも邪魔されたくないとの仰せで」

「それなら」と喬泰《チヤオタイ》。「まっすぐ法廷に行くほうがよさそうだ。楚《チユウ》さんも一緒に来るなら、御前わきに席を設けますよ」

「いや、最前列で結構」楚大遠《チユウターユアン》が答える。「だが、裏口から入れていただければ、人をかきわける手間が省ける。かなりの混雑らしい」

三人で回廊に出て、判事席裏の出入口をくぐった。馬栄《マーロン》と喬泰《チヤオタイ》はともに壇脇に立ち、楚大遠《チユウターユアン》は巡査たちの整列をすりぬけて傍聴席の最前列に行った。

法廷いっぱいにつめかけた群衆がざわつく。高い判事席にすえた狄《ディー》判事の肘掛椅子に、期待をこめた視線が集まっていた。

いきなりしいんとした。判事のお出ましだ。馬栄《マーロン》と喬泰《チヤオタイ》の見るところ、着座したその顔は前夜にもましてやつれの色が濃い。

警堂木を鳴らして宣言する。

「北州《ベイチョウ》県政庁の臨時法廷は、骨董商潘峰《バンフォン》宅での殺人事件で新たに判明したゆゆしい進展をとりあげる」巡査長に命じた。「第一の証拠物件をここへ」

馬栄《マーロン》が横目づかいに喬泰《チャオタイ》を見てとまどう。

巡査長が油紙の大きな包みをかかえてくる。いったん床におき、袖から巻いた油紙を出して判事の机端に広げた上で、包みをのせた。

狄《ディー》判事が身をのりだし、手早くほどく。包み紙がはらりと開くと、傍聴席から思わず声がもれた。机上にあらわれたのは、雪だるまの首だった。紅《あか》い石の双眼が、悪意あるもののように光る。

判事は無言のまま、楚大遠《チュウターユアン》の動きから目を離さなかった。雪だるまの首に目をすえ、一歩ずつ、そろりそろりと吸い寄せられている。

判事のきっぱりした手ぶりで、通り道にいた巡査たちがあわててよけた。楚《チュウ》が判事席に寄り、首の真下に立つ。妙にうつろな眼で、魅入られたようにひたすら見ている。

やぶからぼうに、子供がぐずるような変な声で、

「返せえ、おれんだ、赤い石ぃ！」

手袋をはめたままの手を両方ともさしのべるや、狄《ディー》判事がいち早く手を出した。警堂木でだるまの首のいただきをはっしと打ち、雪がみじんにくだける。あらわれたのは女の生首だ。顔は、濡れ髪がばさりと垂れてよく見えない。

馬栄《マーロン》がすさまじい罵声をあげ、壇から楚大遠《チュウターユアン》につかみかかろうとする。が、万力のような判事の手に腕をつかまれた。

「席にとどまれ！」声高に叱りつける。喬泰《チャオタイ》が飛びついて連れ戻した。

楚大遠《チュウターユアン》は生首のほかは眼に入らず、ぼうっとつっ立っている。法廷中が死んだように静かだ。

その視線がおもむろにさがり、ふとかがんで、落ちた紅玉二顆を雪ごとすくいあげた。手袋をはずし、水ぶくれだらけの左手のくぼみにのせて右手の人さし指でこする。大きな顔いっぱいに幼稚な表情を浮かべ、手放しでにたにた

する。

「きーれいだなあ！」とささやく。「きれーいな赤い石、血のしずくみたいだ！」

大きな図体で、おもちゃを手にした子供さながらにふるまう薄気味悪さに法廷中の目が奪われ、陶侃《タオガン》が連れてきた背の高い面紗《ヴェール》の女に気づいたものはなかった。楚大遠《チュウターユアン》と向かい合う形で女が御前に立つと、狄《ディー》判事がだしぬけに声をかける。

「廖蓮芳《リャオリエンファン》さんの生首に見分けがついたか？」

それを合図に、陶侃《タオガン》が女の面紗《ヴェール》を剝いだ。

とたんに夢から覚めたように楚《チュウ》の目がきょときょとし、目の前の女から机上の生首へと移った。ぬけめなく女に笑いかける。

「急げ、そいつを雪ですっぽり埋めんと！」

四つんばいで甃《いしだたみ》を手さぐりする。

傍聴席で起きたざわめきがひときわ高まる。が、判事が厳然と制して静めた。

「葉泰《イエタイ》はどこだ？」と、楚《チュウ》に尋ねる。

「葉泰《イエタイ》？」頭をもたげて訊き返し、けたけた笑った。「あいつも雪だ！」大声で、「雪に埋めたよ！」

ふいにおびえて今までの元気はどこへやら、女を盗み見て大声で哀願した。

「おまえも手を貸せえ！　もっと雪がいるんだよう！」

女の方は机に背がつくまであとずさりし、両手に顔をうずめた。

「もっと雪、雪ぃ！」楚大遠《チュウターユアン》が絶叫する。石の床を這いずって狂いまわり、甃《いしだたみ》の継ぎ目で爪をはがした。

狄《ディー》判事が巡査長に合図し、楚《チュウ》の腕を両側から巡査がつかんで立たせた。口から泡を吹いてわめき散らし、すごい勢いで暴れるので、さらに四人がかりでさんざん手を焼いたあげく鎖をかけ、力ずくで引ったてていった。

狄《ディー》判事が重々しく述べる。

「当法廷は、廖蓮芳《リャオリエンファン》嬢ならびに葉泰《イエタイ》殺害のかどで地主楚大遠《チュウターユアン》を告発する。潘《パン》夫人はその共犯である」

廷内にわきあがった怒声を片手で制し、さらに続ける。

「けさがた楚大遠《チュウターユアン》邸を捜索した本官は、人払いした一隅にかくまわれた潘《パン》夫人を発見した。また、雪だるまの中に仕込んだ廖《リャオ》嬢の生首が裏庭のひとつで見つかった。この場に示したのは、模造した木製の首である」

ついで、女にこう語りかけた。

「潘《パン》夫人葉《イエ》氏は被告との関係をありていに述べ、楚大遠《チュウターユアン》が廖蓮芳《リャオリエンファン》嬢を拉致のうえ殺害にいたった経緯を供述するように。

潘《パン》夫人については、いま述べた犯罪の共犯をつとめた動かぬ証拠があるために、死罪を上申する。ただし、包み隠さず白状すれば、量刑を考慮して穏便な死罪を申しつけてもよい」

ゆっくりと頭を上げた女が、ひくく語りだす。

「初めて楚大遠《チュウターユアン》と出会いましたのはひと月前になりましょうか、屋内市場の宝石屋の店先でございました。金に紅玉をはめた腕輪を買うのをひそかに羨むようすを目ざとくとらえたに違いありません。あとでずっと先にいた行商人から櫛を買っていて、ふと気づくとすぐそばに立っていました。向こうから声をかけて名をたずね、主人からはちょくちょく骨董品を買っていると申します。そんなお方の目にとまってうぬぼれ心をくすぐられ、うちを訪ねていいかときかれて二つ返事で承知すると、主人が家をあけると決まっている午後の日にちを教えました。すると、さっそく私の袖にさっきの腕輪を入れて立ち去りました」

そこで黙りこむ。しばらく迷ったあと、顔を上げずに先を続けた。

「その午後はとっておきの長衣で着飾り、炕《カン》をあたためてお酒の燗もつけておきました。やってきた楚《チュウ》はこのうえなくゆきとどいた物言いで、対等の者に対するようにふるまいます。お酒にはすぐ手をつけましたが、かんじんの私にはいっこうに食指が動きません。それで長衣を脱いで誘うとにわかに気まずそうにし、肌着をはらりと落としてみせたら顔をそむけました。服を着ろとにべもなく言い捨てたあと、猫なで声で言いつくろいます。あんたは実にきれいだ、ぜひとも自分のものにしたい。だが、その前にひと肌脱いで覚悟のほどを見せてもらわんと。見返りを確実にはずんでくれそうなお金持ちを逃したくなくて、私はすぐさま承知しました。あたら女ざかりをあの家でむなしく朽ち果てるかと思うと、たまりませんでした。爪に灯をともすようにへそくりをしたところで、弟の葉泰《イエタイ》がいつも根こそぎ巻き上げて……」

声が消え入りそうになり、判事の合図で巡査長が渋茶を出した。むさぼり飲んでさらに語る。

「楚《チュウ》が言うには、日を決めて老婆につきそわれて屋内市場に来る娘がいるとか。一緒に市場へ行って、その娘を指さして教えられたら、老婆の目を盗んでおびき出してほしいと。待ち合わせの日時と場所を指定すると、また金の腕輪をくれて帰っていきました。

言われた通りの日におちあうと、楚《チュウ》は黒頭巾で顔を隠すようにして、私のあとをついてきました。娘さんに近づこうとやってはみましたが、いつもお婆さんがぴったりついていて、仕方なくあきらめました」

「その娘がだれか知っていたか？」狄《ディー》判事が口をはさむ。

「いえ、存じませんでした、閣下、ほんとうでございます！」潘《パン》夫人は声を上げた。「どこぞの売れっ妓だとばかり。数日後にやり直しです。ふたりとも市場の南まで足をのばし、突厥《タタール》人の熊使いを見物していました。そこで娘さんに並んで立ち、楚《チュウ》に言われた通り〝于《ユイ》さんがお待ちですよ〟と耳打ちすると、向こうは黙ってついてきました。

あらかじめ教えられた近くの空き家へ連れていくと、あとからすぐ楚《チュウ》が来ました。半開きになった戸口から手早く娘を押しこむと、私にはあとで会おうと言い、面前で戸を閉めて錠をおろしました。

お触れの人相書を見て、楚《チュウ》がかどわかしたのが名門のお嬢さんだと初めて知りました。主人の使いを装って楚《チュウ》の邸にかけつけ、放してあげてと頼みました。けれども、娘はとうに邸内の人目につかない場所にこっそり移してしまった、そこにいるとは誰も気づくまいと言います。そのあとでかなりのお金をくれ、近いうちに必ずまた訪ねるからと約束しました。

四日前、楚《チュウ》に呼び出されて市場で会いました。娘が手に負えん、家人の注意をひこうとするのでほとほと持て余している。うちはまちの外れだし、ひと晩あずかってくれと申します。ちょうどその日から主人が二日ほど家をあけると答えましたら、その晩の夕飯後に、尼さんのなりをさせた娘を連れて楚《チュウ》がやって来ました。娘に話しかけようとしたら楚《チュウ》に戸口のほうへ押しやられ、出ていけ、二更（十一時ごろ）まで戻るなと言われました」

そこで両眼に手をやり、しばらくしてかすれた声で話しだした。

「戻ってくると、広間で楚《チュウ》が腑抜けのようになっていました。何があったのと気づかいますと、しどろもどろに娘が死んだと申します。寝室に駆けこんでみると、楚《チュウ》が絞め殺していました。恐ろしさに気も狂わんばかりになってまた楚《チュウ》のところに駆けつけ、里正を呼ぶと言いました。色ごとのとりもちならまだしも、殺しの片棒なんて絶対にごめんです。

そこでいきなり楚《チュウ》が開き直り、剣もほろろに決めつけます。自分と密通したからには連座のうえ、死刑は当然だ。だが、殺しならたぶん隠しおおせる、ついでに誰にも疑われずに邸に迎えて妾にしてやろうと。

私を寝室に連れもどし、無理やり裸にしました。全身くまなく調べ、傷や大きなあざがないと見るや、おまえは運がいい、これで何もかもうまくいくと申します。私の指から銀の指輪を抜きとると、床に落ちた尼さんの衣装を着ろと言われました。その前に自分の下着をつけようとしたら、むかっ腹を立てて私の肩に外套を投げかけ、部屋の外に押し出して広間で待たせました。

寒さと恐怖で震えながらどれほど座っていたのか、やっと大きな包みをふたつ持った楚《チュウ》が来ました。〝娘の生首を切り、おまえの服や鞋《くつ》も一緒に持ってきた〟平然とそう申しました。〝これで、胴体はおまえだとみな思うはず。おまえの方はわしの想いものになり、なんの心配もなく邸で暮らせる！〟〝どうかしてるわ！〟私は叫びました。〝嫁入り前の生娘を手にかけるなんて！〟するとやぶからぼうに激怒し、口から泡をとばして悪態をつきだし、〝生娘だと？〟と金切り声をあげます。〝この目で見たんだぞ。あのあばずれの尻軽め、やるにことかいてうちの邸でおれの書生とよろしくやっとったんだ！〟

憤怒に身を震わせて包みの片方を私によこし、連れだって家を出ました。玄関を外から戸締りさせ、楚《チュウ》邸まで城壁の影をたどって行きました。恐ろしさのあまり寒さも気になりません。邸裏に回ると楚《チュウ》が裏口を開け、もう片方の包みを庭隅の植え込みに隠すと、いくつも暗い回廊を抜けて離れに案内しました。私に入り用なものは何でもそろっているはずと言い残して出て行きました。

家具調度は贅沢で、耳がきこえずロもきけない女のお給仕で三度三度上等の食事をあてがわれました。次の日に楚《チュウ》がやってきて、まったくの上の空で、やった宝飾品は家のどこにしまってあるとだけたずねます。衣装箱の隠し底だと話すと、自分がとってきてやると言いますので、お気に入りの服も何着か、ついでに持ってきてほしいと頼みました。

ですが、翌日あらわれると、宝石はなかったとかで服だけ渡されました。泊まってほしいと頼みましたが、手を痛めてしまったので別の晩にすると言われました。それきり楚《チュウ》には会ってはおりません。以上はすべて本当でございます」

判事の合図で、上級書記が潘《パン》夫人の供述を読み上げた。物憂げに承認し、文書に爪印を押す。

狄《ディー》判事が沈痛に言い渡す。

「ずいぶんと愚かなまねをしたものだ。償いは生命とひきかえにせねばならん。だが、甘言をもって楚大遠《チュウターユアン》にそそのかされ、のちには無理じいされたのだから、同じ死罪でも穏やかな刑を上申しよう」

すすり泣きながら巡査長の案内で脇の出口に向かい、そこで待っていた郭《クオ》夫人が牢に連れ帰った。

狄《ディー》判事が述べる。

「検死官に犯人楚大遠《チュウターユアン》の診断を行なわせる。このさき永遠に狂ったままかどうか数日中に判明する。回復するものなら、極刑を上申する。廖《リャオ》嬢とおそらくは葉泰《イエタイ》に加え、当政庁の警部まで殺害したかどによるものだ。葉泰《イエタイ》の死体捜索にはただちに着手する。

むざんに愛娘を奪われた廖《リャオ》親方に対し、当法廷より弔意を申し述べたい。しかしながら、あわせて強調せねばならん。娘が結婚適齢期に達したら、しかるべき婿をすみやかに選ぶだけでなく、なるべく早く婚礼をとり行なうよう配慮するのが父親たるものの責務である。いにしえの聖賢が定めた則《のり》は、ゆえなきものではない。また、傍聴しておる家長はみな、いまの訓戒を肝に銘じるよう、くれぐれも申しおく。

回収された首と合わせて埋葬できるよう、廖蓮芳《リヤオリエンファン》の胴体を納めた棺を潘峰《パンフォン》から廖《リヤオ》親方に引き渡すように。下手人の処遇について上級官庁よりのお沙汰がくだりしだい、廖《リヤオ》氏への償いにあてる金が楚大遠《チユウターユアン》所有の地所から支出される。

さしあたって所有地は政庁の出納役人が管理し、秘書于《ユイ》康《カン》が補佐をつとめる」

そこで閉廷となった。

17

残虐非道な殺しを明かし
紙猫に秘めた意味を知る

みなで執務室にひきあげると、疲れた声で狄《ディー》判事が言った。

「楚大遠《チユウターユアン》は裏表のあるやつだった。表の顔は豪放磊落、いかにも馬栄《マーロン》と喬泰《チャオタイ》好みだ。だが、肉体の弱みがひとつだけ災いして、芯は腐りはてていた」

手ぶりで陶侃《タオガン》にさっそく茶をついでもらい、うまそうに飲んだあと、馬栄《マーロン》と喬泰《チャオタイ》にこう続けた。

「邸内を捜索する時間稼ぎが必要だった。これっぽっちもけどられてはならん、やつの狡知は人間離れしているからな。そこでおまえたちを同行させ、みせかけの使命で五羊村へやらねばならなかった。かりに警部が殺されていなければ、昨夜のうちに楚《チュウ》の犯行についての推理を話していたはずだ。だが、あのあとで洪《ホン》警部を殺したやつに何食わぬ顔をしろと言っても無理な相談だろう。当の私でも、そんな芸当ができたはずはない」

「知ってたら」馬栄《マーロン》が激昂する。「この手であの犬畜生めを絞め殺してましたよ！」

狄《ディー》判事がうなずく。長い沈黙があった。

やがて、陶侃《タオガン》が言いだした。

「首無し死体が潘《パン》夫人でないと、いつごろ気づかれましたか？」

「すぐさまその点を疑うべきだった」判事が苦く言う。「何しろ、死体にはっきりと矛盾があったのだから」

「何です、それは？」陶侃《タオガン》が熱心にたずねた。

「指輪だよ」狄《ディー》判事は答えた。「検死のさい、紅玉がないと葉平《イエピン》が言っていた。その石をほしがったのが下手人なら、指輪ごと死体から外せばいいだけの話ではないか？」

陶侃《タオガン》が額をぴしゃりとやった。判事が先を続ける。

「あれが第一のしくじりだ。だが、私はその矛盾だけでなく、死体が潘《パン》の女房でないという別な手がかりに気づかなかった。つまり、消えうせた女房の鞋《くつ》だ」

馬栄《マーロン》がうなずく。

「ゆったりした長衣だの、薄ものの肌着じゃあ」と言う。「寸法は見当つきませんが、鞋《くつ》なら別です」

「そういうことだ」と狄《ディー》判事は言った。「鞋《くつ》ぬきで衣類が残っていればこちらが不審を抱くだろう、かといって、残せば死体の足に合わないと判明しかねない。下手人はそこを心得ていたので、こうすれば捜査を攪乱し、鞋《くつ》がない意味に気づくまいと見越した上で、まとめて持ち去った。賢いやり方だ」

ため息をついて、こう続ける。

「あいにく、やつの思惑が当たった。だが、そこで第二のしくじりをしでかした。おかげで正しい推理にたどりつき、前に見落とした事実にも気づいたわけだ。やつは紅玉に執心のあまり、潘《パン》の家に捨て置くなど耐えがたかった。そこで潘《パン》の入牢中に留守宅に押し入り、寝室の衣装箱から盗み出した。潘《パン》夫人の頼みを聞いてお気に入りの服を取ってくるなど、ばかなまねをしたものだ。だが、おかげで潘《パン》夫人が生きているとわかった。かりに下手人が犯行時に宝石の隠し場所を知っていたら、その時に盗っていったはず。あとから教わったに決まっており、教えたのは潘《パン》夫人以外にありえない。

それがきっかけで石のなくなった指輪の重大さがわかりはじめ、下手人が衣類すべてを持ち去った理由も氷解した。死体が潘《パン》夫人でないと気づかせないようにするためだ。気づくとしたら亭主だけだし、潘峰《パンフォン》が晴れて放免されるまでに死体の方はとうに納棺ずみだと見越していたのだ。これまた、その通りになった」

「楚大遠《チュウターユアン》と犯行が結びついたのは、いつからですか？」

喬泰《チャオタイ》が質問する。

「潘峰《パンフォン》と最後に話し合って、やっと気づいた」狄《ディー》判事は答えた。「手始めに、まずは葉泰《イエタイ》を疑った。殺された女はいったい誰だろうと自問し、行方不明の報告があるのは廖《リャオ》嬢だけだから、まちがいないと思いついた。検死人によれば死体は処女ではないが、廖《リャオ》嬢も処女でないのは于康《ユイカン》の供述で了解ずみだ。さらに——当時の推理に基づいて——廖《リャオ》嬢をかどわかしたのが葉泰《イエタイ》なら、首を切り落とす力はある。葉泰《イエタイ》が後先考えず怒りにかられて廖《リャオ》嬢を殺し、隠蔽工作を姉に手伝わせたあと行方をくらましたという線にも気をひかれたが、すぐ捨てたよ」

「なぜです？」と陶侃《タオガン》がすかさず問う。「それがいちばん妥当そうですが。葉泰《イエタイ》が姉とずいぶん仲がよかったのはわかっていましたし、潘《パン》夫人にとっちゃ、好きでもない亭主とおさらばできて一石二鳥でしょうに」

判事がかぶりを振る。

「忘れてはいかん」と言う。「漆かぶれという手がかりがある。潘峰《パンフォン》の供述でわかっているが、塗り直しが乾ききらないうちにあの小卓にうっかり手をついたのは下手人のほかにありえない。潘《パン》夫人はよく知っていたから、その小卓にさわらないよう注意したはずだ。葉泰《イエタイ》には漆かぶれがなかったし、不運な犠牲者に加えた仕打ちは、手袋をはめたままでは無理だ。

漆かぶれが指し示したのは楚大遠《チュウターユアン》だ。そこでふたつのことが記憶によみがえった。それだけ見れば取るに足りないが、ここにきてにわかに特別な意味あいを帯びる。まず、楚《チュウ》がお定まりの大広間の宴をとりやめ、野外の狩場料理を急遽決めたのは漆かぶれで説明がつく。手袋をずっとはめて、かぶれた手を隠さないといけないからな。もうひとつ、凶行後の朝に馬栄《マーロン》と喬泰《チャオタイ》ともども狩りに出て、みすみす狼を射そこねたわけもこれでわかる。恐ろしいひと晩がまだ尾を引いており、楚大遠《チュウターユアン》の手はひどくただれていたのだ。

さらに犯人の住まいは潘《パン》の近所でなければならず、たぶん広壮な邸宅だ。人目に触れてはいけない女を連れ、大きな包みを持って潘《パン》の家を出たに違いないのはわかっている。夜警や巡回の軍警察に出くわす危険は避けたはずだ。そういう者たちは感心な習慣が身についていて、夜中に大きな荷物を持って歩きまわるやつがいれば、呼び止めて職務尋問するからな。ところで、潘《パン》の界隈は人通りもまれだが、そこから城壁ぞいに楚《チュウ》邸裏に歩いて抜けられる。途中にあるのは古倉庫だけだ」

「ですが、邸の手前で」陶侃《タオガン》が評する。「東門前の大通りを渡らないといけませんが」

「危ない橋というほどではない」と、判事。「城門の守衛が見張っているのは門を出入りする者だけで、まちの中を行きかう者ではないからな。

こうして、最有力の容疑者が楚大遠《チュウターユアン》だと思い至ると、当然ながら何が動機かすぐさま考えた。すると楚《チュウ》の不審点がにわかに浮かびあがってきた。元気いっぱいの男が八人もの妻を抱えていながら跡継ぎが皆無というのは、男のほうに欠陥があると暗に示すものだ。そういう肉体の欠陥が人柄まで危うくすることはままある。指輪からわざわざ抜くほど紅玉に執着を示し、潘《パン》の家に忍びこんでまで腕輪をとっていったという狂気の数々は、それまでに描き出した楚《チュウ》の肖像に決定打を加味した。すなわち、心のゆがんだ男だ。廖《リャオ》嬢を殺めたのも、狂気が生んだ憎悪のなせるわざだ」

「その時点でそこまでおわかりになったのはどうしてです、閣下？」またも陶侃《タオガン》が尋ねる。

「まずは嫉妬の線で考えてみた」と狄《ディー》判事は答えた。「若者たちに向けた年長者の嫉妬だな。だが、その線はすぐによした。于康《ユィカン》と廖嬢《リャオ》の婚約は三年越しだが、楚《チュウ》の激しい憎悪はつい最近のことだ。そこで妙な符合に思い当たった。于康《ユィカン》の供述によると、楚大遠《チュウターユアン》の書斎の側廊で老女中が立ち話ついでに葉泰《イエタイ》に秘事をもらしたという。その後に、この件についてやはり同じ場所で自ら老女中にかけあったとも述べた。楚《チュウ》は会話を両方とも小耳にはさんだかもしれんとそこで気づいた。于康《ユィカン》が部屋で逢引きしたと女中が葉泰《イエタイ》に教えた立ち話で、廖嬢《リャオ》への憎悪に理由ができたわけだ。楚《チュウ》本人がいくら望んでも得られない充足感をほかの男に味わわせてやったのだ、しかも楚《チュウ》の邸内で。つもりつもった欲求不満を廖嬢《リャオ》に重ねあわせ、不能回復には彼女をものにするしかないと思いつめたのだろうな。そして于康《ユィカン》と女中の第二のやりとりを立ち聞きし、葉泰《イエタイ》がゆすっていると知った。やつは姉といたって仲がいい。だから、密通や、ひょっとしたら屋内市場の娘の話まで筒抜けかもしれんと不安になり、弱みを握られて死ぬまでゆすられる危険など看過できん、消そうと決心した。そう考えれば事実ともぴったりつじつまが合う。葉泰《イエタイ》が姿を消したのは、于康《ユィカン》が老女中と話をした当日の午後だからな。

楚大遠《チュウターユアン》には動機も機会もそろっていると確信した時点で、もうひとつ思い浮かんだ。この場のみなが知る通り、私は迷信深いたちではないが、だからといってこの世ならぬ存在がないなどと頭から決めつけるわけではない。楚大遠《チュウターユアン》邸で宴の晩に裏庭のひとつで見かけた雪だるまからは、ただならぬ横死の気配がまざまざと感じられた。宴席では、雪だるまはどれも使用人の子らが作ったように思わせていたが、馬栄《マーロン》と喬泰《チャオタイ》によると本人も作って弓の稽古の的にするとか。ふと思いついたのだがこの雪と氷の季節だ、急場しのぎに切った生首を隠すとしたら、雪だるまの頭にして雪に包むのも悪くない。廖嬢《リャオ》に向けた異常な憎しみからすると、楚《チュウ》にはことに魅力のあるやり方だ。弓の稽古を連想させるからな、雪だるまの頭めがけて次から次へと矢を……」

そこで黙りこんだ判事がぞっと身震いし、あわてて毛皮外套をかきあわせた。三人の副官たちはそろって血の気をなくし、幽鬼のような顔をしている。狂気のはての罪が、まがまがしく室内の空気を染めた。

長い沈黙の末に狄《ディー》判事がまた口を開いた。

「これで楚大遠《チュウターユアン》が犯人だと確信したが、これぞという証拠がなかった。だから、ゆうべの裁判がすんでから楚《チュウ》についての推理をみなに説明し、どうすれば不意を襲って家宅捜索できるか検討するつもりだった。本当に潘《パン》夫人が邸内にいれば、楚《チュウ》に言い逃れの余地はない。だが、そこで楚《チュウ》に警部を殺された。かりに私が半日早く潘峰《パンフォン》と話していたら、洪《ホン》を殺される前に楚《チュウ》に対してなんらかの手を打ったはずだ。だが、やんぬるかな」

みな、言葉もなく洪《ホン》警部の死を悔やんだ。

ややあって狄《ディー》判事が言う。

「あとの一部始終は陶侃《タオガン》に訊くがいい。おまえたちふたりが楚《チュウ》を連れてまちを出ると、私の方は陶侃《タオガン》と巡査長を従えて楚《チュウ》邸で潘《パン》夫人を発見し、戸も窓も閉めた輿で人目につかず政庁へ移した。どの寝室にものぞき穴がこっそりしかけてあるのを陶侃《タオガン》が確かめたし、老女中を尋問したところ、于康《ユイカン》の情事などまったく知らなかった。潘《パン》夫人の自白で既にわかっているが、于康《ユイカン》と婚約者をのぞき見したのは楚《チュウ》本人だ。うっかり洩らした言葉のはしばしから、葉泰《イエタイ》の悪党がぬかりなく察しをつけたのだろうな。ただし、どうやって知ったと于康《ユイカン》にたずねられた時は老女中の話をでっちあげ、ゆすり相手に楚《チュウ》までは含めてなかった。その後にぬけぬけと楚《チュウ》をゆすったのか、それとも——私の推測ではこちらだが——于《ユイ》と女中の話を盗み聞いた楚《チュウ》が、明日はわが身かと先走ったに過ぎんのか、真相はおそらく永遠にわかるまいな。楚《チュウ》は正気をなくし、葉泰《イエタイ》の死体はどこかの雪の中に違いあるまい。

楚《チュウ》の家内八人とも話をした。その口から聞いた楚《チュウ》との生活については、思い出したくもない。みなそれぞれの実家に戻すよう、しかるべき指示をすでに出しておいた。結審後に楚《チュウ》の財産からめいめい応分の分け前をもらう。

正気をなくした楚大遠《チュウターユアン》は法の埒外にある。その裁きは人の力の及ぶところではない」

机上にあった洪《ホン》の古い名刺入れを手に取り、色あせた錦を指先で優しくなで、長衣のふところ深くにそっとしまいこんだ。

用箋を広げて筆をとったのをしおに、副官たちがあわてて腰をあげる。

まずは州長官あてに廖《リャオ》 蓮《リエン》 芳《ファン》嬢殺害の詳細な報告書を仕上げたあと、私信を二通したためた。一通は太原《タイユアン》に送られる。宛名は狄《ディー》判事の弟の邸で、執事をつとめる洪《ホン》警部の長男。妻に先立たれ、家督を譲って隠居した警部の埋葬地を決める役目は、家長である息子がつとめる。

二通目も太原《タイユアン》に送る。宛名は第一夫人、実家《さと》の老母気付にした。礼にのっとってまずは老夫人の容態をたずね、その後に警部死去をしらせた。お定まりの堅苦しい語句をつらねたあと、自分の言葉でいささか内心の情を吐露する。

「かけがえのない者を亡くすと、もろともに自分の一部まで失われた気がするものだ」

書き上げると書記に渡して急送せよと申しつけておき、ひとりきりで昼飯をすませて憂いに沈んだ。

疲労困憊のあまり、藍《ラン》殺しや陸《ルー》の後家については考える気にもならない。凶作時の農民を対象にした、無利子の貸付金草案を書記に持ってこさせた。かねがねあたため続けてきたもので、洪《ホン》警部と幾夜もあれこれ知恵を出し合い、財政をつかさどる戸部《こぶ》の認可がおりそうな案を練りに練ってきた。県政にかかる冗費をあちこち削れば捻出できるというのが洪《ホン》の考えだった。副官たちが入室してきたときは、その計算に没頭していた。

書類を脇によけて言う。

「藍《ラン》殺しの検討にかからんと。毒殺の下手人は女だという案はいまだに捨てがたい。だが、これまでのところ、親しい女がいたことを匂わせるのはあの若い師範代の話だけだ。夜分に藍《ラン》師範を訪ねた女がいたが、漏れ聞いたやりとりでは身元まで割れんという話だったな」

馬栄《マーロン》と喬泰《チャオタイ》が悔しそうにうなずく。

「ひとつ言えるのは」と喬泰《チャオタイ》がいった。「どちらも普通の挨拶抜きでした。それを見ても、ずいぶん親しい間柄だとわかります。ですが前に言われたように、女に浴室に踏み込まれても裸を隠そうともしなかったんですから、その件はとうに承知ずみですが」

「きれぎれに聞こえたとかいうやりとりだが、正確なところはどうだ？」狄《ディー》判事がただす。

「いえ、特に大したことは」馬栄《マーロン》が答える。「藍《ラン》が自分を避けると怒っていたらしく、藍《ラン》のほうでは取り合いませんでした。それと〝子猫〟とかいう言葉が出たそうです」

判事がいきなり背筋を伸ばした。

「子猫だと？」けげんな顔でおうむ返しに訊く。

ふと思い出したが、そういえば母親を訪ねた人が話していた子猫はどこと、陸《ルー》の小さな娘に訊かれた。これでがらりと様相が変わってくる！　さっそく馬栄《マーロン》に言った。

「馬で潘峰《パンフォン》の家へすぐ行け。陸《ルー》の後家が子供の時分から知っている。あの女に幼名《おさなな》があったかどうか、潘《パン》に訊いてきてくれ」

馬栄《マーロン》は驚いた顔をしたものの、命令には黙って従えと軍隊で骨の髄まで叩きこまれている。すぐ出ていった。

狄《ディー》判事はそれ以上説明しなかった。陶侃《タオガン》にはあらためて茶をいれさせ、県内の民への権限をめぐる軍警察との行き違いについて、善後策を喬泰《チャオタイ》とはかる。

馬栄《マーロン》の戻りは予想外に早かった。

「いやあ、潘《パン》の落ちこみようときたら」と報告する。「浮気のほうが、殺されたのよりよけいにがっくりきてました。陸《ルー》の後家の件をたずねましたら、読み書きの手ほどきに通う頃は〝子猫〟の幼名《おさなな》で通ってたとか」

狄《ディー》判事が机を拳で打つ。

「それだ、思った通りだ！」

18

女牢の看守が報告を上げ
後家が再び法廷を騒がす

三人の副官と入れ違いに、郭《クオ》夫人がやってきた。

あわてて手ぶりで席をすすめ、相手の分も茶を注がせる。どうもいざ面と向かうと、わけもなく忸怩たる思いにかられてしまう。

机にかがんで先に判事の茶碗に注ぐさい、もうすっかりおなじみになった生薬の香りがほのかに漂う。

「閣下にご報告に上がりましたのは」と話す。「潘《パン》夫人が食を絶ち、ひたすら泣いている件でございます。ひとめでいい、主人に会わせていただけないかと申しております」

「それは規則に反する」判事がむずかしい顔をした。「第一、どちらのためにもならんのではないか」

「あのひとは」静かに郭《クオ》夫人が述べる。「死にのぞむ覚悟はついております。ですが、こうなってみるといろんな面で主人への思いにあらためて気づき、生きているうちにひとこと詫びたい、罪の重荷をいくらかでも軽くして逝きたいと申しております」

判事がしばし考えこむ。

「規範の回復、それに犯罪による損失をあたう限りつぐなうのが法の主眼だ。潘《パン》夫人の謝罪は夫の慰めになる、その願いは聞き届けられよう」

「それと、こちらもご報告を」と、重ねて言う。「陸《ルー》さんの背中に膏薬をあれこれ使って様子をみております。外傷はふさがるでしょうが、一方では……」

そこまで言いさして、判事がうなずいて先をうながすとあとを続けた。

「体はあまり丈夫なひとではなさそうです、閣下。なみなみならぬ気力だけで持ちこたえております。また背中を打たれようものなら、一生かかっても元の体には戻れないのではないかと」

「たいへん参考になった」と、狄《ディー》判事。「頭に入れておこう」

郭《クオ》夫人が頭を下げ、しばし迷った末に言う。

「向こうからはひとことも口をききませんので、勝手ながらまだ小さい娘さんはどうしているのと尋ねました。面倒なら近所がみてくれる、自分はどう転んでもいずれ近いうちに放免なんだからと申します。ですが通りすがりに陸《ルー》さんの家に寄って確かめてみようと存じます。場合によっては、私どもの家に連れ帰ります」

「場合を問わず、おたくに連れ帰ってもらいたい！」狄《ディー》判事が言う。「事のついでに陸《ルー》夫人の家を調べ、突厥《タタール》の黒衣か、その代用になりそうな黒い服を捜してみてくれ。こういうことは、女同士でないとなかなかわからん」

郭《クオ》夫人がにっこりと一礼する。陸《ルー》の後家が藍《ラン》師範とひそかに通じていた可能性はと訊きたい衝動にかられたが、あわてて抑えた。それでなくとも、政庁の業務を女と話し合うだけでも異例中の異例なのだから。かわりに、楚大遠《チュウターユアン》の病状について郭《クオ》の見解はと訊いてみた。

郭《クオ》夫人が小さな頭をのろのろと横に振る。

「主人のほうで」と述べる。「強い睡眠薬をかさねて出しました。正気には戻らずじまいだろうと申しております」

ため息をついた狄《ディー》判事が、うなずいて郭《クオ》夫人を退がらせた。

夕方の開廷にあたり、まずは軍警察の管轄がらみで新規に法令を公布し、県全域に公示するむね述べた。ついで巡査長に命じ、陸《ルー》夫人を御前に引き出す。

またもや、それと気づくほど見た目に気をつかっている。あっさりとだが人目をひく髪型に結い、おろしたての錦上《にしきうわ》衣《ぎ》をはおっている。両肩がひどく痛むに決まっているのに、ものともせずに背筋を立てている。ひざまずく前にさっと廷内を一瞥し、まばらな傍聴席に肩すかしを食らったようだ。

狄《ディー》判事は淡々と言葉をかけた。「昨日は当法廷を侮辱したが、まんざら愚かな女というわけでもない。今日はありていに質問に答えるものと信じているぞ、陸《ルー》さん。それが正義のため、ひいてはそなた自身のためだ」

「てまえに嘘をつく習慣はございません！」陸《ルー》の後家がぴしゃりと言った。

「では、申し述べよ」と、判事。「本名とはべつに、子猫なる幼名《おさなな》があるというのは事実かどうか」

「てまえをおからかいで？」陸《ルー》の後家が見くだすように言い返す。

「尋問をすすめる主導権は当法廷にある」判事は動じない。「答えよ！」

肩をすくめようとした陸《ルー》の後家が、痛みのあまりぴくりとひきつった。固唾をのんで答える。

「はい、そういう幼名《おさなな》がございます。死んだ父親《てておや》がつけた名です」

うなずいた狄《ディー》判事が重ねて訊く。

「亡夫にもそう呼ばれる折があったか？」

後家の眼に悪意が宿る。

「ございません！」と断言した。

判事が続けた。「突厥《タタール》男の黒い服をたまに着ることはあるか？」

「なめるのも大概にしなよ！」陸《ルー》の後家がわめいた。「まともな女が男ものなんか着るわきゃないだろ！」

「実を言うと」狄《ディー》判事が言う。「そなたの持ち物から、そういう服が出てきた」

ここで陸《ルー》の後家が初めて動揺したのを、判事は目ざとく見てとった。少々迷った末にこう答える。

「身内には突厥《タタール》の者がおります、たぶん閣下はご存じでしょうけど。あの服は、ずっと前に国境を越えて訪ねてきた若いいとこの置き土産です」

「ここでいったん獄に戻すが、すぐまた出てきてひきつづき尋問に答えるように」と狄《ディー》判事は言った。

女をいったん退廷させ、その間に遺産相続変改についての公布を二件読みあげる。もう傍聴席は満員だが、入廷はひきもきらない。それまでの傍聴人が、陸《ルー》夫人の再度審問を触れ回ったに決まっている。

ほとんど大人になりかけた若者三名を巡査長が連れてきた。御前に出ると見るからに落ち着きをなくし、巡査や判事の顔色をおどおどうかがっている。

「びくびくせずともよい」判事がねんごろに声をかける。「そなたらは傍聴席の前列で、これから連れてこられる者をしっかり見るように。そのうえで見覚えがあるかどうか、あるならいつごろどこで見たかを聞かせてくれ」

郭《クオ》夫人に連れられた陸《ルー》の後家が入ってきた。陸《ルー》の家で郭《クオ》夫人が見つけた黒服を着せられている。

ちょこちょこ小股になって御前に出た陸《ルー》の後家が、おしとやかに黒い上衣のすそを引っぱると、小ぶりだがこんもりした乳房とふくよかな尻の形があらわになった。傍聴席に身をひねるようにして、頭に巻いた黒布をちょいと直す。はにかんで笑いながら、上衣のすそをせわしなく引きおろす。舌を巻くような役者ぶりだった。合図とともに、巡査長が若者三名を御前に連れだす。

「この者に見覚えは？」いちばん年かさの若者に狄《ディー》判事は尋ねる。

若者が露骨に見とれると陸《ルー》の後家は恥じらい、流し目などして頬を染めた。

「い、いいえ、ないです、閣下」と、しどろもどろになる。

「浴場前にいた人物ではないか？」さらに辛抱強くただす。

「ありえないっす、閣下！」若者が笑いながら答える。

「あいつは若い男だったんですから！」

あとのふたりを見ると、目を丸くして見とれながらてんでにかぶりを振った。その姿をいたずらっぽく見やった女が、あわてて口もとを手でおさえる。

ため息をついた判事が巡査長に合図し、若者たちをさがらせた。

若者たちの姿が消えたとたん、陸《ルー》夫人の形相は魔法のように豹変した。冷ややかな憎悪に凝り固まった顔に逆戻りだ。

「こんな茶番のわけをお聞かせ願いましょうか！」と、せせら笑う。「背中を打たれて生傷も癒えないうちから男のなりをさせて辱めたうえ、こうやって人目にさらすなんてねえ！」

19

性悪の後家は知事を嘲り
紙猫は変幻自在に早変り

　人物特定は不首尾に終わったが、陸《ルー》夫人が小細工を弄したことで、有罪《クロ》という狄《ディー》判事の信念はもはやゆるぎないものになった。

　判事席から乗り出さんばかりに詰問する。

「亡くなった藍濤奎《ランタオクエ》師範との関係を、この場でありていに申し述べよ！」

　陸《ルー》の後家が背筋を伸ばし、大声で言い返す。

「好きなだけいたぶりつくすがいいさ、あたしゃどうなったっていい。だけど、かけがえのない藍濤奎《ランタオクエ》先生の思い出を泥まみれにする、さもしい悪口のお先棒だけはごめんだよ。国中に名をとどろかせ、この県の誇りになったお方なんだからねっ！」

　傍聴席の民から大喝采が起きた。

　判事は警堂木を打ちつける。「静粛に！」と叫んだあと、後家をどなりつける。

「いま訊かれたことに答えんか、女！」

「やーなこった！」と、わめきたてる。「好きなだけ拷問すりゃいいだろ。けど、死んだって、てめえの悪だくみにのせられて、藍《ラン》先生を引きずりこんだりするもんか！」

　やっとの思いで怒りを抑えた判事が引導を渡す。

「今のは法廷侮辱行為にあたる」そこで郭《クオ》夫人の言葉が浮かんだ。法に照らして陸《ルー》の後家に厳罰を加えるにせよ、ここは用心に越したことはない。巡査長に命じた。

「この女に籐杖で二十打、尻に加えよ！」

　怒りのさざめきが廷内にひろがる。「悔しかったら藍《ラン》殺しの下手人を捕まえてみろ！」や「恥を知れ！」などのやじが大向こうから飛んだ。

「静粛に！」狄《ディー》判事が声を張る。「藍《ラン》師範本人がこの女を名指した動かぬ証拠を、当法廷はこの場に提示する用意がある！」

傍聴席が静まり、陸《ルー》の後家の絶叫ばかりが廷内をつんざく。

巡査たちの手で床にうつぶせにされたうえ、突厥服《タタール》のずぼんを引きおろされた。すぐ巡査長が湿った布を尻にかぶせる。法により、女の隠しどころは刑場以外でさらしてはいけないことになっている。介添えの巡査二名が手足をおさえこみ、巡査長の籐杖が尻に打ちおろされた。

陸《ルー》の後家は狂おしい悲鳴を上げ、身を揉んで暴れた。十打までくると、狄《ディー》判事が巡査長の手を止めさせる。

「今度はおとなしく答えるがいい」と、判事が冷たく言う。ようよう頭をもたげたものの、口をきく力はない。やっとのことで絞り出すように、

「やだよ！」

狄《ディー》判事がひょいと肩をすくめ、籐杖がまたうなりをあげる。尻にかぶせた布に血がにじみ、急にぴくりともしなくなった。巡査長が手を止めると、巡査たちがよってたかって女の気つけにかかる。

狄《ディー》判事が大声で巡査長に命じた。

「第二の証人をここへ！」

たくましい若者が御前に出た。つるつるの坊主頭に質素な茶の長衣。竹を割ったような気だてが顔つきにあらわれている。

「姓名職業を述べよ」と命じる。

つつしんで答えた。「てまえは梅成《メイチエン》と申し、四年以上にわたり藍《ラン》道場の師範代をつとめ、七段の認可をいただいております」

判事がうなずいた。

「梅成《メイチエン》」と声をかける。「三週間前のある晩、そなたが見聞きした件を申し述べよ」

「てまえはいつものように」と答えた。「夕稽古のあと師範に挨拶して帰りました。自分の家の門をくぐりかけて、道場に鉄球を置き忘れたのをひょいと思いだし、取りに戻りました、朝稽古に必要でしたので。前院子《なかにわ》に足を踏み入れかけると、ちょうど師範がお客を入れて戸を閉めていま

した。はっきりしませんが、黒い服とだけわかりました。師範のご友人はみなさんよく存じ上げておりますので、お邪魔しない程度にご挨拶でもと思い、戸口に近寄りました。するとと女の声が聞こえたのです」

「その女は何と言っていたか？」狄《ディー》判事が尋ねる。

「なにぶん扉越しなので、はっきり聞こえませんでしたし」と答える。「全然聞き覚えのない声でした。ですが女は怒っているようでした。師範がちっとも逢いにきてくれないとかなんとか。それに答えて、師範が子猫とか何とか申しているのがはっきり聞こえました。てまえには全く無関係と見極めがつきましたので、すみやかにその場を離れました」

判事がうなずき、梅成《メイチエン》の供述記録を書記に読みあげさせた。文書に爪印をとって退出させる。

そうこうしている間に後家のほうも息を吹き返し、巡査二名に支えられてまたひざまずいた。

警堂木を鳴らした狄《ディー》判事が述べる。

「当法廷の主張では、夜分に藍《ラン》師範を訪ねた女というのは陸《ルー》の後家であった。いかなる方法でか藍《ラン》師範に取り入り、その信頼をかちえた。さらに寵愛《ちょうあい》まで望んだが、むろん見向きもされなかった。逆恨みのあまり復讐を企て、入浴後の休息中に師範の茶碗に致死量の毒を仕込んだ茉莉花《ジャスミン》を投じて殺害。浴場の出入りにあたっては突厥《タタール》人の若者に変装した。つい先ほど、証人三名がその顔を見分けなかったという事実はあるが、巧妙な役者ぶりのためである。突厥《タタール》人に扮した時は男のしぐさをまね、先ほどは故意に女らしさを強調した。が、こんなことはよろしい。藍《ラン》師範自身がこの奸悪な女を明らかに名指す手がかりを残した。その手段については、ただ今より現物に即して説明する」

傍聴席からてんでに驚き声があがった。風向きがいい方に変わりはじめた感がある。若い師範代の率直な証言が好印象につながったのだ。陶侃《タオガン》に合図した。

開廷の直前に命じられて急遽こしらえた、ましかくの黒板を陶侃《タオガン》が運びこんだ。その上に、白い厚紙製の七巧板のうち六片が針で留めてある。たてよこ二尺（約六十センチ）以上なので、傍聴席からもよく見えた。その黒板を壇に上げ、書記机の前に立てかける。

「ここに示したのは」狄《ディー》判事がまた口を開く。「七巧板の六枚だ。藍《ラン》師範殺害現場の浴室で、卓上にあった通りに並べた」

三角の厚紙を高くかかげてさらに述べた。「七枚目にあたるこの三角形は、故人の右手が握りしめているのを発見された。

猛毒の作用で舌が腫れあがり、師範は叫ぶこともできなかった。いまわのきわに力をふりしぼって、命取りの毒茶を飲む寸前まで手すさびにしていた七巧板で、下手人の身元を示そうとした。

不運にも、師範が図形を完成しないうちに断末魔の痙攣が起き、もがくうちに床にすべり落ちるはずみで腕が紙片をかすり、三枚がずれたに相違ない。だが、その三枚を微調整し、さらに師範の手中にあった三角をつけたすと、再現されたのが意図した図形なのは疑いをいれん」

席を立った狄《ディー》判事が三枚をはずし、こころもちずらしてまた留めた。四枚めを足して猫の形を作りあげると、傍聴席が息をのむ。

席にもどってこう締めくくった。「この図形によって、藍《ラン》師範は下手人に陸《ルー》の後家を名指したのである」
いきなり陸《ルー》の後家が叫んだ。「うそだ！」
巡査の手を払いのけ、這いずりながら壇に近寄る。苦痛に顔をゆがめながら、人間離れした気力をふりしぼって自力で壇に上がり、うめき声とともに判事机の側面にもたれてうずくまる。荒い息をつくと、左手で黒板のへりをつかんだ。わなわな震えながらも狄《ディー》判事が留めた三枚の位置をずらし、四枚めを胸に抱いてしゃがれ声をふりしぼる。
「ほらね！　でたらめだよ！」

うんうんうなりながらも膝をついて体ごと手をのばし、図形のいただきに三角形を留めつけた。

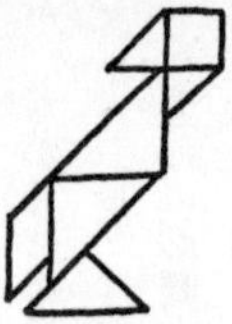

そうしておいて必死に叫ぶ。

「藍《ラン》先生が作ったのは鳥だよ！　証拠……なんかじゃない」

みるみる顔が土気色に変わり、力尽きて床にくずおれた。

「人間じゃねえぞ、あのあま！」狄《ディー》判事の執務室で顔をそろえるや、馬栄《マーロン》が声をはりあげた。

「私が憎いのだ」と判事は言った。「憎むものすべてを体現しているのが私だからな。邪悪な女だ。それにしても、あのすさまじい気力と機転にはただただ感服だよ。どうやれば猫を鳥に変えられるか、たちどころに見抜く眼力は並ではない。それも、痛みでなかば失神しかけたときに！」

「そんじょそこらの女じゃないのはまちがいありません」喬泰《チャオタイ》が感想をもらす。「でなきゃ、藍《ラン》師範の目にとまるわけがありません」

「それでだ」と、判事が懸念のいろをおもてに出す。「あの女のせいで、こちらはすこぶる厄介な状況に追いこまれた。藍《ラン》殺害の嫌疑をかけられないとなると、こんどは夫の変死に関与した点を明らかにするしかない。検死官を呼んでくれ」

陶侃《タオガン》が郭《クオ》を連れて戻ると、狄《ディー》判事がこう言った。

「先日聞かせてくれた話だが、郭《クオ》さん。陸明《ルーミン》の遺体で眼球が飛び出ていたのが腑に落ちんと言っていたな。後頭部を強打すると、そんな症状を呈することがあるとか。しかしだ、かりに匡《クワン》医師は後家と示し合わせていたとしても、陸《ルー》明《ミン》の兄弟や葬儀屋など、死装束を着せた者たちはそういった打撲の傷あとに気づかなかったのか？」

郭《クオ》がかぶりを振る。

「いえ、閣下」と答える。「たとえばの話、重い木槌を厚い布にくるんで一撃すれば出血はないはずです」

狄《ディー》判事がうなずく。

「検死すれば、割れた頭蓋骨は一目瞭然だ。だが、かりにこの線がまとはずれだったとして、ほかに死体にあらわれそうな変死の特徴としてどういうのが考えられる？　なにぶんにも、死んでもう五ヵ月にもなるのだからな！」

「かなりの部分は」と答えて言う。「棺材に使われた木の種類と、墓穴内部のさまざまな条件に左右されます。ただ、百歩譲って腐敗が相当進んでいたとしても、毒の痕跡はたぶん発見できます。たとえば皮膚ですとか、骨髄の状態をつぶさに調べればよいわけで」

判事はしばらく考えこんでいた。ややあって、

「法の定めによれば、確たる理由なしに墓をあばくのは死罪にあたる。かりに検死で反駁の余地なく陸明《ルーミン》殺害の証拠があがらなかった場合、私は辞表提出、上級官庁のお沙汰により墳墓冒瀆のかどで裁かれる。さらに、夫殺しのかどで陸《ルー》の後家を罪に問うたのがぬれぎぬだと重ねて告発されれば、死罪は疑いない。官人にはお上という後ろ盾があると言っても、あくまで過ちを犯さなかった場合に限る。官人が組み込まれた国全体の行政機構はなにぶんとほうもない大きさだ。たとえ良かれと思って行動した場合でも、律令に反した者に情状酌量の余地はない」

立ちあがった狄《ディー》判事が歩きまわりだした。その姿を副官三名が不安のおももちで見守る。ふいに、ぴたりと足が止まった。

「検死を決行する！」そう言い放った。「虎穴に入らずんば虎児を得ず、だ！」

喬泰《チャオタイ》と陶侃《タオガン》はなおも迷うふうだった。陶侃《タオガン》が言いだす。

「あの女はありとあらゆる邪法を心得ております。かりにですよ、術をかけて夫を呪い殺したのだとしたら？　痕跡なんか、絶対にないんじゃありませんか？」

判事がいらいらとかぶりを振る。

「この世には人知の及ばぬことが多い」と言う。「それは固く信じておる。だが、よこしまな妖術だけで人をとり殺すのを天が捨て置くなど、断固信じるわけにはいかん。馬《マー》栄《ロン》、必要な指示を巡査らに出しておけ。本日中に、陸明《ルーミン》の

死体検死を墓地で行なう！」

20

墓場をあばいて死体検分
雪から意外なものが出る

北坊はまちごと越すのかというほどの騒ぎだった。どの通りも混み合い、北門めざして一斉に動く。

城門を出る狄《ディー》判事の輿には声ひとつかからなかった。それにひきかえ陸《ルー》の後家を護送する小《こ》轎《かご》は、行くさきざきで割れんばかりの声援に迎えられる。

雪に閉ざされた丘陵をぬって長蛇の列が続き、まちの西北にあたる中央墓地の台地へとのびていく。大小の塚をすりぬけ、中央の開かれた墓穴まできて人垣をつくる。巡査たちの手で、むしろ囲いの仮小屋がすでにできあがっていた。

判事が輿から降り立つと、仮法廷がしつらえてあった。できるかぎり本物に似せてある。判事席には高い木机をすえ、脇卓に着席した上級書記が息をかけて手をほぐしている。あばいた墓を背に、大きな棺が架台にのっていた。助手どもをつれた葬儀屋が柩の横手に控える。手前には大きなむしろ三枚を雪に広げ、しゃがんだ郭《クオ》が暖かそうな道中手焙りにあたっていた。

およそ三百人がその場を幾重にもとりまく。判事席にひとつだけ出た椅子を判事が使い、馬栄《マーロン》と喬泰《チャオタイ》は両脇に立つ。陶侃《タオガン》は柩に近寄り、もの珍しげにじろじろ見ていた。

轎《かご》が地につくと、垂れ幕をあげた巡査長がひっと息をのんで後ずさった。陸《ルー》の後家は横桟に力なくもたれ、死んだように動かない。

怒りのざわめきとともに群衆がつめより、人垣の輪をせばめた。

「その女を診てやれ！」狄《ディー》判事が郭《クオ》に命じた。それから副官たちに小声で、「こちらのせいにされてたまるか！」

郭《クオ》がそっと女の頭を持ち上げる。ふいにまぶたがぴくりとし、大きく息をついた。郭《クオ》が横桟をはずしてやり、よろめく女に手を貸して、杖にすがって仮小屋まで歩かせる。あばかれた墓を目にしたとたん、女は後ずさり、顔を袖でおおった。

「臭い芝居ですよ」陶侃《タオガン》が愛想を尽かす。

「まったくだが」狄《ディー》判事が懸念する。「民には受ける」

警堂木を鳴らしたが、凍てついた外気のせいで思いのほか鳴らない。

「これより」大声で言い渡す。「亡き陸明《ルーミン》の死体検死を行なう」

はっと顔を上げた陸《ルー》夫人が、杖にもたれておもむろに言上した。

「閣下は民の父とも母ともなるお方。けさがた、てまえは裁判所で軽率な大口を叩きましたものの、それもこれもよるべない若後家と藍《ラン》先生の名をなんとしても汚すまいとの一心から出たことでございます。ですが、目に余ったために当然のお叱りを受けました。これこの通りでございます、閣下の御前にひざまずき、吟味打ち切りと哀れな亡夫の柩

墓地に到着

を汚さぬお沙汰を伏して願いあげます」
膝をつき、ひたいを三度打ちつけた。

人垣がざわざわと同意を口にする。ふだんの暮らしでおなじみの、分別にかなう落としどころだ。

判事が机をこつこつやる。

「陸明《ルーミン》殺しに充分な根拠がなければ」きっぱり言い切る。「かりにも知事たるものが、今回の死体検死を命じるなどありえん。この女は弁舌巧みにあれこれ申すが、職務遂行の邪魔はさせん。棺を開け!」

葬儀屋が前に出ると、陸《ルー》夫人がまた立ち上がり、群衆のほうへ身をねじってわめいた。

「民をこんなふうに虐げていいのかい? それでも知事でございってのかい。うちの亭主をあたしが殺したって言い張るけど、どんな証拠があるってんだよ? あたしに言わせりゃね、いくら知事だからってやっていいことと悪いことがあるよ。ゆえなく虐げられた民は、おおそれながらと上のお役所にいつでも訴え出ていいんだってよ。よおく覚えておきな、無実の人間にぬれぎぬをきせたのが知事だとばれた日にゃ、無理無体におっかぶせた刑がまんまその身にはね返るんだよ、そいつがお上の法ってもんだ! あたしゃよるべない若後家かもしれないけどね、その判事帽が頭からはぎとられるざまはこの目でしっかり見届けてやる!」

「女の言い分がもっともだ! 検死を許すな!」大声が群衆から飛んだ。

「静粛に!」判事は声を高めた。「明白な証拠が見つからねば、その女に相当する刑罰を、この身にいさぎよく受けよう!」

またしても口を開きかけた陸《ルー》の後家の機先を制し、柩を指さす。「証拠はここにある、待つ道理があるか!」その剣幕に群衆がたじろいだすきに、葬儀屋にどなった。「かかれ!」

葬儀屋が槌をふるって棺蓋のすきまにたがねを打ちこみ、助手両名が反対側にかかった。ほどなく重い蓋がはずれて地面におりる。口と鼻を首巻で守りつつ、内敷きの厚い敷物ごと死体を棺から出し、御前にすえた。すぐそばまでわらわら出てきた者たちがあわてて逃げる。死体は身の毛もよだつありさまだった。

線香立てを死体の左右にすえた郭《クオ》が薄い面紗《ヴェール》をすっぽりかぶり、厚い手袋を薄い革のにとりかえた。判事を見上げ、開始の指図を待つ。

公用箋に記入をすませた狄《ディー》判事が葬儀屋に声をかける。

「死体検死に先立ち、墓をあばいた手順の説明をききたい」

「閣下の御指示にしたがいまして」と葬儀屋はうやうやしく言った。「てまえと助手両名で、正午過ぎに墓を開きました。墓穴封じの石板は、五ヵ月前に置きましたのと寸分たがわぬ状態でございました」

うなずくと、検死官に合図を送った。

熱い湯にひたした手ぬぐいで死体を清めた郭《クオ》が、なめるように調べていく。満座は声もなく、ひたすら息をつめて作業を見守った。

死体の前側を終えてごろりと裏返し、されこうべの後頭部を調べはじめる。ぼんのくぼを人さし指で丹念にさぐったあと、死体の背中に移った。狄《ディー》判事の顔から血の気がひく。

とうとう郭《クオ》が立ち上がり、判事に向いた。

「報告いたします。死体表面の検死はひととおり終了いたしましたが、変死の兆候はございません」

人垣から、「知事の方がうそだ！　女を釈放しろ！」との叫びがあがったが、静かにしろ、報告の続きを聴けと前列が大声を投げ返した。

「そこで」郭《クオ》が続けて申し述べる。「毒の有無を確認するために体内もあわせて調べたく、閣下のお許しを願い上げます」

判事が返答するより早く、陸《ルー》の後家が金切り声を上げた。

「これでもう充分だろ？　かわいそうに、どうあってもまだ、死んだ人をおもちゃにしようってのかい？」

「あの役人にゃ勝手に自分の首を絞めさせときな、陸《ルー》の後家さん！」前列の男が声をはりあげる。「あんたの無実はみんなわかってるって！」

またも陸《ルー》の後家が何やらわめこうとしかけた矢先に、狄《ディー》判事がいちはやく手ぶりで検死官に許可を出したので、人垣の連中が大声で後家を黙らせた。

磨きあげた銀の薄板を死体に差し入れて内部をじっくり調べたあと、腐った肉から突き出た骨の先をていねいに見ていく。

身を起こし、当惑の目で判事を見る。墓場を埋めつくす人垣からは声ひとつない。少しためらうと述べた。

「遺憾ながら、体内にも毒の痕跡は見あたりません。検死いたしました限りでは、この者は自然死でございます」

陸《ルー》夫人がなにごとか絶叫したものの、おおぜいの怒号にかき消された。人垣が仮小屋めがけて押しよせ、巡査たちを押しのけた。先頭に立つ者が叫ぶ。

「あの犬役人めをぶっ殺せ！　墓を汚しやがって！」

すっくと席を立った判事が机の前に進み出る。馬栄《マーロン》と喬泰《チャオタイ》がすかさず脇を固めに出たが、判事が手荒に押しやって離れさせた。

その形相を見て先頭が思わずしりごみし、鳴りをひそめる。後方の怒号もやみ、耳をすましてなりゆきを待ち受けた。

拱手した判事が、りんと声を張った。

「辞職するといったん口にしたからには、撤回する気など毛頭ない！　だが、その前にどうあってもしかと見届けておくことがもうひとつある。辞表を提出せぬ限り知事は本官である、肝に銘じておけ。殺したければ殺せ、ただし、その時点でそなたらは国に叛旗をひるがえしたことになる。その結末はわが身にふりかかるものと覚悟せよ。そのうえなら、こちらは逃げも隠れもせん！」

風格に気圧《けお》され、群衆の勢いがそがれた。

その機をとらえてかさねて述べる。

「同業組合の親方がこの場におるなら前へ通してくれ。再埋葬を委任したい」

出てきた恰幅のよい同業組合の親方に、こう命じた。

「葬儀屋による納棺を監督し、墓に納めて原状に復すよう手配を頼む。その後、入口を封印するように」

きびすを返し、輿に乗りこんだ。

その夜半、執務室の空気はひたすら重かった。執務机で、判事が眉間に深々としわを刻んでいる。とっくに火鉢は燃えつき、広い室内は冷えこむ一方だ。なのに、判事も副官たちも気づきもしない。

机上の大ろうそくが尽きてはぜだしたころ、判事がやっと口を開いた。

「さて、これで可能な限り事件解決の手段をみなで模索した。新たな証拠が見つからない限り、私の命は風前の灯という点にも意見の一致をみた。証拠を見つけなくては、それも早急に！」

陶侃《タオガン》がろうそくを換えた。ゆらめく炎が憔悴した面々を照らしだす。

そこへ戸口を叩き、書記があわただしく入ってきた。葉《イエ》平《ピン》と葉泰《イエタイ》が判事にお目通り願っているという。

すっかり驚いた判事がすぐ案内を命じる。

葉泰《イエタイ》が葉平《イエピン》の腕に支えられてきた。頭と手は厚い包帯でぐるぐる巻きにされ、顔色は青いを通り越して緑がかり、生きた人間とは思えない。足取りもおぼつかないようすだ。

馬栄《マーロン》と喬泰《チャオタイ》の手をわずらわせて葉泰《イエタイ》を寝椅子におちつかせ、葉平《イエピン》が口を開いた。

「閣下、本日の午後に東門外の農夫四名が、弟を担架にのせて運んで参りました。意識をなくして雪の吹きだまりに倒れているところをたまたま見つけたそうでございます。後頭部にひどい傷があり、凍傷で指がだめになっておりました。ですが、その人たちのねんごろな介抱の甲斐あってけさがた気がつき、自分の素姓を申したとか」

「何があった？」狄《ディー》判事の問いに熱がこもる。

「最後に覚えているのは」葉泰《イエタイ》がかぼそい声を出す。「二日前です。夕飯時に家への戻り道で、いきなり頭の後ろを殴られました」

「やったのは楚大遠《チュウターユアン》だ、葉泰《イエタイ》」判事が教えてやる。「于《ユイ》康《カン》と廖嬢《リャオ》がある邸で密会していた次第を、やつから聞きだしたのはいつのことだ？」

「閣下、あいつに聞いたんじゃありません」葉泰《イエタイ》が答えた。「あるとき書斎の外で待ってましたら、楚《チュウ》が大声で話してました。てっきり誰かともめてると思い、扉に耳を押しつけましたら、于康《ユイカン》と廖《リャオ》の娘がうちの屋根の下でやってやがるとわめいてました。しかも、下卑た物言いったらありません。そこへ執事がきて扉を叩きますと、にわかに静かになり、呼ばれて入ってみたらやつひとりきり。あとはふだん通りでした」

副官たちに判事が言う。「廖《リャオ》嬢殺しで釈然としなかった点がこれではっきりした」さらに葉泰《イエタイ》に、「そうやって偶然握った話をたねに、あの哀れな于康《ユイカン》をゆすったというわけか。だが、天網恢恢とはよくぞ言ったものだ」

「指がとれちまったよお！」気落ちした葉泰《イエタイ》がめそめそ泣き出す。

判事が手ぶりで葉平《イエピン》に合図し、話を打ち切る。馬栄《マーロン》、喬泰《チャオタイ》も手を貸してやり、みなで戸口まで支えて葉泰《イエタイ》を送り出した。

21

風雲急を告げる軍の書状
祖堂で不肖を詫びる判事

夜が明けると朝駆けに出た狄《ディー》判事だったが、路上で行き会う民に声高にののしられ、鼓楼近くでは飛んできた石つぶてにあやうく当たるところだった。

旧練兵場に乗り入れ、思いきり馬を駆って何周かする。政庁に戻ってつくづく思った。法廷で陸《ルー》の後家の件に公式なけりがつくまで、外出は控えたほうがいい。

そのあと二日間は、たまりにたまった県の通常政務にあてた。副官三名は来る日も来る日も出かけ、なにかに憑かれたように新たな手がかりを探し歩いた。

明るい話は、二日目に第一夫人から届いた長文の手紙だけだった。老母は危険を脱し、いまや快癒に向かいつつあるので、みなで近いうちに北州《ペイチョウ》へ戻るつもりだと太原《タイユアン》から書き送ってきた。陸《ルー》夫人の件が解決しなければ、もはやふたたび会うおりもあるまいと思うにつけ、哀しみに胸がふさぐ。

三日目の朝早く執務室で朝飯中に、大元帥府から到着した大尉を書記がとりついだ。判事親展の書状を携えてきたという。

甲冑に威儀を正した雪まみれの大男が入ってきた。一礼して大きな封書をさしだし、つつしんで述べる。

「お返事を頂戴して戻れと命じられております!」

いぶかしい顔で受けた判事が、「かけて待つように!」とだけ言って書状を開いた。

内容はこうだった。軍警察密偵の情報によると北州《ペイチョウ》の民に騒擾あり。また別の情報で、はるか北方を動かなかった夷狄にいくさ準備の動きがみられ、大元帥としては北方軍背面地域を平穏に保つことが軍事上不可欠とみている。ゆえに、かりに北州《ペイチョウ》知事より守備隊派遣の要請があればいつなりと即応する、と、やんわり述べていた。軍警察をたばねる将軍が、大元帥代理で署名している。

狄《ディー》判事は青ざめた。

急いで筆をとり、短い返信をしたためる。

「すみやかなるお申し越し、北州《ペイチョウ》知事より深謝いたします。しかしながら本県の静穏回復を早期にはかるため、微力ながらけさにも卑職みずからしかるべき手段を講じるべく、ここにご報告申し上げる次第でございます。恐々謹言」

政庁の大きな朱印を押して渡すと、大尉が受けとり、一礼して出て行った。

席を立ち、書記に正装用官服一式を出させたうえで副官を三名とも呼んだ。

晴れ着と金縁の繻子《しゅす》帽に威儀を正した判事を見て、馬栄《マーロン》、喬泰《チャオタイ》、陶侃《タオガン》はどぎもを抜かれたようだった。

今では職務を越えた朋友《とも》でもある三人の顔に悲しい目をあて、こう話しかける。

「この状態を続けるわけにはいかん。たったいまも大元帥府からていよく叱責された、本県の民の監督不行き届きだといってな。北州《ペイチョウ》統治能力に疑問ありとして、軍隊駐屯の申し出があった。わが家の儀式に証人として三人とも出てくれんか、長くはかからん」

公文書室から官邸に通じる回廊を歩きながら思う。官邸に戻るのは、よく考えれば家族の太原《タイユアン》行き以来だ。

副官たちを連れ、広間奥の祖堂へまっすぐ足を向けた。火の気のない室内に床から天井まで大きな戸棚がぽつんとしつらえられ、左手に祭壇がすえてあった。

狄《ディー》判事は香炉に線香を立て、戸棚の前にひざまずいた。副官三名は入口近くにひざまずく。

立ち上がった判事が、うやうやしい手つきで戸棚の高い扉を左右に開ける。どの段にも彫り飾りを凝らした台に小さな神位《しんい》(位牌)がすきまなく立っていた。狄《ディー》判事の父祖のもので、いずれも謚号《おくりな》と官位官職、生卒年月日時刻が金字で入っている。

またひざまずいた判事が、床に三度ひたいをつけて拝礼し、目を閉じて祈りを捧げた。

最後に祖堂が開かれたのは、二十年前の太原《タイユアン》でだった。亡父が、狄《ディー》判事と第一夫人の婚儀を祖先に報告したのだ。あの時は花嫁とともに父の背後にぬかずいた。鶴のごとき風姿、しわんだ白髯の慈顔がありし日のままに浮かぶ。

だが、いま見る父は他人行儀にとりすまして入口近くの末席にたたずむ。広大な堂の左右から、風格ある人士たちが父の足下にひざまずく判事を見ている。堂の奥へとどこまでも居並ぶ先に、燦然たる長袍をまとって最上席に端座する狄《ディー》家太祖がおぼろにうかがえた。聖賢の記憶いまだ薄れぬ八百年前のお方だ。

おごそかな一同の前にぬかずくと、難儀な旅路のはてにようやく帰宅したように心安らぎ、声もおのずと澄みわたる。

「輝かしき狄《ディー》家不肖の子孫にして故狄成原《ディーチエンユアン》顧問官の長子仁傑《レンチエ》が、これより謹んで奏上いたします。非才にして国と民への責務をなしえず、本日、辞表提出とともに死刑にあたる罪二件、すなわちみだりに墳墓を汚した罪と、殺人の冤罪で某女を告発いたしました罪にて自首いたします。誠心誠意つとめましたものの力及ばず、任の重みに堪えぬ仕儀となりました。以上の事実を奏上し、お許しを請い願い奉ります」

語りやめると、広大な堂は徐々にぼやけて心眼から消えた。最後に見えたのは、見慣れた手つきで朱衣の襟もとを正す父の姿だった。

体を起こした判事がまた三拝し、祠堂の扉を閉じた。三人に向き直り、身振りでついてこさせる。

執務室にもどると、しっかりした声で述べた。

「しばらくひとりにしてくれ。これから辞表を書く。みなで正午前にまた来て、書き上げた文書を城内に掲示してくれ。そうすれば民も静まるだろう」

無言で一礼した三人がそろってひざまずいてひたいを三度床につけ、このさき何があっても判事への忠義はいささかもゆるがないと、はっきりと態度で示した。

三人の退室後、州長官あての公文書で自己の過失を克明に記したあと、二件とも死罪相当と告発し、情状酌量の根拠なしと追記した。

署名と封印を終え、椅子にもたれて大きく息をつく。これが北州《ペイチョウ》知事として最後の公務だ。午後の公示がすみしだい、公印はさしあたり主任書記に託し、後任が着任するまで県政を委ねることになる。

茶をすすりながら、きたるべき試練にも平常心を失わずにいられる自分にふと気づく。死罪は疑いないが、ひとつ有利な材料としては、蒲陽《プーヤン》知事時代に勅額下賜の栄に浴したことがある（原注『中国梵鐘殺人事件』参照）。都の裁判所がその功績を考慮し、全財産没収を免じてくれればと切に願った。太《タイ》原《ユアン》の弟がいるから、妻子が路頭に迷うことはない。だが、たとえ身内の間柄といえど、人のお情けにすがる境遇は肩身が狭いものだ。

第一夫人の母が持ち直されて不幸中の幸いだった。これから続く試練の日々、娘の大きな支えになってくださるはずだ。

22

前触れもなく訪《おとな》いを受け
再度の検死を決意に至る

席を立った狄《ディー》判事が火鉢に寄って手をあぶっていると、背後で扉の開く音がした。こんな時にとわずらわしく思いながら振り向くと、入ってきたのは郭《クオ》夫人だった。

ちょっと笑いかけて優しく言う。

「いまはちょっとな、郭《クオ》さん！　何か大事なことがあれば、上級書記の方に伝えてくれればいい」

だが、郭《クオ》夫人はその場を動くようすがなく、目を伏せて無言で立っていた。ややあって、いつになく気落ちした声で、

「閣下が、この地を出ていかれるとか。私は……いろいろご配慮いただいた御礼を……主人の分まで申し上げたくて」

くるりと背を向けた判事が窓辺に行く。紙障子をすかして雪明かりがまぶしかった。やっとの思いでこう言う。

「ありがとう、郭《クオ》さん。当地の在任中はあなたとご主人にご造作をかけた。大いに感謝している」

そのまま動かず、扉の閉まる音をただ待ち受ける。

すると、あの生薬の香りがした。小声でこう言うのが聞こえる。

「女心とは、殿方にとって測りがたいものです」

はっと向き直ると、郭《クオ》夫人が早口で言葉を継いだ。

「女はそれぞれ秘密を秘めております、殿方には測り知れないほど深い秘密を。ですから、閣下に陸《ルー》夫人の秘密がおわかりにならなくても、無理はありません」

思わず、そばに寄る。

「つまり」声がはりつめる。「新たな手がかりがあると？」

「いえ」と郭《クオ》夫人が吐息をもらす。「新たな、というわけ

では。古いものです……ですが、陸明《ルーミン》殺しを解く手がかりはそれしか……」

刺すように相手を見て、干上がったのどからなんとか声を絞り出す。

「話すのだ、全部！」

郭《クオ》夫人が外套をかきあわせた。震えているようだ。ややあって、疲れきった声で、

「日々の家事に追われ、それ以上どうにもならない衣類をつくろい、古鞋《ふるぐつ》に絨氈《フェルト》底を縫いつけていると、よしなしごとがあれこれ頭に浮かびます。またたく灯火に眼を痛めて夜なべを続け、詮なき思いが……こうして一生終わるのかと。硬い鞋底に指がずきずき痛むと長い細釘を手に取り、木槌を取り上げて鞋底に穴を開けます、ひとつ、またひとつと……」

うつむいた細い立ち姿を見守りながら、なにか優しい言葉をかけようとした。だが、女は依然としてよそよそしい疲れきった声で、ぽつりぽつりとあとを続ける。

「釘を刺しては抜き、抜いては刺し、詮なき哀しみも一緒に出たり入ったり——不毛な巣の周りをあてもなく巡る、奇怪な灰色の鳥たちのように」

顔を上げて判事を見つめる。ただでさえ大きな眼に、いつにない光をたたえて。口ぶりはのろのろと重い。

「そして、ある晩、ふと、縫う手を止めて長い釘をとりあげ、じっと見入ります……まるで、初めて見るもののように。痛む手を救ってくれる忠実な釘、哀しみに閉ざされた長い孤独の変わらぬ伴侶」

「つまり、それは……」声がうわずる。

「さようです」あいかわらずの一本調子で相づちを打つ。

「あの釘の頭はごく小さいもの、槌ですっかり打ちこめば、小さな点は頭頂の髪に隠れて絶対にわかりません。誰も知らずじまいです、どうやって女が人を殺し……自由の身になったのか」

判事の目がらんらんと輝く。

「おかげで」と、大声をあげた。「私は九死に一生を得たぞ！　それこそ答えに違いない。あの女があれほど検死を恐れたのも、あの検死が空振りに終わったのも、そのため

泰だったか！」げっそりとやつれた顔に会心の笑みを浮かべて、そっと、「まことに慧眼のほどを見せてもらった！　まさしく女ならではの洞察だ！」

郭《クオ》夫人が無言で見ている。判事はあわてててたずねた。

「どうしてそんな顔を？　くりかえすが、じつに慧眼だ。答えはそれしかない！」

外套の頭巾をかぶった郭《クオ》夫人がほのかに笑って言った。

「ええ、答えはそれしかないと、じきおわかりになります」

出口に向かった。

閉じた扉を眺めているうち、判事がにわかに青ざめた。長いこと茫然とし、われに返ると、副官三人をただちに呼びにやらせた。

気の進まぬふうで入ってきた馬栄《マーロン》、喬泰《チャオタイ》、陶侃《タオガン》だが、判事を見て、いぶかしみながらも笑顔になった。

広袖のなかで腕組みし、しゃんと背筋を伸ばして机の前に立っていた。目に生気がみなぎっている。

「まさにこのどたんばで、陸《ルー》の後家の犯行をあばくだけの確たる根拠を得たぞ！　再度、陸明《ルーミン》の死体検死を行なう！」

ぎょっとして思わず同僚ふたりの顔を見た馬栄《マーロン》だが、不意ににんまりと大声をあげた。

「そうまでおっしゃるんなら、事件の謎がすっかり解けたんですな！　で、いつやります？」

「なるべく早く！」判事がてきぱきと答える。「今回は墓地でなく、この政庁に柩を運ばせよう」

喬泰《チャオタイ》がうなずいた。

「ご存じのように民は一触即発です。たしかに、野外よりここのほうがまだ手に負えます」

煮え切らないおももちの陶侃《タオガン》が渋る。

「掲示用紙を書記に申しつけたら、ぴんときたようでした。今ごろには、ご辞職の話はまちを駆け巡っておりましょう。そこへ再検死などと聞こえてきたら、暴動になったりしないでしょうか」

「危険は重々承知のうえだ」判事の声はゆるがない。「郭《クオ》に命じて検死に必要な一式を法廷に支度させよ。馬栄《マーロン》と喬《チャオ》泰《タイ》は葬儀屋同業組合親方と廖《リャオ》同業組合親方に会ってこい。私の決定を知らせ、おまえたちと墓地まで同道願ったうえで立会人になってもらい、柩を出して政庁まで護送せよ。内々で速やかに進めれば、民にけどられるより先に運びこめる。いったん話が広まってしまえば、まずは私への怒りより好奇心の方が先に立ち、人望あつい親方たちが臨席すれば暴発の大きな抑止力となるはずだ。それで、この政庁での開廷まで何ごとも起きねばよいが」

はげますように副官たちに笑いかけ、いそいそと送り出した。

その後に笑顔がこわばる。副官たちの前では、無理に無理を重ねて快活なふうを装っていただけだ。今度は机に行って座りこみ、両手に顔を埋めた。

23

時ならぬ法廷が開かれて

女がついに事実を明かす

昼飯《ひる》になっても、出された飯にも汁にも箸をつけない。かろうじてお茶一杯が喉を通った。

柩はつつがなく運びこまれたと郭《クオ》が報告にきた。が、早くも正門前ではおおぜいが怒号している。

馬栄《マーロン》と喬泰《チャオタイ》が不安もあらわに入ってきた。

「閣下、傍聴席の雲行きが剣呑です」馬栄《マーロン》の口調が重い。「法廷から表通りにはみ出たやつらは声高に悪態をつき、門に石を投げつけてます」

「やらせておけ!」狄《ディー》判事がにべもなく片づける。

馬栄《マーロン》がすがるように喬泰《チャオタイ》を見た。喬泰《チャオタイ》が言う。

「閣下、軍警察を呼ばせてください！　政庁周辺に警戒線を……」

判事が拳を机にたたきつけた。

「ここの知事は私ではないのか？」と叱りとばす。「このまちも、ここの民も、あずかるのはこの私だ。外部の助けはいらん、独力で乗り切る！」

二人とも無言だった、言っても無駄だとわかっている。だが、今回ばかりは判事の判断が誤っているのではないか。

銅鑼が三つ鳴った。

立ち上がった狄《ディー》判事が副官二名をしたがえ、法廷への回廊を渡る。

入廷して判事席につくが、誰も声をかけない。

法廷は人があふれかえっていた。所定の位置についた巡査たちは不安そうだ。左手に陸明《ルーミン》の柩が見え、かたわらに葬儀屋と助手がいる。杖をついた陸《ルー》の後家が柩の前に立ちはだかる。書記机の横に陶侃《タオガン》と郭《クオ》が控えている。

狄《ディー》判事が警堂木で机を打つ。

「開廷を宣する」

やおら陸《ルー》の後家が叫んだ。

「お払い箱になる知事に、民を裁く資格なんてあんの？」

傍聴席が怒ってざわつく。

狄《ディー》判事が宣言した。「綿商人陸明《ルーミン》の下劣な殺害を証するのが本法廷の趣旨である。葬儀屋、柩を開けよ！」

壇の端に陸《ルー》の後家が飛び乗り、金切り声をあげた。

「この犬役人め、またも亭主のなきがらを汚そうってのか。みんな、指をくわえて見てる気かい？」

群衆がなだれをうって押し寄せる。「知事を引きずりおろせ！」てんでに大声が上がった。馬栄《マーロン》と喬泰《チャオタイ》が重ね着した長衣にしのばせた剣の柄に手をやる。先頭の連中が巡査を押しのけた。

陸《ルー》の後家の目が邪悪なきらめきを宿す。完勝だ。暴力と血の匂いに突厥《タタール》の荒ぶる血が騒ぐ。後家が手をすっと突き出すや、みな立ち止まり、その勇姿をふりあおいだ。胸をはずませ、判事を指さしてののしりだす。

「この犬役人、この……」

大きく息を吸いこんだところへ、判事がさらりと浴びせた。

「絨氈《フェルト》の鞋底を思いだすがいい!」

とたんに悲鳴をあげて前にのめり、ようよう姿勢を立て直すや、その日に真の恐怖が初めて浮かんだ。判事の意外なひとことは、またたくまに前列から順に伝わる。陸《ルー》の後家が群衆に目をやり、気を静めて言葉を探すあいまにも、とまどいのつぶやきは広がった。「いまのはなんだって?」後ろがじれて叫ぶ。後家がしゃべりかけたが、葬儀屋の槌音にまぎれて聞こえない。陶侃《タオガン》も手を貸して、蓋をさっさと床におろした。

「さあ、今こそ答えがわかるぞ!」狄《ディー》判事の声が周囲を圧して響きわたる。

「だまされんじゃないよ、あんなや……」そこまで言いかけて、むしろに出た死体に場をさらわれたと察して口をつぐむ。判事机の脇まで後ずさりながらも、身の毛もよだつ姿から片時も目を離せない。

狄《ディー》判事が警堂木を鳴らし、大声で命じた。

「こたび、検死官は頭だけに専念せよ。ことに頭頂は髪を分けてとくと見よ」

郭《クオ》が死体にかがむと、満座がしんとした。蜂の巣をつつくようなおもての騒ぎがやけに響く。

やぶからぼうに、血の気のない顔を上げた郭《クオ》がしゃがれ声を出した。

「ご報告申し上げます、頭髪のすきまに鉄粒が見つかりました。どうやら釘の頭のようです」

陸《ルー》の後家がわれに返った。

「罠だ!」と、声を限りにわめく。「やつめ、お棺をいじりやがった!」

だが、もう群衆の好奇心を抑える力はなかった。前列の太った男がどなる。

「墓の封印なら、うちの親方が自分でしたんだぞ。いらん差し出口はよしな。あれが何だか、おれらに見届けさせろや」

「動かぬ証拠を見せよ!」判事が郭《クオ》にどなる。

検死官が袖からやっとこを出す。とびかかろうとした陸《ルー》の後家が巡査長にとりおさえられて山猫顔負けに暴れるすきに、郭《クオ》のほうは頭蓋骨から長い釘を引き抜いた。その釘を群衆に高々とかざしてみせ、判事の目の前の机上にそっとのせた。

とたんに陸《ルー》の後家がくたくたと力尽きた。巡査長が手を放すと、茫然自失のていで書記机の角によりかかり、悄然とうつむく。

いま目にしたものを前列が大声で後ろに伝える。一斉にわれもわれもとしゃべりだし、後列を抜け出した数名がおもてに駆けつけてご注進に及んだ。

判事が机をどんどん叩く。廷内が鳴りをひそめたところで、陸《ルー》の後家に呼びかけた。

「頭頂に釘を打ちこみ、夫を殺したとの事実を認めるか」

ゆっくりと顔を上げた陸《ルー》の後家が、長々と身を震わせた。額のほつれ毛をかきあげ、無表情に、

「認めます」

傍聴席がさざ波だち、この決定打がまたも口伝えでくまなく広がった。狄《ディー》判事が椅子にもたれる。また静まるのを待って、疲れた声を出した。

「では、自白を」

やせ細ったからだに長衣を巻きつけた陸《ルー》の後家が、ぽつりと漏らす。

「今となっちゃずいぶん昔のことみたい、別にいいけど」

机にもたれて高窓を仰ぎ見、前置きなしで話しだした。

「宿六の陸明《ルーミン》ときたら、鈍いうえにのみこみが悪くって、仕込み甲斐がないったら。あんなのと一生連れ添うなんて冗談じゃない、だから、あたしはずっと探して……」深いため息まじりに続ける。「せっかく子供を産んでやったのに、なんだ男じゃないのかって。やってられないわよ。だから、さしこみがするって言いだしたある日、強い酒に眠り薬を仕込んで薬代わりにあてがった。ぐっすり寝入ったところを見すまして、鞋底に穴を開ける長い釘を持ち出し、釘の頭だけになるまで槌でぶっこんでやったのさ」

「ひでえ女だ、殺せ！」誰かが叫び、怒りの声が渦巻いた。風向きはあっさり変わり、今では陸《ルー》の後家が槍玉にあがっている。

狄《ディー》判事が驚堂木を思い切り鳴らす。

「静粛に！」と呼ばわった。

廷内はたちまち静まった。お上の威信が回復されたのだ。

「匡《クワン》先生は心臓麻痺だってさ」陸《ルー》の後家はそう続け、ばかにしたように、「この体とひきかえにとりつけた所見さ。自分じゃいっぱしの道士きどりだったけど、正味はとんだ下っぱだよ。だから、死亡証明書をもらってすぐに手を切った。せいせいしたわ……

ひと月ほど前、店を出がけに雪ですべったの。通りすがりの男の人が助け起こして中へ連れてってくれ、店の腰掛にかけさせて、くじいた足をもんでくれた。手が動くたびに、あの人の発する気がこちらまで伝わってきた。このひとこそあたしの伴侶、待ち続けたご縁だってわかったのよ。心と体のありったけで虜にしようとしたけど、向こうはそうさせまいとした。けど、帰したあともわかってたんだ、また来るはずだって」

話を続けるうち、これまでの活気をいくぶん取り戻す。

「そして、ほんとに来たわ！　あたしの勝ち。燃えさかる炎のようにあのひとは愛しながら憎み、そんな自分を憎み、それでもあたしを愛した！　命と命の根っこで固く結びついてたのよ、あたしらふたりは……」

そこで言葉を切ってうなだれ、声からまた力がうせた。

「その後に別れ話が出たの。あたしが精を吸いとる、修行の妨げになるって責めた。もう逢っちゃいけないって……気が狂いそうだった、あのひとなしじゃ生きて行けない、あのひとなしじゃ潮が引くようにあたしの気が枯れてしまう……だから、言ってやった。もしも捨てたら殺してやる、前に亭主を殺したように」

やるせなげにかぶりを振る。

「あんなこと言わなきゃよかった。あの目でわかったわ。もう何もかもおしまい。殺さなきゃならないって、その時にわかった。

干した茉莉花《ジャスミン》に毒をつめ、突厥《タタール》の男になりすまして浴場へ出かけた。謝りに来たの、って言ってみた。どうせなら、後味よく別れたいって。あの人は別人のようによそよそしかった。あのことを口止めしても何も言ってくれないから、お茶に茉莉花《ジャスミン》を落としたの。毒が回ったとたんにすごい目をして口を開いたけど、ひとことも言えなかった。けど、末期の呪いはあたしに……いったいなんの因果かしら。愛した男はひとりだけ……それなのに、この手で殺すはめになるなんて」

急に頭を上げ、まともに判事を見すえた。

「もうおしまい、どうせ死んだ身よ。あとの体は煮るなと焼くなと好きにして！」

みるみる女が変貌していく。ぞっと総毛だつほどだった。なめらかな肌に深いしわがあらわれ、目はどんよりし、一気に十歳ぐらい老けこむ。不屈の闘志がぽっきり折れてしまったあとは、本当にただの脱けがらだ。

「供述書を読み上げよ」と、書記に命じる。

書記が読み上げる間、廷内は寂として声もなかった。

「偽りない自白と認めるか？」判事が念を押す。

うなずいた陸《ルー》の後家に巡査長が供述書を差し出し、爪印をとる。

そこで閉廷となった。

24

判事は密かに雪道をわけ
仙草山に玉花《はな》は散りゆく

三人の副官と退廷する狄《ディー》判事に、群衆がおずおずと歓呼をあげた。回廊に出るや、馬栄《マーロン》が喬泰《チャオタイ》の肩を派手にどやしつけた。全身で喜んでいる。陶侃《タオガン》さえ、執務室の戸口をくぐりながら喉の奥で笑っていた。

ところが、向き直った判事は意外や意外、冷えた法廷の顔を持ち越したままだ。

「長い一日だったな」と、静かに言う。「喬泰《チャオタイ》と陶侃《タオガン》は休んでいいぞ。だが、すまないが馬栄《マーロン》はまだ残ってくれ」

喬泰《チャオタイ》と陶侃《タオガン》がきょとんとして出て行くと、狄《ディー》判事は州長官あての書状を手にとり、裂いて火鉢にくべ、灰になるまで見守った。そこでやっと口を開く。

「狩猟服に着替えてこい、馬栄《マーロン》。それと、院子《なかにわ》に馬を二頭ひいておけ」

馬栄《マーロン》はあっけにとられた。わけを訊きたいのはやまやまだが、とりつくしまもない。黙って言われた通りにした。

院子《なかにわ》に牡丹雪がちらつく。狄判事《ディー》が鉛色の空を見上げた。

「急がんといかんな」と、馬栄《マーロン》に言う。「このぶんではじきに暗くなる」

首巻を引き上げて目だけ出し、ひらりと馬にまたがる。脇の通用門からそろって政庁を出た。

大通りにさしかかると、通りの屋台は風や雪にもめげず黒山の人だかりだった。雪よけの油布の下で身を寄せ合い、いま噂の政庁でのお裁きをたねに、にぎやかに立ち話に興じている。騎馬の二人連れなどにわざわざ目をくれる者はない。

まちの北門まで来ると、平原おろしの雪風がまともに吹きつけた。狄《ディー》判事が鞭の柄で詰所入口を叩く。出てきた守衛に命じて、しっかりした油紙のちょうちんを馬栄《マーロン》に持たせた。

城外の西に馬首をむける。夕闇のとばりが降りかけているが、雪はいくぶん小止みのようだ。

「遠いんですか、閣下」馬栄《マーロン》が心配する。「こんな空模様じゃ、丘越えするうちあっさり道に迷っちまいますよ!」

「道はわかっている」にべもない。「もうすぐだ」

墓場への道をとる。

墓場に入ると馬の速度をゆるめ、塚のひとつひとつに目を凝らしていく。陸明《ルーミン》のあばいた墓を過ぎて奥まった一隅に出た。そこで馬をおり、すぐ背後に馬栄《マーロン》をひきつれて何ごとかつぶやきながら塚の間をあちこちする。

とある大きな塚でぴたりと足を止め、入口を封じた石板の雪を袖で払う。王《ワン》という墓碑銘を確かめ、馬栄《マーロン》に声をかけた。

「ここだ。この墓を開ける、手伝ってくれ。鞍袋に手鋤が二本あるから出すがいい」

狄判事《ディー》と馬栄《マーロン》で石板の根もとを雪ごと掘り下げておいて、外しにかかる。四苦八苦してやっと前のめりに倒せたときはもうとっぷり暮れ、厚い雲が月にかかっていた。

この寒いのに判事は汗だくだった。馬栄《マーロン》にちょうちんを手渡され、背をかがめて墓穴に入る。

かびくさい内部は異様な静けさだった。掲げたちょうちんの先に穹隆の玄室があり、奥ふところに柩が三つ抱かれていた。柩の銘を丹念に調べ、右端に近づく。「ちょうちんを持っていろ！」馬栄《マーロン》にそう命じる声もおのずと低くなる。

ちらつくちょうちんでもそれとわかるほどの憔悴ぶりに、馬栄《マーロン》が気をもむ。見ていると、袖から鑿《のみ》を出し、手鋤を槌がわりに蓋を開けにかかる。丸天井にうつろな音がこだました。

「反対側からやれ！」語気鋭く馬栄《マーロン》に命じる。

ちょうちんを地面に置き、すきまを手鋤でこじ開けようとしながら、馬栄《マーロン》はいわく言いがたい気分にとらわれた。自分たちは墓を暴いている。空気のこもったこの場所はいっそ暖かいほどだ。なのに、胴震いが止まらない。

どれぐらい手間どったのか、やっと蓋がはずれたときには背中が痛かった。手鋤をてこに使えば、蓋が持ち上がると気づく。

「右側に落とせ！」狄《ディー》判事が荒い息をついた。

ふたりがかりで押すと、蓋は床にごとりと落ちた。

判事が首巻で鼻と口をかばい、馬栄《マーロン》があわててそれにならう。

開いた柩に判事がちょうちんをかざす。ところどころに朽ちはてた経帷子をまとい、骸骨が横たわっていた。

後ずさりした馬栄《マーロン》にちょうちんを渡し、柩にかがんだ狄《ディー》判事がそっと頭蓋骨を手探りした。外せるとわかるや、出してつぶさに調べる。こうしておぼろな光で見ると、されこうべのやつ、からっぽの目で判事どのにいやったらしい横目づかいなんかしやがってと馬栄《マーロン》は思った。

いきなり判事がされこうべを振る。金物がからから鳴った。頭頂をすかし見て、人さし指の先で触る。あとはそっと柩に戻し、かすれ声で言った。

「すんだぞ、帰ろう」

這うようにおもてへ出る。さっきの雲はあとかたもなく、しろがねの満月が無人の墓場を照らす。

判事がちょうちんを消した。

「墓石を戻そう」と言う。

元通りに直すのはえらく手間どった。狄《ディー》判事が雪と泥を仕上げにかけて馬に乗る。

墓場の門に向かいながら、馬栄《マーロン》はもう好奇心を抑えられなくなった。

「閣下、あそこに埋まってたのは誰です？」そう尋ねる。

「あしたわかる」判事が答えた。「午前の法廷で、別件の殺人調査にかかるのだ」

まちの北門前までくると、判事は馬を止めてこう言い出した。

「吹雪が過ぎてしまうと、じつにいい夜だ。おまえは政庁にもどってよろしい。私のほうは丘をもう一駆けして、気分をすっきりさせてくる」

そう言い捨てて、馬栄《マーロン》が口をはさむ前に馬首を巡らす。

行き先は東。仙草山のふもとで馬を止めた。鞍から身を乗りだし、雪に目を凝らす。やがて馬を降り、手綱を切株につないで頂上をめざした。

消煤色《けしずみいろ》の毛皮外套をまとった人影が岩山の柵に寄り、白い平原を眼下に収めてすんなりとたたずんでいる。

雪を踏みしだく長靴の気配に、ゆっくり振り向いた。

「ここへおいでになるとわかっておりました」静かに言う。

「お待ちしておりました」

あいかわらず判事が黙って立っていると、すぐ言葉を継いだ。

「あら、お召し物がどこもかしこも汚れて、お靴は泥まみれ！　では、あそこへ？」

「そうだ」重い口をむりに動かす。「あそこへ馬栄《マーロン》も連れて行った。昔の殺人を、政庁で吟味せねば」

女が目を見開く。その肩ごしに遠くを見ながら、判事はけんめいに言葉を探した。

「こうなるのはわかっていました」抑揚を消した声で、

「ですが……」間をおいてぽつりと、「おわかりになりませんのね……」

「わかっているとも！」判事が激しくさえぎる。「わかっ

仙草山にて

ている、五年前にああしたわけは。それに、わかりすぎるほどわかっている、あなたが……話してくれたわけは」

うなだれた女が、ふしぎなほど声を失ってむせび泣く。

「則《のり》を、正さねば」きれぎれに判事が言いかける。「たとえ……わが身の破滅を招こうと。自分でありながら自分に抗えない、まことだ。今後は生きながら地獄になる、あなたにも……私にも。何とか他の手だてはないか、そう思ってもみた。だが、できない……命を救ってもらっておきながら！　ふがいない……許してくれ！」

「そんなこと！」と、声を上げる。ついで、泣き笑いしながらそっと口にした。「もちろん、わかっております。あなたさまはそういうお方。さもなければ、お話しなどしておりません。他の道など、まちがっても求めはしません」

万感迫る思いで言葉にならず、絶望をこめて見つめた。

女が目をそらす。

「言わないで！」と、嗚咽する。「それに、そんな目で見ないで！　そんな顔をさせてしまうなんて……」

両手で顔をおおう。判事は身じろぎもしなかった。氷の刃が、ゆっくりと心臓に刺さるようだ。

やおら顔を上げた女が、いち早く口もとに指を立てた。

「おっしゃらないで！」言うと、わななきながらも笑顔になる。「さ、静かになさってね！　あの詩、覚えてらっしゃる？　〝玉花は香雪《ゆき》に玲瓏と鳴る〟、耳をすませば聞こえますわ……」

判事の向こうを指さし、はずんだ声で早口に、「ほらね、今日咲きましたのよ！　見てくださいな！」

ふりかえり、目にした光景に息をのむ。月明かりの空に浮かぶ樹のたたずまい。可憐な花は、銀の枝にちりばめた無数の紅玉だ。あるかなきかの風が凍てつく大気をそよがせる。と、はらはらと散った花びらがゆるやかに舞って雪に落ちた。

いきなり背後で木が裂け、とっさにふりむくと柵が折れていた。頂に残るは、わが身ひとり。

25

郭《クオ》検死官は旧悪を自白し
都の使者は書状を届ける

悶々とした一夜が明け、ようやく起きだす。目覚めのお茶を運んできた書記がいたましげに述べた。

「閣下、検死官の奥さんが事故に遭いました！　ゆうべ、いつものように仙草山で月仙草を集めに行き、柵にもたれた拍子にきっと折れたんです。けさがた明けに、岩山のふもとで猟師がなきがらを見つけました」

哀悼の念を口にしたあと、馬栄《マーロン》を呼ばせた。

馬栄《マーロン》とふたりきりになると、沈んだ口調で、

「昨夜のことだが。勘違いだった、馬栄《マーロン》。ふたりで墓場に行った件は他言無用。忘れてくれ」

馬栄《マーロン》の大きな頭がうなずき、さらりと言った。

「閣下、おれは頭を使う方面じゃさして役に立ちませんが、命令を守るのは得意中の得意です。忘れろとおっしゃるんなら、忘れます！」

判事の目がなごむ。そのまま退室させた。

戸を叩く音がして、郭《クオ》が入ってきた。すぐ立って出迎え、鄭重にお悔やみを述べる。

悲哀をたたえた郭《クオ》の大きな目が見上げた。

「事故ではございません、閣下」ゆっくり言った。「家内はあの場所に詳しく、柵は頑丈でした。自殺なのは承知いたしております」

両眉をつりあげた狄《ディー》判事に、穏やかな口調のまま述べた。

「このさい自白させていただきますと、てまえは重罪を犯しております、閣下。家内に結婚を申し出たさい、夫殺しの次第をあらかじめ本人の口から聞かされております。それでも気持ちは変わらない、前の亭主は人や動物を見境なく苦しめて喜ぶ血も涙もない外道だった、それはわかっているよと言ってやりました。ああいう手合いは殺されて当

然という気がいたします、てまえにはそこまでの度胸はございませんが。生まれつき、大人物という柄ではございませんので、閣下」

わが身のふがいなさに愛想をつかすように両手をかかげてみせ、さらに続けた。

「そのときはあれこれ尋ねませんでしたし、その件に触れることは以後もございませんでした。ですが、そのことが彼女《あれ》の念頭を片時も去らず、悩み苦しんでいるのは存じておりました。むろん自首を勧めるべきでしたが、閣下、てまえは自分勝手な人間でございます。家内を失うなど、思うだけで耐えられませんでした……」

床をじっと睨んだまま、口もとをわななかせる。

「ならば、いまさらこんな話を持ち出すわけは？」狄《ディー》判事が尋ねる。

郭《クオ》が目を上げた。

「そのわけは、閣下、彼女《あれ》の遺志だと存じておりますので」淡々と答えた。「陸《ルー》夫人のお裁きにしんから心を揺さぶられ、自殺して罪を償おうと思いつめました。根が正直な女でしたから、罪がお上に届け出られるよう願っているのは存じております。それでようやく晴れてあの世へ行けます。ですからこちらに参上かたがた、事後共犯として自首した次第です」

「死罪相当だとわかっているのか？」判事がただす。

「むろんでございます！」さも心外そうに言った。「家内に先立たれた身がどうなろうとかまいません。そのことは彼女《あれ》も承知しておりました」

狄《ディー》判事は言葉もなくあごひげをなでていた。ここまで捨て身の真心に、自分はとうてい顔向けならない。ややあってこう言った。

「亡くなった奥さんへの訴えは受けかねる、郭《クオ》さん。前夫を殺した手口は生前に口外しておらんし、伝聞証拠だけで墓を暴いて死体検死というわけにはいかん。それに、奥さんが罪なるものを本気で届け出てほしかったのなら、自白書を書き遺してしかるべきだが」

「本当です！」郭《クオ》が考え考え言う。「そこには思い至りませんで！　なにしろ気が動転しておりまして……」それから自分に言い聞かせるように小声で、「寂しくなります……」

席を立った狄《ディー》判事が近寄る。

「陸《ルー》の後家の幼い娘は、そちらで預かってくれているのだろう？」

「はい」ゆっくりと笑みが浮かぶ。「本当に愛嬌者です！　家内はたいそう可愛がっておりました」

「では、すべきことは明白だ、郭《クオ》さん！」判事が言い切った。「陸《ルー》夫人の件が片づきしだい、あの子を養女にするがいい！」

判事に感謝の目を向けた郭《クオ》が、こう言って悔やむ。

「なにしろすっかり動転しておりまして、初めの検死で釘を見落としましたお詫びもまだでございました、閣下。なにとぞ……」

「すんだことだ、水に流そうではないか！」狄《ディー》判事がすかさずさえぎる。

感謝のしるしに、ひざまずいて額を三度つけた郭《クオ》が立ちあがり、これだけ言った。

「ありがとうございます」去りぎわに続けて、「閣下は、一点の曇りもない大人物です！」

重い足どりで戸口に向かう後姿を見ながら、判事は、重い鞭で顔面を打ちすえられたようだった。

ふらふらと席に戻り、椅子に座りこむ。そういえば、郭《クオ》夫人は悩み苦しんでいたという。

　　過去はただ昏《くら》きを留め

あのひとは全文をそらんじていたのだ、まちがいない。

　　冀《こいねが》うは一陽来復のとき

がっくりと机にうなだれる。

だいぶたって身を起こす。その拍子に、長らく忘れていた父とのやりとりが蘇った。郷試に合格したての三十年前、熱をこめて遠大な抱負を語ったおりのことだ。

「おまえならきっとやりとげる、仁傑《レンチェ》」と言われた。「だが、行く手にはあまたの苦悩が待ち受けておる。人の上に立つ者の深い孤独を、身をもって味わうことになるぞ」

そのときは、きいた風な口答えをしたものだ。「艱難《かんなん》汝《なんじ》を玉《たま》にす、と申します！」笑顔の裏にひそむ父の哀しみを、若輩者は知るよしもなかった。

だが、今は痛いほどわかる。

書記が熱い茶びんを持ってくる。お茶を一杯、ゆっくりと飲んだ。ふと、意外の念にうたれる。「それでも人は生き続けるのか、何ごともなかったように！　洪《ホン》に死なれ、ある男女に顔向けならん思いをしたのに、こうしてのうのうと茶など飲んでいるとはな。歳月は続く、が、以前の私には戻れない。なべて世は続いていく、が、もはやとどまりたくはない」

ほとほと疲れた。世を捨て、心の平安を得たい。だが、できない相談なのはわかっている。しがらみがなければ隠者にもなれようが、自分にはあまたのつとめが待っている。国と民に身を捧げると誓いをたて、妻たちをめとり、子らをもうけた。借金取りから逃げ回る卑怯者よろしく逃げ出すわけにはいかない。生き続けるのだ、これからも。

そう決心したものの、物思いは尽きない。

だしぬけに扉が開き、はっとわれに返る。副官三人が駆けこんできた。

「閣下！」喬泰《チャオタイ》が大声をはりあげる。「都の高官がおふたかた到着されました！　昼夜兼行の早馬で来られたとか！」

狄《ディー》判事が驚いた顔をする。とりあえず応接間にご案内のうえお休みいただくよう指示し、その間に礼服に着替えてただちにまかり出ることにした。

応接間に行くと、輝く錦衣の人がふたりいた。帽子飾りからすると、大理寺（都の中央裁判所）でも上位の官職だ。愕然としながらひざまずく。よほどの一大事に違いない。

ふたりのうち年かさがすばやく歩み寄り、判事を助け起こしてうやうやしく述べた。

「下役にひざまずかれるなどとは滅相もございません」

驚いて言葉を失い、すすめられるままに判事は上座についた。

年かさの高官が奥壁ぎわにしつらえた祭壇に行き、安置した黄色い巻子《かんす》を大事そうに取り上げて捧げる。

「閣下、なにとぞ聖旨をお受けくださいませ！」

席を立ち、低頭して巻子を受ける。

書面の上についた玉璽が目より下にならぬよう注意しつつ、おもむろに広げた。型通りの文言をつらね、太原《タイユアン》出身の狄仁傑《ディーレンチエ》を十二年にわたる忠勤をめでて大理寺丞（中央裁判所の長官）に任ずる勅書だ。朱筆で帝の裁可がある。

狄《ディー》判事は勅書を巻いて祭壇に戻し、ついで都の方角に向かって九たび拝礼し、聖恩を謝した。

拝礼がすむと、高官二名がねんごろに頭を下げた。

「私ども両名は」年かさの方がうやうやしく述べる。「閣下の補佐に任命されました。勝手ながら、私どもの一存にて上級書記に勅書の写しをとらせ、城中に掲示させるようはからいました。当地の知事に授与されました栄誉を民もともに喜べるようにと存じまして。明早朝に閣下をお守りして、都までお供いたします。あたうる限りすみやかにご着任を、との御叡慮でございます」

「後任の知事はすでに辞令を受け」若い方が言葉を添える。「今夜中には到着の予定でございます」

狄《ディー》判事はうなずいた。

「もう休息するがよい。私は執務室に行き、後任のために書類整理にかかる」

「ともに補佐の栄をお与えください」年かさが神妙に申し出た。

公文書室にひきあげる途中、かなたで爆竹が響いた。北《ペイ》州《チョウ》の民が早くも知事の出世を祝い始めている。

上級書記が迎えにきた。祝辞を述べようと政庁全員が法廷に勢ぞろいしたという。

壇上に出てみると、書記や巡査、門衛にいたるまで残らず御前にひざまずいていた。このたびは副官三名もそのなかに混じっている。

高官二名を両脇にしたがえた判事が、場にふさわしい挨拶を手短に述べた。在任中の精勤に感謝し、階級役職に応じて全員に金一封を出すと公表する。そのあとで、副官として陰日向なく尽くしてくれた三人の朋友《とも》をじっと見る。

そして、馬栄《マーロン》と喬泰《チャオタイ》を大理寺の左右近衛隊長に、陶侃《タオガン》を秘書官長に任ずると宣した。

政庁一同の歓声がおもてに集まった民の歓呼に重なる。「知事ばんざい！」の叫びのなか、狄《ディー》判事はやりきれなかった。つくづく、人生とは何たる茶番か。

狄《ディー》判事が執務室に戻ると、礼を述べに馬栄《マーロン》、喬泰《チャオタイ》、陶侃《タオガン》が飛びこんできた。だが、判事の着替えを手伝ういかめしい高官二名を見て、気勢をそがれる。

二人の頭越しに副官たちに笑みを向けたものの、一抹の寂しさがただよう。三人ともあわてて退室した。扉が閉まるとともに、慣れ親しんだ気のおけない日々が終わりを告げ、胸が痛んだ。

お気に入りの毛皮帽を年かさの高官が差し出す。長い宮仕えでおいそれと感情を出さない習い性とはいえ、古びてすりきれた毛皮のありさまにはおのずと片眉が上がった。

「まれなる名誉かと存じます」若い方が世辞を使う。「聖上《おかみ》じきじきに大理寺丞という高位に抜擢なさるとは。通例ですと、年配の都督・府総督からの人選となります。しかもお見受けしたところ、閣下はやっと五十五歳ほどの少壮気鋭でいらっしゃる」

あまり気がきかない男だなと判事は思った。まだ四十六歳だ、見ればわかるだろう。ところが姫鏡台をのぞいて愕然とした。黒かったあごひげと頬ひげが、この数日で白くなっていたのだ。

机上の書類綴りをえりわけ、ふたりにざっと説明した。洪《ホン》警部とさんざん知恵を絞った農民貸付案の綴りになると、いきおい熱がこもる。二名ともいちおう礼儀正しく傾聴したものの、じきにうんざりが顔に出た。それを見て、ため息まじりに綴りを閉じた。父の言葉が去来する。「人の上に立つ――孤独なものだ」

そのころ副官三人の方は、門衛詰所の石床のまんなかに火を焚いて車座になっていた。ちょうど洪《ホン》警部の話が出て、三人とも火を見つめて黙りこくっている。

ふと陶侃《タオガン》が言いだした。

「あの都のお偉いさん方、お近づきのしるしに今晩ちょい

勅命を受ける

と賽でもどうかね」

馬栄《マーロン》が顔を上げる。

「賽はもうやめとけって、秘書官長さんよ！」そうどなる。「ご身分相応の暮らしぶりってもんをいいかげん覚えな。あの着たきり雀のぼろ外套もこれで見納めかい、せいせいすらあ！」

「都へ行ったら、裏返して仕立て直しだ」陶侃《タオガン》がしれっと言う。「それを言うなら、がさつな大暴れもこれっきりだよな、馬栄《マーロン》！　そうじゃなくたって立ち回りはそろそろ若手にやらせる潮時ってこったろ、兄弟？　頭に白いもんが目立ってきたよ！」

馬栄《マーロン》が大きな手を膝にやる。

「まあ、なあ」と、くさくさする。「たまーに手足がこわばるようになってはきたよ、うん」そこでにわかに活気づく。「だがな、兄弟、おれたちほどの好漢《おとこ》なら、都の女は選りどりみどりだぜ！」

「恋敵はみやびな都の浪子《あそびにん》どもだぞ、忘れちゃいかんな」陶侃《タオガン》がすかさず冷水を浴びせる。

すっかりへこんだ馬栄《マーロン》が情けなさそうに頭をかいた。

「大概にしとけや、くそおやじ！」喬泰《チャオタイ》が陶侃《タオガン》をどなりつけた。「百歩譲ってだぞ。おれらがちっと年の功でも積みゃ、たまの一人寝を楽しむ境地にもなろうってもんだ。だがな、兄弟。ひとつだけ、絶対に変わらんやつがあるだろうが！」

片手をかかげ、杯を干すまねをしてみせる。

「おっしゃあ、飲む琥珀だな！」馬栄《マーロン》が大声をあげて飛びたつ。「行こうぜ、兄弟、まちいちばんの店にくりだすぞ！」

ふたりがかりで陶侃《タオガン》をひったて、問答無用で正門に向かった。

著者あとがき

首なし死体事件は拙訳書の十三世紀中国の判例集『棠陰比事』（「*T'ang-yin-pi-shih, Parallel Cases from under the Peartree, a thirteenth-century manual of jurisprudence and detection*」*Sinica Leidensia* 叢書第十巻、*E.J. Brill* 書店、ライデン一九五六年刊）中の第六十四話を下敷きにしている。九五〇年、ある商人が旅からもどってみると、妻が首なし死体になっていた。下手人として妻の実家に訴えられ、拷問をうけて偽りの自供をした。炯眼の探偵が不審の念を抱き、県内の葬儀屋すべてに変な埋葬はと聞きこみを始めた。そのうち一人が申し出るには、金持ちの家で死んだ女中を埋葬したが、棺がばかに軽かったという。開けさせてみると、生首だけが入れてあった。そこから金持ちの男が女中を殺して首なし死体を商人の留守宅に放置し、商人の妻はその男と密通していたと発覚した。たったこれだけの話だから想像でいくらでもふくらむし、無理な点もいくつか出てくる。たとえば、死体が妻でないと商人が気づかない点だとか……。本作品採用にあたって、そういう矛盾点は極力排除してみた。

鉄釘殺人事件は中国犯罪物語でも名高い話の一つである。一番古い出典は前述の判例集『棠陰比事』第十六話で、紀元一世紀に出た名判事厳遵が解決したことになっている。この手の話の要点はいつも同じで、妻に対して疑いを抱くだけの強い根拠があるのだが、夫の身体に変死を示す徴候が現にないので判事が困るわけである。決め手の鉄釘発見の場面は思い思いに趣向を凝らしている。一番古い形だと、死体の頭頂部に蠅がむらがるのに気づいた厳遵が発見したという設定だ。逆に、知る限りで最も新しいのは十八世紀中国の犯罪長篇小説『武則天四大奇案』（英訳は拙訳「*Dee Goong An*」一九四九年 東京刊）に出てくる。そちらの判事は政庁内に地獄のありさまを演出し、閻魔の御前だと思いこんだ心やましい後家から決め手の自白を引き出す。だが、この解決方法では欧米読者に受けそうにないので、簡略に記録された別版で、一八八一年 *China Review* 第十巻所収の「*The Double Nail Murders*」（G. C. Stent著）を用いた。検死官が被害者の遺体に暴力の痕跡を見出せずにいると、釘を捜してみろと妻が提案する。この証拠により被害者の未亡人に有罪宣告後、人知れず巧妙に殺害する手口に詳しいことに疑念を感じた判事が、検死官の妻も御前に連れてこさせると、検死官は二度目の夫だと判明。前夫の死体が掘り出され、頭骸骨から釘が出てくる。女はどちらも処刑される。

本シリーズの知事はつねに全能無謬の判事であり、御前にまかり出る罪人どもを例外なく打ち負かす。が、本篇では誤りを犯した知事が追いつめられる点に重きをおき、物事には表裏があることを描き出そうと試みた。判事席の前に引き出された者すべてに絶対的なほどの権力と優位に立つのは借り物の栄光にすぎず、個々の位階身分でなく一時的に代理を仰せつかった政府の威信にのみ由来するのを忘れてはなるまい。神聖不可侵なのは法であって、制定した判事ではない。知事はその職務を盾に免除特権などの特典を要求できず、たとえば中国古来の法原理である反坐《ファンツォ》すなわち逆転処罰を適用された。つまり、ゆえなく他人を告発した者がかりに虚偽だと証明されれば、不当な扱いをこうむった者が受けるはずの刑罰を科されるわけだ。

陸《ルー》の後家事件のこの場面では『武則天四大奇案』中の描写を借用した。同時に、狄《ディー》判事の日常に美女の比重を増すべきだとの一部読者の――まんざら的外れではない！――要求に答えようとした。

于康《ユイカン》と廖《リャオ》嬢の話については、中国人は独身男の性関係にはいたって寛容だが、未来の妻との交わりは厳禁だったと特筆せねばならない。理由は芸妓や結婚関係にない女は私事だが、結婚は祖先を含めた一家全体の行事とみなされ、この厳粛な行為はしかるべき儀式によって祖先に報告すべきものだったからだろう。改まって祖先に告知しないうちに野合を遂げることは犯罪的な孝心欠如のあらわれ、祖先へのゆゆしい無礼だった。中国人は大昔から生没を問わず尊属への不孝を不道すなわち大逆の範疇に含め、極刑に値すると考えた。

祖先崇拝は中国人の宗教生活の土台をなす。亡き一族の霊が拠るとされる位牌をまつった祭壇はどこの家にもあった。家長は家族の節目に祖先への報告を行ない、定期的に供物を供えた。こうして一家の団結は生死の境界を越え、死者は生者の活動に参加し続けた。こうした事実が本篇第二十一章の背景を説き明かす。

さらに、祖先崇拝は墳墓冒瀆が法律上の死刑にあたる理由でもある。一九一一年の中華民国成立まで施行されていた中国刑法第二百七十六条にはこうある。他人の埋葬地を棺が露出するか人目に触れるまで掘り出すか破棄した者はすべて百叩きに処したうえ、三千里外へ永久追放とする。前述の罪に加えて棺を開き、遺骸をさらせば、誰であれ拘禁のうえ絞首刑に処す。（参照『大清律令』「*Ta Tsing Leu Lee, the Penal Code of China*」*George Thomas Staunton* 卿訳一八一〇年 *London* 刊）。

藍濤奎《ランタオクェ》師範の人柄に言及すると、中国拳法が相手を打ち負かすより自己の心身練磨を目的とする古術であると述べねばなるまい。十七世紀に中国の亡命者が日本にもたらし、有名な自衛術である柔道または柔術のもとになった。藍《ラン》師範と陸《ルー》の後家の関係については古代中国人に一種の理論があり、邪道になればわが中世の吸血鬼と相通じるものになった。興味ある向きはジョウゼフ・ニーダム博士著「中国の科学技術と文明」第二巻一四六ページ（「*Science and Civilization in China*」*Cambridge University Press*、一九五六年刊）を参見されたい。文中には私の著作も引用されている。

本篇第十四章の壊れた菓子争いと解決策は、前述の『棠陰比事』第三十五話からとった。そちらは一世紀の名判事孫宝が解決したとされている。

七巧板ないし知恵板なる品は昔の中国で考案され、十六、十七世紀に流行した。当時著名な学者数名が、その板を使って作れる限りの図形集を出版した。今世紀初めには欧米諸国に伝わり、今日でもおもちゃ屋の店先でたまに見かける。

ロバート・ファン・ヒューリック

訳者あとがき

ディー判事シリーズのポケミス第九作目は、初の改訳作品『北雪の釘』*The Chinese Nail Murders*。舞台は第五の任県、北州《ペイチョウ》。『柳園の壺』『南海の金鈴』に先立つ一大転機にあたる事件を描く。つまり時系列でいうと遅い部類だが、執筆時期は比較的早い。詳しくは後出の作品一覧をご参照いただきたいが、シリーズ初期作品群の掉尾を飾る作品であり、どちらかといえば淡白なこれまでの中期以降作とは、あきらかに一線を画する重厚な作風でも知られる。

ご参考までに、過去の邦訳には松平いを子氏の手になる『中国鉄釘殺人事件』(三省堂書店　一九八九年刊)がある。現在は絶版だが、電子書籍にてダウンロード入手も可能である。

恒例の落穂拾いは、以前から読者のお問い合わせが多い時刻の話から始めたい。

当時の時刻は日のあるうちと夜に二分され、日のあるうちは十二支に基づく呼び方、日没後から夜明けまでは五等分して更《こう》と呼んだ。夜の長さは季節ごとに違ってくる。だから、たとえば同じ二更でも、現代の時間に直すと夏と冬ではかなり違うわけだ。

前作『白夫人の幻』でも述べたが、中国を代表する宝石は玉《ぎょく》。今回は紅玉が登場する。

玉の代表格は緑だが、それ以外にもいろんな色がある。欧米ではラベンダー色と呼ぶ薄紫が喜ばれる。明代の『長物志』や『五雑組』によると、中国ではほかに紅玉、白玉、黄玉、黒玉を愛玩する。宋代になると羊脂玉《ようじぎょく》と呼ばれるものが珍重された。

ただ、紅玉の場合、副葬品の玉製品に死体の血がしみこんで鮮紅に発色するとされ、血侵・血古・屍古などの別名があった。むろん迷信とはいえ、現代人の尺度ではどうもあまり手もとに置きたくない気がするのだが、だからこそ誰かさんの異常な執着を招いたのかもしれない。

食べやすく切った肉を炭火であぶる、いわゆる焼肉は *Korean BBQ* の名で日本だけでなく世界中で人気がある。本家は朝鮮半島ということになっているが、もとを正せば中央アジア起源。元の侵略により高麗王朝に伝播し、宮廷料理として定着したと当時の記録にある。つまり、広義のタタール料理だったわけで、原型はまさしくお狩場料理である。元祖では牛肉に限らず、雉肉や猪など狩猟の獲物ならわりと何でも焼いてよかったらしい。

いろいろ災難な宴だったとはいえ、野外で焼肉をつつく判事の図は時代を超えて親近感を覚える。お供の地酒は、まさかと思うがマッコルリか高粱酒のご先祖だろうか。ちなみに欧米には *Mongolian BBQ* というのもあって、こちらはジンギスカンというより鉄板焼き。径二メートルぐらいの巨大鉄板で肉や野菜を焼き上げる豪快なパフォーマンスが受けている。

さて、本篇の主軸は「ものごとの表裏をなすふたつの面」。例によって、随所にさまざまな趣向を凝らしてある。おもな説明は原著者あとがきに譲るとして、ここでは補足かたがた具体例をふたつだけ挙げてみたい。ひとつは郭《クオ》夫人と陸《ルー》の後家、もうひとつは月仙草。まずは前者から。

郭《クオ》夫人と陸《ルー》の後家。かけ離れた組み合わせと見えて、じつは膨大な中国養生術の表裏をなす美女コンビだ。清艶な郭《クオ》夫人は医術を、妖艶な陸《ルー》の後家は房中術をそれぞれ代表する。どちらもファン・ヒューリックの研究対象だが、ここでは後者を簡単に説明しておきたい。

古来、中国の房中術は不老長生を第一の目的にしてきた。快楽や子孫繁栄目的もむろんあったにせよ、主眼はあくまで若さ、長寿、できれば永遠の生命にあり、それには生命エネルギー「気」の補給が必要不可欠だった。独力で「気」を生む道もないではないが、人のをもらうほうがてっとり早い。要は男性・女性問わず、自分の「気」は死守し、相手の「気」を奪う、かなり露骨にエゴイスティックな技術である。よく使われる比喩が「戦争」「守銭奴」とくれば、あまりの貪欲ぶりにいささか辟易してくる。原著者が吸血鬼にたとえるのも、むべなるかな。

「気」がなくなれば人は老け、尽きれば死ぬ。その認識を踏まえて、第二十三章の自供とその後のできごとを読み返していただきたい。ちなみに、女性がもっとも消耗するのは子どもに「気」をごっそり持っていかれる妊娠・出産・育児。子孫繁栄を旨とする儒教からいえばとんでもない邪道であるが、妊娠をなるべく避けるようにと説いた女性主体の流派さえある。そこまで犠牲を払ってせっかく子どもを作ってやったのに、ねぎらうどころか不平とはなにごとか、「やってられないわよ」と怒ったゆえんである。

詳しくは原著者の手になる概説書『古代中国の性生活』（松平いを子訳　せりか書房）の六章、七章、補遺に手際よい説明がある。

月仙草はむろん架空の植物であるが、モデルとなった植物については、多分これだろうという推測ぐらいはできる。中国ではなく、インド伝統医学のアーユルヴェーダで使用する生薬で、サンスクリット名をチャンダーラと呼ぶ。和訳すれば「月の草」。外見的特徴もだが、効能もほぼ当てはまる。ただし架空の月仙草と違ってチャンダーラは劇薬であり、使用を誤れば死を招きかねない。そういえばジギタリスなども、使いかた次第で強心剤にも劇薬にもなる。それと同じことだ。

チャンダーラの和名をインドジャボクという。早い話が第十一章冒頭に出てきた「天竺産の蛇木」のこと。いかにもファン・ヒューリックらしい、ひねりのきいた使い方ではある。

最後に、詩について。

さきほど房中術の話が出たが、男性究極の養生法は若い女性をなるべく大勢とっかえひっかえすることだった。皇帝が大規模な後宮をいとなむ口実のひとつである。

とっかえひっかえする方はまだしも、される方はたまったものではない。用済みになっても解放されず、寵が衰えれば一生飼い殺し、ひどい場合は適当な口実を設けて殺された。あたら美貌をむなしく終える妃や宮女の嘆きをうたった詩は、「閨怨詩」なる女性の嘆き節ジャンルの多数を占める。前漢の長信宮に隠退したもと寵姫が、自作の詩「怨歌行」で用済みの秋の扇にわが身をたとえた故事に基づき、長信・西宮・秋扇などのキーワードを織り込むのがお約束。詩だけでなく、ファン・ヒューリックが得意とした琴にも「秋扇吟」なる名曲がある。

文中の「長信夕詞《ちょうしんせきし》」も以上の伝統を踏まえた。十二章で「二百年ばかり前の詩」と述べているのは、南朝斉の謝朓（四六四－四九九）が流行させた「玉階怨」なる詩の形式をさすのだろう。この形式で李白も一篇作っている。ただし文中詩に採用するにはいろいろ無理があったので、涙をのんで断念。題名には盛唐の

「長信秋詞」を借用した。作者の王昌齢（六九八－七五五？）は太原《タイユアン》出身、狄《ディー》判事の同郷人だ。

ついでに言うと、詩に使用した「玉花」は梅の別称、やはり漢詩によく使われる。梅といえば高い香り、気品ある姿、雪に耐える凜とした姿を、苦境に屈しない高潔な人になぞらえる。判事がのちのちまで忘れかねる女性の面影にはぴったりだ。本篇二十四章のやりとりをのちに述懐したのが、『南海の金鈴』一六五ページ初めの部分。あわせてお読みいただければ幸いである。

かくして、悲喜こもごもの知事生活は幕を閉じた。が、物語はまだ続く。

いつもながら読者諸賢には感謝のほかなく、今後とも気長におつきあいいただければと心より願い上げる次第。また、玉一般についてご教示賜った三石喬氏、多大なご助力を賜った山本節子氏はじめ原著者ご遺族の方々、福原義春氏および小松原威氏、早川書房および編集子の川村均氏の各位にも衷心より感謝申し上げる。

最後に、故・松平いを子氏に心からの敬意を捧げたい。原著者と同じく志半ばで癌に仆れられたが、大室幹雄氏とともに本書初訳はじめシリーズの初期代表作や前掲の概説書などを次々とわが国に紹介された。パイオニアとしての栄誉は永遠に氏のものであり、本書刊行はその輝きをいささかも損なわないと信じている。

二〇〇六年　霜月

《ディー判事シリーズ作品一覧》

1 The Chinese Maze Murders（1952）『迷路の殺人』魚返善雄訳　大日本雄弁会講談社（一九五一年）／『中国迷宮殺人事件』（改題）魚返善雄訳　講談社文庫（一九八一年）／『中国迷路殺人事件』松平いを子訳　ちくま文庫（一九九五年）
2 The Chinese Bell Murders（1958）『中国梵鐘殺人事件』松平いを子訳　三省堂書店（一九八九年）
3 The Chinese Gold Murders（1959）『黄金の殺人』沼野越子訳　東都書房（一九六五年）／『中国黄金殺人事件』大室幹雄訳　三省堂書店（一九八九年）
4 The Chinese Lake Murders（1960）『中国湖水殺人事件』大室幹雄訳　三省堂書店（一九八九年）
5 The Chinese Nail Murders（1961）『中国鉄釘殺人事件』松平いを子訳　三省堂書店（一九八九年）／『北雪の釘』本書
6 The Red Pavilion（1961）『紅楼の悪夢』和爾桃子訳　ハヤカワ・ミステリ1752（二〇〇四年）
7 The Haunted Monastery（1961）『雷鳴の夜』和爾桃子訳　ハヤカワ・ミステリ1729（二〇〇三年）
8 The Lacquer Screen（1962）『ディー判事／四季屛風殺人事件』松平いを子訳　中公文庫（一九九九年）
9 The Emperor's Pearl（1963）『白夫人の幻』和爾桃子訳　ハヤカワ・ミステリ1789（二〇〇六年）
10 The Willow Pattern（1965）『柳園の壺』和爾桃子訳　ハヤカワ・ミステリ1774（二〇〇五年）

11　The Monkey and the Tiger（1965）中篇集
12　The Phantom of the Temple（1966）
13　Murder in Canton（1966）『南海の金鈴』和爾桃子訳　ハヤカワ・ミステリ1781（二〇〇六年）
14　Necklace and Calabash（1967）『真珠の首飾り』和爾桃子訳　ハヤカワ・ミステリ1698（二〇〇一年）
15　Judge Dee at Work（1967）『五色の雲』和爾桃子訳　ハヤカワ・ミステリ1763（二〇〇五年）短篇集
16　Poets and Murder（1968）『観月の宴』和爾桃子訳　ハヤカワ・ミステリ1744（二〇〇三年）

〈特別附録〉

西方の文人・高羅佩

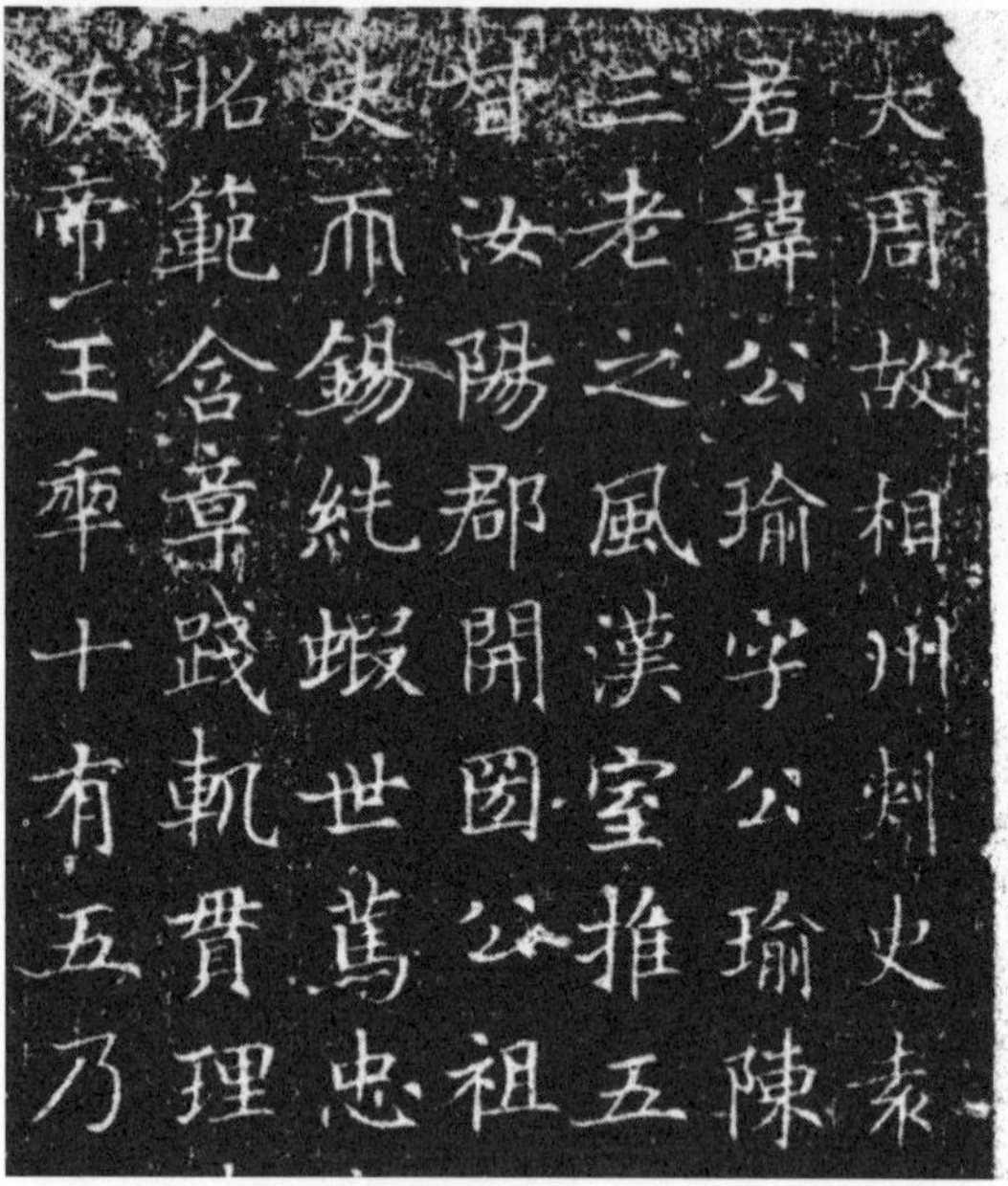
大周故相州刺史袁
君諱公瑜字公瑜陳
三老之風漢室推五
汝陽郡開國公祖
而錫純嘏世篤忠
昭範含章踐軌貫理
帝王卒十有五乃

狄仁傑真筆

見えにくい貌《かお》の巨人

さて。

訳者あとがきではものごとの表と裏、ふたつの面という本書のテーマについておおまかに触れてきた。今度はこのテーマをいささか敷衍して、原著者ロバート・ファン・ヒューリックという大きな謎《ミステリ》の一端に触れる糸口をつけてみたい。

ファン・ヒューリックの業績については、向かうところ敵なしの才人ぶりや多種多彩な興味の対象を、これまで折あるごとにご紹介してきた。共通の興味分野をお持ちの方が読者諸賢のうちにおありなら、そこをとっかかりに親しみを深めていただけたかもしれない。が、その一方で、多彩さに目をくらまされ、かえって全体像をつかみそこねる方もおられるのではと案じている。

なぜ、そう思うか。欧米での反応がまさしくその通りだからだ。けたはずれの知の巨人、不世出のカリスマとしていまだに人気絶大な反面、キワモノ扱いも昔からあとをたたない。誤解の因はもっぱら本シリーズでおなじみの自筆女性ヌードをはじめ、中国房中術一般に対する研究。プロテスタント的な価値観とあいいれない＝いかがわしいという短絡思考で、扇情的で興味本位な色眼鏡にもとづく伝記まであらわれ、遺族の方々を悩ませることもあったと聞く。

なにも、謹厳居士だったなどとひいきの引き倒しをするつもりはさらさらない。生前のエピソードを伝え聞く限りでは、むしろ洒脱な粋人であったらしい。が、そこだけ軽軽しく突出していたわけではなく、あくまで練れた外交官らしい人であったと、洋の東西問わず友人知己は口を揃えている。その「良識的教養人ファン・ヒューリック」の巨大なジグソーパズルに房中術のピースがどうにも納まりにくく、ともすれば全体像まで崩しかねない様相を呈している。

キーワードは「中華文人」

このピースを、どうはめればいいのか。

これが西洋ではなかなかに難題とみえて、同じオランダ出身のエラスムスをかつぎだして人文主義者《ユマニスト》の系譜に組み込んでみたかと思えば、十九世紀末に輩出したきらびやかな趣味教養人《ディレッタント》になぞらえたりと苦戦している。決して間違いではないし、確かにそれらしい格好はつく。が、「なぜ房中術を研究対象のうちに選んだか？」という根源の問いには永遠に答えられずじまいだろう。

その点、アジアの私たちはもっとエレガントな解法を持っている。タイトルにも掲げた「文人」。これならば房中術ばかりかすべてのピースがぴたりとはまり、広範すぎてとらえどころのない研究事績もすっきり整理できる。

中国文人については、訳者などよりお詳しい読者諸賢も多いだろう。

荒井健編『中華文人の生活』（平凡社）や、青木正児『琴棊書画』（平凡社東洋文庫）などにある通り、ひらたく言えば知性を基盤にした特権階級で、広範な素養を要求されるライフスタイルを持つ。漢代までさかのぼって一貫して中華政治・文化を担う中核でありつづけた。狄仁傑も、むろんそのひとりである。

そのありかたに深く共感し魅せられた西洋人は、百科全書派のヴォルテールはじめ枚挙にいとまがない。ただ、本場の文人にも一目おかれるほどの実践者となると、さすがに空前絶後だろう。

オランダ本国の公式伝記では、かれを外交官・学者・色男と「三つの顔を持つ男」と表現している。あえて異をとなえる気はないが、戦争と平和を司ったローマの神ヤヌスのように、ふたつの貌を東と西に向けつづけた巨人のイメージもあわせて語らなくては不充分だと思うのだ。ただし限られた紙面であるから、ここではほんの糸口までにシリーズに関係ある項目をいくつか取り上げてみたい。

大別すれば、官・文・自律の三要素である。

西方文人ことはじめ

では、われらがファン・ヒューリックはいつから文人の貌《かお》を意識したか。正確なところは誰にもわからない。やはり中国好きの学究肌だった父ゆずりの素質と薫陶に加え、ライデン大学時代から既に萌芽はあったにせよ、本人にもはっきりとは言えないのではないか。

ただ、本格的に志向したのが中国赴任時代であったのはまちがいない。本名をもじった中国名高羅佩《カオルオペイ》（高＝〝グー〟リック、羅佩＝ロバート）を名乗るようになったのも、琴や書道、篆刻、骨董趣味といった文人必須の基礎教養を身につけたのもこのころだからだ。見習い修業期をへて初回の日本滞在のころには、既にひとかどの文人と認知されていた。本シリーズ初訳者であり、原著者と親交のあった魚返善雄も、『迷路の殺人』（講談社）あとがきで著者を「文人」と表現している。また、詳しくは後述するが、細野燕台なる金沢の文人と詩文や篆刻を介して古式ゆかしい交際を行ったのも第一回日本滞在中であった。

官：文人の前提条件

中国文人を語る上で、官吏登用試験である科挙ははずせない。合格・落第を問わず科挙を受けない文人は、まやかしと言わないまでも、いびつな半人前と言ってさしつかえない。

極言すれば、文人とは官吏および予備軍（引退者を含む）。春秋戦国期に政治を担った士人・士大夫になぞらえられることが多いのはそのためだ。高士・隠士と呼ばれる世捨て人が尊敬されるきらいはたしかにあるが、それはあくまで宮仕えという基本前提あってのこと。儒家の理念にのっとった国政参画こそ、文人の本分であり花道である。

文官に登用され、オランダの高級役人として官途をたどっていたファン・ヒューリックは、この意味でも立派な文人の有資格者だった。逆説めくが、学者としての身分だけなら中国での評価はそれなり止まり、いきおい交際も限られ、のちの大成は望むべくもなかったかもしれない。

文雅：文人の存在理由《レゾン・デートル》

文人というからには、万巻の書を愛し、書画や散文・韻文ができなくては看板倒れである。まずは書道からご説明するとして、その前に、直筆のこの扁額をごらんあれ。

なにぶん小さい紙面で、折り目正しい書きぶりが十全に伝わるか心もとないが、日本人でもこれだけの能筆家はそ

原著者直筆の扁額

うそういるものではない。参考までに、冒頭に掲げた狄仁傑の真筆ともご比較いただきたい。

これはファン・ヒューリックとゆかり深い神保町古書店の老舗、山本書店の店頭にいまも掲げられている。先述の『迷路の殺人』序文にもあるとおり、江戸川乱歩に *Dee Goong An*（狄公案）を紹介し、訳者であったファン・ヒューリックと引き合わせたのは先代の山本書店主のはからいであった。つまり、本シリーズ誕生の恩人と言っていい。ご本人はとうに鬼籍に入られたが、幸いにもご子息で現店主の山本實氏にいろいろと往時のお話をうかがうことができた。

山本氏の記憶によると、大使時代に足繁く出入りし、本を注文しては大使館に届けさせていたという。自然と親交が生まれ、ある日、自分から申し出て為書つきで揮毫したものを店側で表具した。

残念ながら、山本氏はじかに会う機会はなかったが、「今日もグーリックさんが来たよ」と、父上がうれしそうに話しておられたのと、とにかく大きい人であったという話はよく覚えているとのこと。奥野信太郎はじめ、当時店に出入りしていたそうそうたる面々と袖すりあいつつ、喜喜として古書籍の山を渉猟していたらしい。

先代店主とファン・ヒューリックの縁はその後も続き、癌発病・帰国にあたっての蔵書処分にもかかわった。ちなみに大使館の個人蔵書目録作成は、若き日の故・上原淳道東大名誉教授（東洋史）が助手をつとめた。没後、先代ともども大使館に出向いた山本氏は、子息ピーター・ファン・ヒューリック氏と言葉をかわし、狄《ディー》判事シリーズの一冊を贈られている。

ところで、お話を聞きに山本書店にうかがったさい、事のついでにたいそうな珍品をお見せいただいた。ひとつはこれ。この題簽もファン・ヒューリック直筆である。

限定出版本

書を極めれば、文房具に興味がわくのは自然のなりゆきだろう。中国滞在中にそちらの収集も怠りなく、さらには篆刻まで極めたらしい。こちらはやはり山本書店でお見せいただいた自作の印影。

自作印
「和蘭高羅佩印」

さきにちょっと触れた細野燕台なる文人は金沢が生んだ趣味人で、かの北大路魯山人の篆刻を世に出した人物という。その生涯は伝記『雅遊人　細野燕台』（北室南苑著／里文出版）に詳しい。そこに「オランダ人ヴァン・グーリック」なる一文があり、愛蔵の古硯を披露したり、漢詩のやりとりをしたなどの交流がほのぼのと語られる。なかでも写真の蔵書印は、魯山人の作品に匹敵するとの評価を燕台から受けたという。

余談だが、燕台の交友関係はほかにも泉鏡花、犬養毅、松永安左ヱ門など政財界まで多岐にわたる。当時は、一流といわれる人々はそれ相応の素養がないではすまされない時代であった。たとえば、犬養毅は漢詩で知られ、松永安左ヱ門は耳庵の号で茶人として名高い。中国も事情は同じこと、文人としての共通基盤がなくては本当に親しいつきあいはできなかった。文人として培った広く深い人脈が、本業の外交にも大いに役立ったことは、想像にかたくない。

蛇足ながら、ファン・ヒューリックの書画は世界的にも高い評価を受け、大手オークションのサザビーズやクリスティーズにちょくちょく出品される。最近では、九四年五月三十一日、ニューヨークのサザビーズ・オークションに二行書が出品された。落札者は残念ながら不明。

さて、これだけの蔵書や文房具を入れるとなると、書斎もそれなりの構えでなくてはあじけない。いうまでもなく

オランダ大使館の書斎

雅致に富んだ書斎は文人のステイタスであった。ここに挙げたのは大使時代の東京の書斎。毎朝の一時間をさいて書道の稽古にいそしみ、シリーズ後期作品や、あまたの学術研究論文を生んだ場所である。中央に鎮座するのは、《ミステリマガジン》二〇〇三年十一月号掲載のピーター・ファン・ヒューリック氏のエッセイで言及された「書斎の仏像」だ。

さきほども述べたが、詩だけでなく散文も文人の必須科目に含まれる。散文といってもいろいろで、訓詁学と呼ばれる時代考証の論文からエッセイ、裏芸として白話文学と呼ばれる軟文学のたぐいまで含まれる。さしずめ、「馬頭観音の研究」に始まる研究論文群を訓詁学とするならば、狄《ディー》判事シリーズは白話文学の代表作といったところか。前者のうち、とくに忘れてはならない業績は、正倉院に残っていた古琴曲「幽蘭譜」の海外紹介だろう。

ファン・ヒューリックはさきに述べた中国修業時代に琴を学び、奥伝まで極めた腕前だった。あるとき正倉院に唐代の古楽器が保存されていると知り、さっそくつてをたどって調査に出かけた。おびただしい楽器・楽譜の中に埋もれていたのが、本国では既に断片のみだった名高い秘曲「幽蘭」の全曲譜であった。名曲の復元だけでなく、全世界に正倉院の意義を知らしめた、日本にとっては二重三重に貴重な研究である。

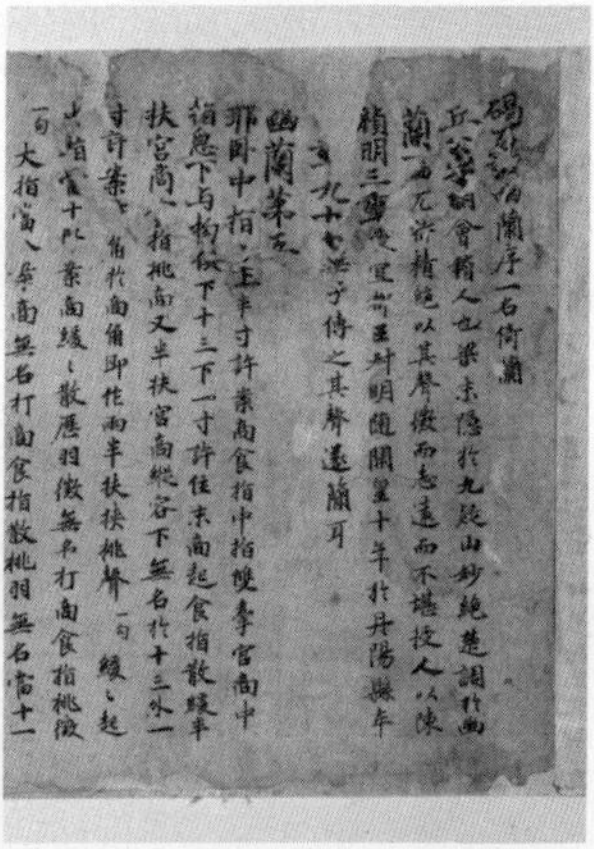

国宝　碣石調幽蘭第五（唐代・7〜8世紀　東京国立博物館蔵）

狄《ディー》判事シリーズの方も、やはり随所に中国の文学的伝統を踏まえている。

たとえば、考証。水滸伝や金瓶梅はいちおう宋代の物語

琴の会　北京にて

ということになっているが、服装や飲食物など細かい風俗習慣は明のものである。むきつけに同時代を描いては当局批判と讒言される危険もある。あらぬ災いを招かないための保身の伝統手法だ。むろん、ファン・ヒューリックの場合、もはや中国のお上をはばかる必要はどこにもないが、伝統は伝統として踏襲し、木版挿絵に似せた絵にも文人画の技法をふんだんにとりいれている。

ちなみに、この挿絵に女性のヌードを入れるようになったのは実をいうと原著者の本意でなく、出版社からの強硬な申し入れによる。どぎついエログロ猟奇ミステリがまだ喜ばれていた当時のことである。出版のためにしぶしぶ要求をのんだものの、相手の言うなりに低俗な図を描くのはもとよりまっぴら。どうせなら文人の教養に沿った房中術の枕絵を模してやれと思いつく。その目的で入手した枕絵を研究するうち、副産物として生まれたのが名著『古代中国の性生活』（せりか書房）であった。その経緯は松平いを子氏による訳者あとがきに詳しいので、機会があればご一読をお勧めする。

まあそういうわけで原著者にしてみれば、思わぬ収穫も得たかわりに、思わぬ色眼鏡もちょうだいした痛し痒しの顚末だったわけだ。べつに訳者だから肩入れするわけではないが、われわれからヌードを好んで描いたというのはぬれぎぬ以外のなにものでもない。きらいだったとは決して言わないが（たぶん）、そこだけゆがめて喧伝されてはいかになんでも気の毒すぎる。そんなことを言い始めたら、妓女遊びをした唐代の大詩人はじめ、漢から清までのたいていの文人はのきなみ狒々おやじの汚名に甘んじなくてはなるまい。例外はよほどのへんくつか、龍陽の徒つまり男色家ばかり。お家大事・子孫繁栄の儒教的価値観では、立派なつまはじきの対象である。

自律：文人のたしなみ

狄《ディー》判事の日常でだいたいおわかりと思うが、日常を規則正しく律するのは文人のたしなみであった。儒家と道教の考え方が混在するが、前者は衣食住に、後者は気功・房中術など養生法にやや色濃い。

孔子という人はともかく教育者としてすぐれていたらしい。規則正しい日常の反復をことに重んじたのが何よりの証左である。近年は反動がきて、形骸主義の親玉のようにけなされた時期もあったが、また徐々に見直されつつある。

清潔で上品な服装や身だしなみ、礼儀作法などの家庭のしつけもさることながら、孔子は食事にことさらやかましかった。といっても、ローマの饗宴をへたくそに真似したような、むやみに奇をてらった昨今のグルメではない。祭祀に使った肉は神前をさげて何日以内に食べろとか、旬のものを適切に調理して食べろとか、煮炊きはこまめにしろ、献立はバランスよく、味つけは上品に、清潔に……なんのことはない。現代の「食育」は、数千年前に提唱済みだったわけだ。

旧中国でお金持ちといえば、商人よりも身分の高いお役人がほとんど。つまりは文人である。孔子さまのありがたいお言葉もあって、名のある家はおおむね正しい食育、正しい美食に励み、自慢料理を家宝とした。その精華が名高い料理書『随園食単』や、医食同源の立場に立った各種の食養生書である。

食卓マナーも厳しかった。竹林の七賢のような例外中の例外はいざ知らず、酔って乱れようものなら、「君子にあるまじき」と烙印を押されて以後は世間が狭くなる。そのへんはヨーロッパ貴族のマナー事情と相通じるものがあるだろう。プロトコール（国際儀礼）は外交官にとって死活問題、どんな厳しいマナーにもすんなり馴染めたはずだ。

さすがに一介の外交官の財力では、袁随園先生のまねなど夢のまた夢。とはいえ、文人づきあいで舌が肥えていた彼は、もっぱら市井の美味発掘に精を出した。なんども引き合いにだして恐縮であるが、ピーター・ファン・ヒューリック氏は前述のエッセイでこう懐古している。

父が見つけてくるところは、たいてい見かけはむさくるしいのにコックの腕は最高で、おかげで私はほんの子どものうちから中華料理にかけてはずいぶんと舌が肥えていました。

この場合の中華料理が、筋目正しい伝統料理であったのは言うまでもない。

食事ばかりでなく、養生法一般に通じ、健康を保つのも文人の一大関心事であった。

考えてみれば当然のことで、国政をあずかるトップが激務のたびにしょっちゅう身体を壊していたのでは話にならないし、子孫をもうけ、成人してぶじに家督を譲るまで家を保つことさえおぼつかない。不忠・不孝の大罪を犯さないためにも健康維持は必須であった。現代でも、北米のトップスクールといわれる有名どころのＭＢＡ（経営学大学院）では、健康維持のためにサプリメントの摂り方から徹底して教える学校もあると聞く。それもこれも、替えのきかないエリートという立場の自覚あってのことだ。

健康維持と子孫繁栄のために房中術にいちはやく着目したのも、中華エリート一流の見識といえる。衣食住もそうだが、儒教とキリスト教道徳は一見どちらもストイックなようでいて、根底は百八十度違う。女性に対する抑圧はまあ似たり寄ったりだが、こと男性に限って言えば、儒教はやみくもに人間本来の欲望を否定したりしない。むしろ、欲は欲として正しく認識した上で、子孫繁栄なり人格向上なりの目的を達成するためのコントロール方法を具体例に即して学ばせる。自然の欲求を抑えつけるあまりに親から授かった身体を損ねる方が愚かしい、それよりは使い方を学べ、というのがまっとうな文人思考なのだ。行き過ぎると煉丹術で身体を壊したり、神秘主義に凝ったりするが、そこですかさずブレーキをかけるのが、中庸を重んじ、怪力乱心を語らずという儒教の教えである。

原罪の概念を叩き込まれたキリスト教国、ことに禁欲的なプロテスタント圏の人には、儒教のこういう現実主義が今でもとても新鮮にうつるらしい。ましてファン・ヒューリックは性的に大変やかましかった十九世紀ヨーロッパ、別名「偽善の世紀」からさほど遠くない時代の人である。かなりのカルチャーショックを受けたことは想像に難くないし、それが研究にいたる強い動機になったとみて、さほど的外れではあるまい。

むろん、彼ほどの人が批判や色眼鏡を浴びるとあらかじめ見通せなかったはずはない。それでもあえてこのテーマに挑んだのは、学者としての良心もさることながら、内なる文人魂がもたらした矜持だったと思えてならないのだ。

こうだらだらと書き連ねると、いったいどんなしかつめらしい怖い人だったかと恐れをなす方もおいでかもしれない。

いえいえ、滅相もない。素顔のファン・ヒューリックはいたっておちゃめで、ユーモアのある優しい人だった。李

愛猿と

白にも通じるような飄々とした愛すべき稚気と遊び心の持ち主であったからこそ、多種多彩な方面にあれだけの才能が花開いたのだ。

　これは読者諸賢も心からご賛同くださると思うが、一から十までお勉強ずくの人間など、ものになったためしは古今東西ない。手垢のついた表現ではあるが、やはり「好きこそものの上手なれ」は永遠の真実だ。

　俗に、李白を謫仙《たくせん》という。下界に島流しに遭った仙人だと。では、西洋に生まれながら、東洋の文化精髄とも言うべき文人になりおおせた変幻自在をいったいなんと呼ぶべきか。洋の東西を問わず、どこであろうと完璧に自己の場所を見出していたこの明晰な人に、〝謫〟の字はまったくそぐわない。

　ファン・ヒューリックという人は、なによりも「楽しむ」ことの天才だった。自分が楽しむだけでなく、周囲をひきこむ天性の才を持ち合わせていた。だから、いつでも、どこでも、誰とでも、何にでも天衣無縫にとけこみ、あれほどの業績を残すことができたのだ。

　飄々と年齢を重ね、枯淡の境地に至る姿を見られなかったのはいかにも惜しまれる。しかしながら、文人高羅佩《カオルオペイ》が五十余年の生涯で後世に遺してくれたものは、はかりしれないほど大きい。

　最後に。

　ご多用中にもかかわらず、貴重なお話と資料協力に快諾を賜った、有限会社山本書店の山本實氏に心より感謝申し上げたい。

　読者諸賢へのご参考までに、同書店のＨＰは以下の通り。

http://jimbou.info/town/ab/ab0168.html

本書は一九八九年に『中国鉄釘殺人事件』として三省堂書店より刊行されたものを、翻訳を改め、改題したものです。

HAYAKAWA POCKET MYSTERY BOOKS No. 1793

和《わ》 爾《に》 桃《もも》 子《こ》

慶應義塾大学文学部中退，英米文学翻訳家
訳書
『真珠の首飾り』『白夫人の幻』ロバート・ファン・ヒューリック
『ハリー・ポッターの魔法世界ガイド』アラン・ゾラ・クロンゼック＆エリザベス・クロンゼック
（以上早川書房刊）他多数

この本の型は，縦18.4センチ，横10.6センチのポケット・ブック判です．

検印
廃止

〔北雪《ほくせつ》の釘《くぎ》〕

2006年11月10日印刷　2006年11月15日発行

著　者　ロバート・ファン・ヒューリック
訳　者　和　爾　桃　子
発行者　早　川　浩
印刷所　星野精版印刷株式会社
表紙印刷　大平舎美術印刷
製本所　株式会社川島製本所

発行所　株式会社　早川書房
東京都千代田区神田多町2ノ2
電話　03-3252-3111（大代表）
振替　00160-3-47799
http://www.hayakawa-online.co.jp

〔乱丁・落丁本は小社制作部宛お送り下さい
送料小社負担にてお取りかえいたします〕

ISBN4-15-001793-X C0297
Printed and bound in Japan

ハヤカワ・ミステリ〈話題作〉

1778 007／ハイタイム・トゥ・キル
レイモンド・ベンスン
小林浩子訳
英国防衛の要となる新技術が強奪された。犯人を追ったボンドの前に立ち塞がる強敵。国際犯罪組織〈ユニオン〉との対決の幕が開く

1779 ベスト・アメリカン・ミステリ スネーク・アイズ
デミル&ペンズラー編
田村義進・他訳
ますます多様化する現代ミステリ界を俯瞰する傑作集。S・キング、J・アボット、J・C・オーツら、文豪から新人までが勢揃い！

1780 悪魔のヴァイオリン
ジュール・グラッセ
野口雄司訳
〈パリ警視庁賞受賞〉教会の司祭が殺害された。容疑は若き女性ヴァイオリニストにかかるが……人情派メルシエ警視が花の都を走る

1781 南海の金鈴
R・V・ヒューリック
和爾桃子訳
不穏な空気渦巻く広州へと秘密任務で赴いたディー判事一行。そこでは奇怪な殺人が……判事の長き探偵生活の掉尾を飾る最後の事件

1782 真夜中への挨拶
レジナルド・ヒル
松下祥子訳
〈ダルジール警視シリーズ〉密室の書斎で頭を吹き飛ばした男の死体は何を語る？　捜査の行く手に立ちはだかるのは意外にも……！

ハヤカワ・ミステリ〈話題作〉

1783
あなたに不利な証拠として
ローリー・リン・ドラモンド
駒月雅子訳

〈アメリカ探偵作家クラブ賞受賞〉男性社会の警察機構の中で、闘い、苦悩する女性警官たちを描く10篇を収録した注目の連作短篇集

1784
花崗岩の街
スチュアート・マクブライド
北野寿美枝訳

休職していた部長刑事ローガンは復帰早々連続幼児失踪事件に遭遇する。スコットランドの北都アバディーンに展開する本格警察小説

1785
白薔薇と鎖
ポール・ドハティ
和爾桃子訳

時は十六世紀。スコットランド王妃をめぐる陰謀を探る密偵ロジャーだが、いきなり遭遇したのは、ロンドン塔での密室殺人だった！

1786
手袋の中の手
レックス・スタウト
矢沢聖子訳

若き女性探偵ドル・ボナーに舞い込んだ依頼は、怪しげな宗教家の調査だった。ミステリ史上初の自立した女性探偵、待望の本邦登場

1787
最後の旋律
エド・マクベイン
山本博訳

〈87分署シリーズ〉盲目のバイオリン奏者を皮切りに起きる連続射殺事件。被害者をつなぐ糸とは？　大河警察小説の掉尾を飾る傑作